KB253336

항마신장

降魔神將

자우 신무협 장편소설
ORIENTAL FANTASYSTORY & ADVENTURE

1

dream
books
드림북스

항마신장 (降魔神將) 1

초판 1쇄 인쇄 / 2011년 6월 18일
초판 1쇄 발행 / 2011년 6월 28일

지은이 / 자우

발행인 / 오영배
편집장 / 허경란
편집 / 신동철, 문보람, 오미정, 윤상현
본문 디자인 / 신경선
펴낸 곳 / (주)삼양출판사 · 드림북스

주소 / 서울특별시 강북구 송천동 322-10호
대표 전화 / 02-980-2112 팩스 / 02-983-0660
편집부 전화 / 02-980-2116 팩스 / 02-983-8201
블로그 / blog.naver.com/dreambookss

등록번호 / 제9-00046호
등록일자 / 1999년 3월 11일

ⓒ 자우, 2011

값 8,000원

ISBN 978-89-542-4414-5 (04810) / 978-89-542-4413-8 (세트)

* 지은이와 협의하에 인지는 생략합니다.
* 잘못된 책은 구입한 곳에서 바꾸어 드립니다.

1
降魔神將
항마신장
자우
신무협 장편소설
ORIENTAL FANTASYSTORY & ADVENTURE
dream
books
드림북스

降魔神將
항마신장

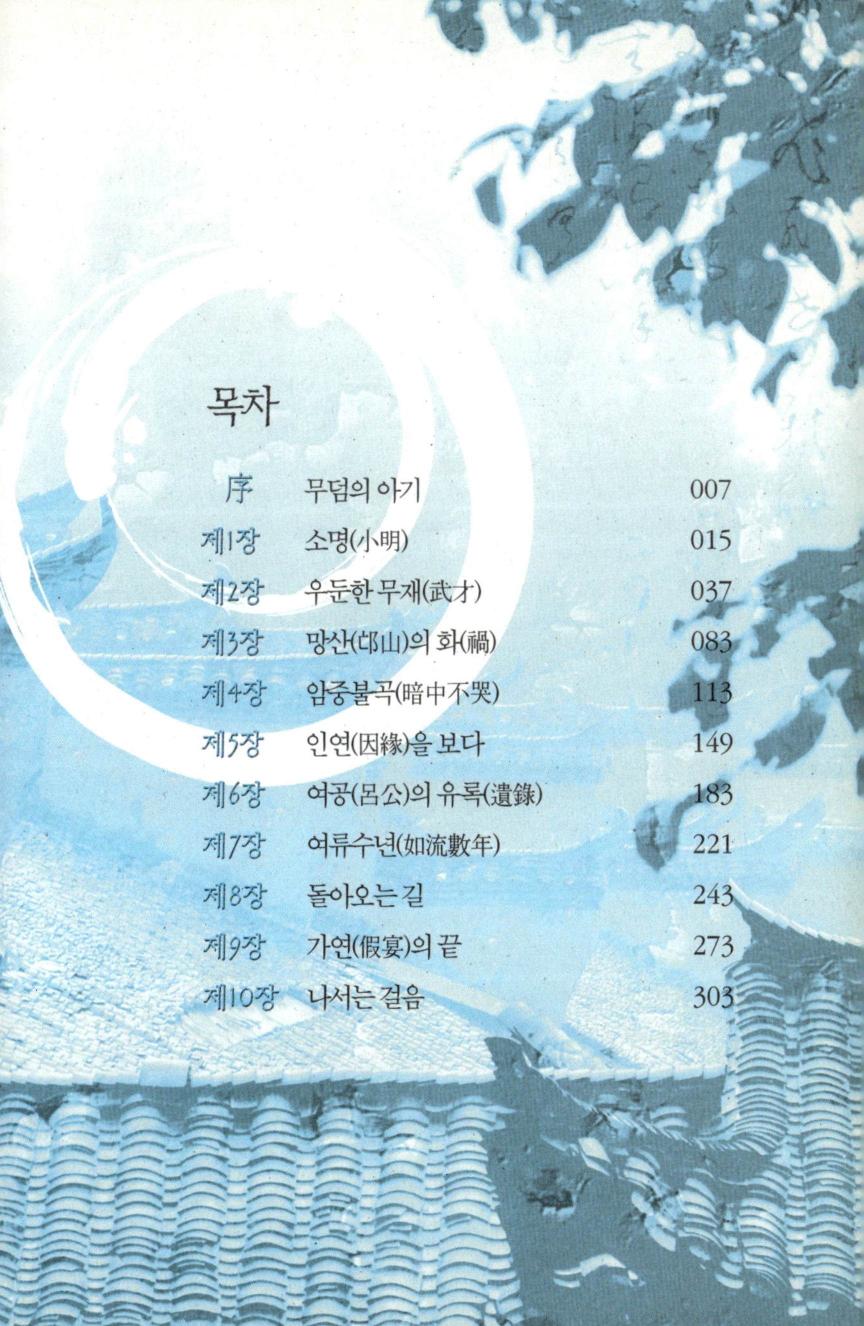

목차

서(序)
무덤의 아기

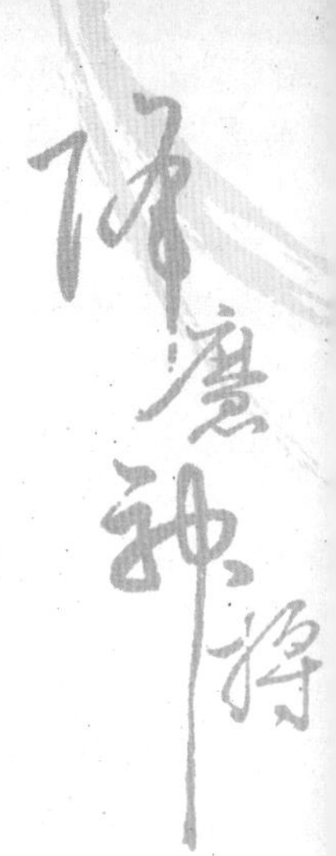

　대일은 땅을 팠다. 마음이 급했다. 동이 트기 전에 일을 끝내야 했다. 그러나 서두르는 마음과 달리 손은 신중했다. 아무렇게나 땅을 파는 것이 아니었다. 잘못하면 흙이 무너질 수도 있고 흔적이 남을 수도 있었다. 그의 삽질은 노련했다.

　땅을 파던 삽 끝이 뭔가에 부딪혀 둔탁한 소리를 냈다. 삽을 뒤로 치우고 조심스레 앞을 헤쳤다. 흙 뒤로 벽돌이 만져졌다. 슬쩍 입꼬리가 올라갔다. 긴 꼬챙이를 꺼내 벽돌을 살살 긁어냈다. 능숙한 손길에 앞을 막고 있던 벽돌이 한 장, 두 장 빠져나왔다. 행여나 벽돌이 무너지지 않도록 조심스러웠다. 그리고 오래지 않아 대일의 덩치가 들어갈 정도의 구멍이 입을 벌렸다. 그는 히죽 웃었다.

'간만에 만나는 대어(大魚)로구나.'

지체 없이 구멍으로 기어들어갔다. 땀이 식은 탓인지 들어서자마자 소름에 큰 덩치가 부르르 떨렸다. 지금 들어선 곳은 묘실(墓室)이다. 죽은 이가 편히 쉬어야 할 곳에 침범한 것이다.

마른침을 삼키고 불씨를 가져가 비췄다. 돈 될 만한 부장품을 찾는 것이다. 생전에 아끼던 귀금속이나 도자기, 혹은 명화 등등. 그러나 곧 허탈감에 어깨를 축 늘어뜨렸다.

"이런 지미. 허탕이라니."

묘실에는 아무것도 없었다. 텅텅 비어 석관 하나 덜렁 있을 뿐이었다.

"이럴 수가 있나. 다른 곳도 아니고 망산에 묘를 쓰고 묘실까지 지을 정도인데, 아무것도 없다니."

대일은 어이없어 중얼거렸다.

이곳은 명당 중의 명당이라 하는 풍수보지 망산. 아무나 묻힐 수 있는 곳이 아닌 이곳에 이렇게 묘실씩이나 지어가며 매장할 정도라면 아무리 못해도 고관대작(高官大爵)이거나 부호거상(富豪巨商)일 것이 분명하련만.

차라리 다른 누구의 손을 탄 묘였다면 이렇게 허탈하지나 않을 것을. 이 묘는 매장한 지 채 반나절도 되지 않은 새 묘였다. 사람들이 물러나는 것을 멀찍이서 지켜보지 않았던가.

대일은 하나 있는 석관을 보았다. 큰 석관은 척 봐도 값비싸 보였다. 그렇다고 관을 챙길 수도 없는 노릇이다.

괜한 헛수고를 했다는 생각에 힘이 쭉 빠져 석관 앞에 주저앉았다. 멍한 눈으로 빈 묘실을 바라볼 뿐이었다.

들고 있던 불씨가 잦아들며 다시금 어둠이 밀려왔다. 그는 정신을 차리고 한숨을 흘리며 불편한 몸을 일으켰다. 넋 놓고 있을 때가 아니다. 날이 밝기 전에 구멍을 막고 흔적을 메워야 했다. 챙긴 것은 없어도 도굴한 것은 사실이니 재수 없으면 그대로 감옥행, 적어도 십수 년은 하늘을 볼 수 없게 될지도 모르는 일이다. 서둘러야 했다.

툴툴거리며 석관을 짚고 몸을 일으켰다. 순간,

"끄으으……."

귓가에 희미한 소리가 들렸다. 땅속에서 소리라니. 대일은 석관을 짚은 채 굳어버렸다. 그는 불안한 얼굴로 눈동자를 데룩거리며 굴렸다. 소리는 다시 들렸다. 그것은 그의 손 아래 석관 속에서 새어나오고 있었다.

"흐업!"

퍼뜩 정신을 차렸다. 놀란 가슴을 진정시키고 가만 들어보니 이건 귀신 울음소리가 아니다. 그는 석관을 뚫어져라 노려보았다. 주저하던 대일은 어디서 용기가 솟았는지 잔뜩 힘을 주어 관 뚜껑을 밀었다.

"흐으으읍!"

용을 쓰자 돌이 끌리는 소리가 울렸다. 그리고 관 속 모습이 드러났다. 그곳에는 소복을 차려입은 미부의 시신이 있었다. 그리고 옆에서 강보에 싸인 아기가 빽빽거리며 울고 있었다.

"아, 아니. 이게?"

관 속에 아기라니.

대일로서는 영문을 알 수 없는 일이었다. 관 속에 아기를 같이 넣고 매장하다니. 세상 천지에 이런 일이.

그러나 지금은 영문을 따지기보다 아기를 챙기는 것이 먼저였다. 그는 급히 아기를 안아들었다. 이제 갓 백일이나 넘겼을까 싶었다. 관 속에서 얼마나 무서웠을까. 다 쉬어버린 아기의 울음은 헐떡임처럼 들렸다. 정말 용케도 살았구나.

"어이구구, 어구구."

대일은 품에 안은 아기를 가만히 얼렀다. 사람의 온기를 느껴서일까. 쇳소리를 내며 헐떡이던 아기의 울음이 점점 잦아들었다. 아기는 이내 눈을 말똥하게 뜨고는 대일을 신기하다는 듯 바라보았다.

까르르.

손을 내밀고 웃는 아기의 모습에 그는 저도 모르게 헛웃음을 흘렸다.

"허, 이 녀석 보게. 허, 허허."

대일은 연신 웃으며 아이를 보듬었다. 차가워진 작은 손발을 계속해서 쓰다듬었다.

"아우웅, 아웅."

아기가 바동거리는 바람에 포대가 흘러내렸다.

"어이쿠쿠."

대일은 급히 고쳐 안았다. 순간 드러난 아기의 등에는 불길에 덴 듯 큰 화상 자국이 있었다. 그 모습에 대일은 눈살을 찌푸렸다.

"아이구, 이런……."

"아우우우……."

대일은 급히 포대를 바로 하여 아기를 감싸 안았다. 그리고 눈길을 돌렸다.

관에 누운 미부의 모습이 새삼 눈에 들어왔다. 처음의 두려운 마음은 많이 가라앉았다.

눈을 감은 미부의 하얀 얼굴은 마치 잠이 든 듯 고요했다.

대체 무슨 사연이 있기에.

대일은 안쓰러운 눈으로 그녀를 내려다보다가 겨우 한마디를 남겼다.

"편히 쉬십시오. 아이는 제가 잘 돌보겠습니다."

순간, 기분 탓일까. 눈 감은 시신의 차가운 얼굴에 온화한 빛이 머무르는 듯했다.

제1장
소명(小明)

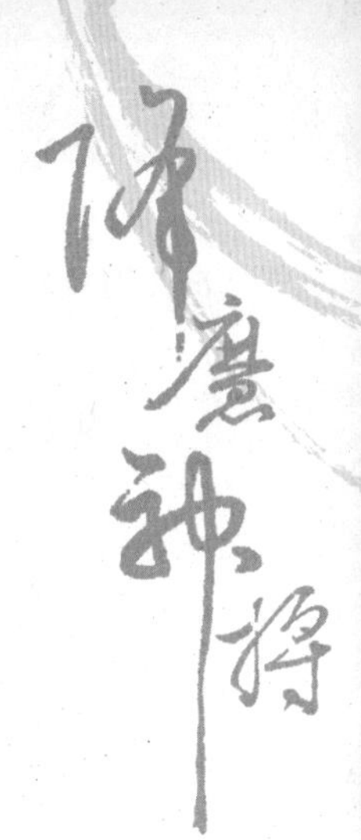

아침이 밝았다. 작은 창으로 햇살이 스며들었다.

소명은 잠에서 깼다. 새집 머리를 한 채 일어나 졸린 눈을 비비적거렸다. 방 한가운데에 있는 식탁에 다 식은 만두 하나가 덜렁 놓여 있었다. 딱딱한 만두를 입에 물고 방을 둘러보았다. 잠이 덜 깨 멍한 눈이다.

집은 단칸이다. 큰 침상 하나, 탁자 하나, 그리고 의자 둘이 세간의 전부였다. 그런데 방 한쪽에는 나뭇조각들이 산을 이룬 것처럼 수북하게 쌓여 있었다. 워낙 높이 쌓여 천장에 닿을 지경이었다.

소명은 만두를 우물거리며 나뭇조각을 뒤적거리다가 한 무더기를 집어 들었다. 얇은 나뭇조각은 세월이 오랜 듯 거뭇했고, 흐릿한 글씨가 빼곡하게 적혀 있었다.

목편(木片)이다.

소명의 아비가 밤일을 할 적에 모은 것들이었다. 가치가 없어 처분치 못해 불쏘시개나 하려던 것을 어린 소명이 관심을 가지기 시작하여 여태 그대로 두고 있다.

소명의 나이 이제 열셋. 귀동냥으로 스스로 글월을 깨우치더니 목편들을 찾아 읽었다. 그 세월이 벌써 오륙 년이다. 여기에 있는 목편들은 그 수를 셀 수 없을 정도로 많고 다양했다. 그러나 소명은 이 전부를 다 읽고, 또 몇 번이고 다시 찾아 읽었다. 다 읽고 외울 정도인데도 질리지 않은 모양이었다.

반쯤 감겼던 눈동자가 이내 또렷해졌다. 입에 문 만두도 잊고는 빼곡한 글자 속으로 빠져들었다.

여기 쌓인 목편들 중 온전한 것은 별로 없었다. 내용이나 시기가 전부 제각각으로 두서없이 뒤섞여 있었다. 어떤 것은 옛적 성현들의 말씀이나 문장을 남겼고, 또 어떤 것은 누군가의 일생을 적었다. 허무맹랑한 이야기도 있었고, 깊이 생각할 만한 이야기도 있었다.

소명은 가리지 않고 그 전부를 읽었다. 이해 못할 문장은 담아두고 깊이 고민하기도 했다. 아이에게 목편을 읽는 것은 세상 무엇보다 즐거운 일이었다.

얼마나 지났을까. 읽은 목편이 옆에 수북하게 쌓일 무렵에야 퍼뜩 정신을 차렸다. 물고 있던 만두는 바닥에 떨어져 있다.

"핫! 오늘은 연수네 일 도와주기로 한 날인데."

뭔가 일이 생각난 소명은 자리에서 벌떡 일어섰다. 떨어진 만두를 툭툭 털어 입에 물고는 달려 나갔다.

문밖으로 나서니 햇살이 밝았다. 맑은 하늘이었다. 봄이 아직 멀어서 바람이 싸늘했지만 소명은 볼을 발그레한 채 달렸다.

소명이 서둘러 간 곳은 상화촌 북쪽에 있는 장의사 집이다. 처마마다 검은 천을 드리워 을씨년스럽다. 꼭 닫힌 문의 좌우에는 염왕(閻王) 그림이 눈을 부릅뜨고 있다.

"연수야아!"

문 안쪽을 향해 외쳤다. 그러자 탁탁거리는 작은 발소리가 들리고 빠끔하게 문이 열렸다. 틈새로 얼굴이 새하얀 아이가 고개를 내밀었다.

장의사 집의 막내, 탁연수다. 하얀 얼굴에 큰 눈, 붉은 입술까지 보기에는 계집처럼 보였지만 엄연히 남자아이였다. 그 아이는 소명을 보고 웃었다.

"왔어?"

"응, 늦었지."

"아, 아냐. 이제 막 시작했어."

따라서 안으로 들어가자 널찍한 마당에 서른 개나 되는 관들이 쌓여 있었다. 볼품없는 목관에서 값비싼 재질로 빛이 번쩍거리는 목관, 석관 등등. 앉은 먼지를 닦아내는 것만으로도 힘든 일인데, 옮기고 정리까지 해야 했다.

소명은 주저 없이 관을 닦기 시작했다. 몸놀림이 익숙한 듯했다. 탁연수는 끙끙거리며 걸레질을 하다가 고개를 들었다. 소명이 콧노래를 부르며 관을 닦고 있다. 자신이 하나를 채 끝내기도 전에 소명은 다른 관으로 손을 옮겨가고 있었다.

무슨 일이든지 소명이 나서면 금방 끝났다. 그렇다고 해서 일을 허투루 하는 것도 아니었다. 요령도 좋고, 힘도 좋아서 무슨 일이든 거뜬히 해낸다.

"응차."

소명이 바짝 힘을 쓰자 묵직한 석관이 밀려났다.

"와아."

그 모습에 탁연수는 손을 멈추고 소명이 하는 모습을 바라보았다. 겉보기에는 왜소한데, 소명은 이상할 정도로 힘이 좋아서 마을 어른들과 비교될 정도였다. 지금처럼 큰 석관도 밀고 당겨서 정리한다.

"아이구, 이럴 때가 아니지."

이러다가 소명 혼자 일을 다 하게 생겼다. 딴생각을 접고 바쁘게 손을 움직이기 시작했다. 그리고 정오의 높았던 해가 채 기울기도 전에 마당에 가득했던 관들을 모두 정리할 수 있었다. 둘이 부지런을 떤 덕분이다.

소명이 마지막 관 뚜껑을 닫았다. 옻칠을 단단히 한 값비싼 목관이다. 아무리 목관의 뚜껑이라고 해도 그 무게가 상당했지만 소명에게는 너끈했다.

"헤헤, 다 했다."

손을 탁탁 털며 몸을 일으켰다. 뒤돌아보니 분칠한 듯 새하얗던 탁연수의 얼굴이 붉게 상기되어 있었다. 땀으로 흠뻑 젖어서 숨을 몰아쉬었다.

소명이 히죽 웃어 보이자 탁연수도 따라서 웃었다. 둘은 자신들이 정리한 관들을 둘러보았다. 대충 서른이나 되는 관들이 말끔해져 있다. 이렇게 일을 빨리 끝낼 수 있었던 것은 소명이 도와준 덕분이다.

탁연수는 기다리라 하고 안채로 달려 들어갔다.

"할아버지!"

외치는 목소리에 힘이 넘친다. 그러자 문가에서 비쩍 마른 노인이 고개를 내밀었다. 탁 노인이다. 앙상한 얼굴에 눈초리가 매섭게 올라가 있다. 그 성미가 고스란한 얼굴인데, 번뜩이는 눈초리가 탁연수에게 닿으니 순간 호선을 그리며 매서운 기세를 지웠다.

"그래, 우리 아가. 벌써 일을 다 끝냈누?"

"예, 할아버지. 소명이가 와서 도와줬어요."

"소명이가 왔어? 그렇구나."

소명이 왔다는 말에 탁 노인은 고개를 끄덕였다. 노인도 소명의 솜씨를 잘 알았다. 탁연수는 헤헤 웃었다.

"그래, 내 나중에 확인할 터이니 나가 놀려무나."

"다녀오겠습니다!"

탁 노인의 말에 힘차게 대꾸하고 뛰어나갔다. 그 모습이 귀여워 헐헐 웃었다. 그러나 그도 잠시, 예의 싸늘한 인상으로 돌변해서 다시 안으로 들어갔다. 제 손주에게만 웃음을 보이는 탁 노인이었다.

그사이 소명은 바닥에 쪼그려 앉아 챙겼던 목편을 읽고 있었다. 지금 보는 것은 한 사람이 자신의 일생에 대해 남긴 문장이었다.

그는 자신을 여공(呂公)이라 칭했다. 집에 무수하게 쌓인 목편 중 대부분이 그의 손에서 나왔다. 정확히는 그중 1893편이었다.

망실된 부분이 많았지만 남은 목편들만 읽어도 여공이라는 사람이 얼마나 자신 넘치던 사람인지 잘 알 수 있었다.

여공은 자신을 두고 천하인(天下人)이라고 했다.

세상 무엇도 그를 구속할 수 없었고, 세상 어떤 것도 그의 뜻을 거스르지 못했다. 그는 언제나 자신만만했고, 그럴 만한 능력이 있었다.

비록 소명으로서는 이해 못할 어려운 문장이나, 허무맹랑한 내용도 많았지만 그래도 손에서 놓지 않았다.

여공이 남긴 문장 중에는 실제로 도움이 되는 것도 있었다.

‘마음을 다스리는 법’이라 남긴 문장이다.

전부를 이해할 수는 없었지만 소명은 항상 문구를 가슴에 품고 이를 행해왔다. 그것만으로도 언제나 기운이 넘쳤다. 아무리 힘든 일을 해도 힘든 줄을 모르고 깊이 집중할 수 있었다. 또, 그 덕인지는 몰라도 이제껏 고뿔 한 번 걸린 적도 없었다.

“소명아, 가자!”

목편에 집중하고 있던 소명은 외침에 퍼뜩 고개를 들었다. 달려온 탁연수는 소명의 손에 들린 목편을 보고는 물었다.

“또 읽어? 저번에 다 읽었다고 했잖아.”

“헤헤. 재밌어서.”

“정말? 난 집에 있는 책 보는 것도 머리 아파서 싫은데.”

소명의 말에 탁연수는 이맛살을 한껏 찌푸렸다. 책 읽을 생각만으로도 끔찍한 것이다. 그 모습에 소명은 그저 웃어 보였다.

두 아이는 자주 노는 장소로 달려 나갔다. 상화촌이 내려다보이는 언덕이다. 그곳을 향해 달리던 중에 소명이 문득 고개를 들었다.

“어? 이청이 먼저 와 있나 보다.”

“이청이?”

뜬금없는 말이었다.

“안 들려? 금 소리가 들리잖아.”

'난 아무 소리도 안 들리는데. 정말, 귀도 밝아.'

탁연수는 되묻는 소명의 말에 어깨만 으쓱거렸다. 언덕까지는 아직 한참이나 남았다.

언덕이 눈에 들어오자 과연 금 소리가 멀리 들렸다. 그곳에는 두 아이가 앉아 있었다.

남자아이가 금을 타고 있었고, 여자아이가 옆에서 금 소리를 듣고 있었다. 작은 손으로 연주하는 금 소리는 아직 거칠었지만 그래도 땀을 뻘뻘 흘리며 연주했다.

남자아이가 소명이 말한 이청으로, 마을 변두리에 사는 금 선생의 제자다. 그리고 여자아이는 대장간 집의 당민인데, 상화촌 아이들 중에서 제일 키가 크고 소명 다음으로 힘이 센 아이였다. 이 둘 역시 소명의 소중한 친구들이다.

소명과 탁연수는 이청의 옆에 앉았다. 금 소리가 귀를 파고들었다. 훌륭한 연주라고는 할 수 없지만 이청이 할 수 있는 최선의 연주임은 분명했다.

항상 자신이 할 수 있는 최대한의 노력을 하는 아이가 이청이었다. 얼굴이 새파랗게 질릴 정도로 연주하고서야 금을 놓았다. 숨을 몰아쉬는 모습이 안되어 보일 정도였다.

"어, 언제 왔어?"

눈을 뜬 이청은 옆에 소명과 탁연수가 앉아 있는 것을 보고 어색하게 웃었다. 그리고는 부끄러운 듯이 머리를 긁적였다.

"방금. 듣기 좋았어, 이청아."

"저, 정말?"

"그럼, 당연하지."

머뭇하던 이청의 얼굴이 환하게 밝아졌다. 소명의 말을 그만큼이나 믿는 것이다. 그러자 당민이 까무잡잡한 얼굴을 찌푸렸다.

"뭐야, 이청. 내가 말할 때는 귓등으로 듣더니."

"그, 그야, 너는 항상 좋다고만 말하니까 그렇지."

당민이 발끈하고 성을 내자, 이청은 더듬거리며 변명했다. 풀이 잔뜩 죽은 모습에 소명과 탁연수는 키득거리며 웃었다.

"왜 웃어!"

당민이 둘의 웃음에 화를 냈지만 소명과 탁연수는 멈추지 않았다. 저렇게 툭탁거려도 결국 둘이 서로를 좋아하고 있음을 잘 알기 때문이다.

"너희 죽을래!"

당민은 빽 소리쳤다. 그녀는 큰 주먹을 당장 쥐어 보였다. 여느 남자아이보다 머리 하나는 더 큰 당민이다. 주먹은 또 어떤가. 그 모습에 소명과 탁연수는 당장 입술을 물었다. 그렇지만 여전히 어깨가 위아래로 흔들리고 있었다.

"우이씨!"

그렇게 한참을 떠들던 중에 소명은 문득 고개를 돌렸다. 수풀이 무성한 언덕 위에 낯선 아이들의 모습이 보였다. 남매인 듯 서로 닮은 남자아이와 여자아이였다. 둘은 비슷한 옷을 걸치고 있었다. 무명옷에 검은 끈으로 허리를 감았다. 여자아이는 남자아이의 뒤에서 옷자락을 꼭 쥐고 있었다. 낯선 얼굴에 소명은 고개를 갸웃했다.

"쟤들은 누구야?"

탁연수가 대꾸했다.

"이사 온 애들이야. 저기 삼나무 밑에 큰 집."

"그 집에 사람이 들어왔어?"

"응. 무슨 무관을 연다던데."

"무관?"

소명은 멀뚱히 있다가 곧 두 남매를 향해 손을 흔들었다.

"애들아, 이리 와 같이 놀자."

"……."

하지만 두 남매는 반응을 보이지 않았다. 경계하는 듯 새치름한 눈으로 소명과 친구들을 바라보다가 고개를 돌리고 멀어졌다. 소명은 머쓱해져서 손을 내렸다.

"뭐야, 저것들!"

당민이 성을 내려 하자 소명이 어색하게 웃으며 달랬다.

"에이, 뭘. 쟤들도 여기가 낯설어서 그러겠지 뭐."

"아니, 그래도."

"괜찮아, 괜찮아."

소명은 맑게 웃었다. 그 웃음을 보니 당민은 울컥했던 마음이 가라앉았다. 곧 네 아이들은 낯선 아이들에 대한 것을 잊고는 또 웃으며 뛰어놀았다.

이윽고 날이 어두워졌다. 서산 너머로 해가 뉘엿 기울었다. 정신없이 뛰어놀던 아이들은 퍼뜩 고개를 들었다.

"이제 집에 들어가야겠다."

"내일 봐!"

"응!"

탁연수와 당민이 먼저 집으로 향했다. 소명은 그런 둘을 향해 크게 손을 흔들었다. 그리고 이청을 돌아봤다.

"이청아, 안 가?"

"나, 난."

이청은 말을 더듬었다. 원체 말주변이 없는 아이다. 그렇지만 소명은 이청이 무슨 말을 하려는지 곧 알아챘다.

"상 부인 기다리게?"

"으, 응."

이청의 스승인 상 부인은 낙양 일대에 이름난 금 선생으로, 종종 멀리까지 나가 연주를 하거나 가르침을 주고는 했다.

해가 저물고 나서나 도착하련만, 이청은 그때마다 마을 어귀가 내려다보이는 여기 언덕 등성이에서 꼬박 기다리고는 했다. 소명은 이청의 옆에 털썩 주저앉았다.

"소, 소명아. 안 들어가?"

"같이 기다려줄게."

"괘, 괜찮은데."

“헤헤. 금이나 연주해줘.”

“그, 그럴까?”

소명의 말에 이청은 어색하게 웃었다. 이청은 곧 입술을 말아 물고는 옆에 놓아두었던 호금을 들었다. 그리고 천천히 현을 타기 시작했다.

노을마저 저물어드는 하늘 위로 호금의 음색이 잔잔하게 흘렀다. 금의 선율은 그치지 않았다. 이청은 마치 물러가는 노을을 부여잡으려는 것처럼 같은 곡을 계속해서 반복했다. 소명은 귀를 기울이며 목편을 읽었다. 사방이 어둑했지만 읽을 만했다.

이청의 선율을 따라서 흥얼거리던 소명은 문득 고개를 들었다.

“어, 상 부인이다!”

“으, 응?”

소명의 외침에 이청은 손을 멈췄다.

“저기 봐.”

소명이 가리키는 방향을 뚫어져라 보았다. 그렇지만 이청은 아무 것도 보이지 않았다. 그저 어두울 뿐이었다.

“안, 안 보이는데?”

“곧 오실 거야.”

소명은 헤헤 웃었다. 이청은 고개를 끄덕였다. 소명의 말은 틀림없다. 이청은 소명의 옆에서 빤히 오는 방향을 바라보았다. 얼마 지나지 않아서 이청은 자리에서 일어났다. 어두운 길가에서 반짝이는 등불이 보였다. 그리고 곧 등불을 쥔 사람의 모습도 볼 수 있었다. 한 여인이 등불을 든 채 걸어오고 있었다.

단정한 인상의 중년 여인이었다. 곱게 빗어 올린 검은 머리에 옥비녀를 꽂았다. 등에는 호금이 든 주머니를 메고, 한 손에 등불을 들고 있었다. 그녀가 이청의 스승인 상 부인이다. 그녀의 모습을 보자 이청은 좋아라 달려 나갔다.

"스승님!"

들려온 목소리에 상 부인은 고개를 들었다. 등불을 들어 올리자 달려오는 이청의 모습을 볼 수 있었다. 그녀는 쓴웃음을 머금었다. 냉큼 달려온 이청은 상 부인의 손에 들려 있는 짐을 받아들었다.

"이 녀석, 늦은 시간인데 집에 있지 않고 어째 이리 나와 있느냐?"

"헤헤."

이청은 어느 때보다 밝은 얼굴로 웃었다. 상 부인은 이청의 머리를 쓰다듬다가 뒤에 서 있는 소명의 모습을 보았다.

"소명, 너도 있었느냐?"

"예, 안녕하세요."

상 부인은 꾸벅 허리를 숙이는 소명에게 고개를 끄덕이며 잔잔한 웃음을 보였다. 그녀는 소명의 머리도 쓰다듬어주었다.

"이청이와 같이 기다려준 것이냐? 고맙구나."

소명은 상 부인과 이청과 헤어져 집으로 돌아왔다. 불 꺼진 단칸의 집은 서늘한 한기만 맴돌았다. 화로에 불을 피우자 붉게 달아오르며 방을 밝혔다. 그리고 화로 앞에 쪼그려 앉아서 목편들을 꺼내 읽기 시작했다. 집중하자 시간 가는 줄을 몰랐다.

얼마나 시간이 지났을까. 바깥에서 발소리가 들리더니 곧 문이 덜컹하고 열렸다. 퍼뜩 고개를 들었다.

"아빠!"

소명은 반색하며 침상에서 내려왔다. 흙투성이의 사내가 들어왔다. 수염이 수북한 얼굴은 지친 기색이 뚜렷했다. 그러나 소명의 모습에 그는 얼굴을 환하게 밝혔다.

"오늘 하루 잘 보냈느냐, 소명아?"

"응."

힘차게 고개를 끄덕이는 모습에 그는 나직이 웃었다.

사내는 대일이었다. 십수 년 세월의 흔적이 남아 얼굴에 주름이 깊었지만 그것이 전과 다른 푸근한 인상을 만들었다. 그는 손에 든 주머니를 들어 보였다. 약간의 잡곡이 들어 있었다.

"오는 길에 탁 노인께서 일을 도와줘서 고맙다고 쥐어 주시더구나."

소명은 배시시 웃었다. 대일은 손을 뻗어 소명의 머리카락을 흩어뜨렸다. 그러나 그는 곧 아이의 손에 들린 목편을 보고 눈살을 찌푸렸다.

"또 저 나무 쪼가리들을 보고 있었던 게냐?"

소명은 고개를 끄덕였다. 대일은 한숨 쉬며 어쩔 수 없다는 듯이 고개를 절레절레 흔들었다.

"빨리 제대로 된 책을 구해주어야 할 텐데."

"책은 무슨. 난 괜찮아. 여기 읽을 게 얼마나 많은데."

소명은 맑게 웃으며 집구석에 무수하게 쌓여 있는 목편들을 가리켰다. 그 말에 대일은 쓰게 웃었다.

저것들을 읽을거리라고 할 수 있을까. 그의 눈에는 그저 불쏘시개에 지나지 않았다.

오래된 무덤을 도굴했을 때마다 나온 것들이었다. 어찌 처분하지 못하고 집에 쌓아두기 시작했는데, 그것이 쌓이고 쌓여 저렇게 벽을 이루기에 이르렀다. 자리만 크게 차지하여 불쏘시개로나 쓰려던 것인데, 그것으로 족하다고 하니.

대일은 안타까운 눈으로 소명을 바라보았다.

영특한 아이다. 따로 가르치지도 않았건만 제 혼자서 귀동냥으로 글월을 깨우쳤고, 이 불쏘시개들을 스스로 찾아서 읽는다.

대일은 주로 멀리까지 일을 다니느라 집을 오래 비울 때가 많았다. 다 소명 혼자서도 제 앞가림을 잘하기 때문에 그리 할 수 있는 일이었다.

뿐만 아니라 마을 일을 곧잘 도와 이번에 탁 노인에게서 잡곡을 받은 것처럼 살림에 도움이 되기도 했다. 이제 열셋 된 아이가 마을의 일꾼이라는 소리를 들을 정도였으니.

아직은 어린 나이지만, 대일은 소명의 앞날에 대해 생각하지 않을 수 없었다. 아이에게 더 큰 길을 열어주고 싶건만 능력이 태부족하니. 안타까움에 한숨이 절로 나왔다.

소명은 흙먼지를 털어내는 대일의 모습을 멀뚱히 보았다. 많이 지친 얼굴이다. 아이는 넌지시 물었다.

"저기, 이제 나도 같이 가서 일 도우면 안 돼?"

"무슨 말을!"

대일은 소명의 말을 눈썹을 치켜들었다. 그의 외침에 아이는 흠칫했다. 당황한 것이다. 이제껏 큰소리 한 번 한 적 없던 대일이었다. 그런 그가 지금은 정말로 화가 난 듯 얼굴을 크게 붉혔다.

그는 소명의 놀란 얼굴에 곧 표정을 풀었다. 하지만 목소리는 여전히 무거웠다.

"안 돼, 안 될 말이다. 너한테 그런 일을 시킬까 보냐."

"그래도……."

"너는 나처럼 땅이나 파서는 안 된다."

"아부지이."

"긴말할 것 없다."

대일은 딱 잘라 말했다. 정색하는 그의 모습에 소명은 더 말을 꺼낼 수가 없었다. 그는 흘깃 아이의 얼굴을 살폈다. 시무룩한 채 고개를 푹 숙이고 있다. 그 모습에 피식 헛웃음이 새었다. 그는 더 말하지 않고 아이의 머리를 쓰다듬었다. 굳은살이 가득한 큰 손이다.

대일은 늦은 저녁을 차렸다.

"듣자니 이번에 무관이 새로 생긴다고 하더구나."

"응."

밥알을 밀어 넣던 소명은 대일의 말에 낮에 본 두 아이들의 모습을 떠올렸다. 그런 소명에게 대일은 넌지시 물었다.

"어떠냐? 무관에 다녀 보지 않을 테냐?"

"응? 별로."

대일의 말에 소명은 시큰둥했다.

"사내라면 강건해야지. 듣자니 이번에 생기는 무관의 주인이 강호에서도 이름을 날리던 분이라더구나."

"그래도."

"하, 이놈. 다른 걱정은 말고. 탁 노인께 얘기를 들으니 연수도 무관에 보내려고 하신다더구나. 다른 아이들도 무관에 다니는데 너라고 못 다닐 것이 무어냐?"

"으응."

거듭된 대일의 말에 소명은 마지못해 고개를 끄덕였다. 본래 무술 같은 것에 큰 관심이 없었지만 다른 아이들도 다 간다는데 계속 싫다는 말을 할 수 없었다.

소명이 고개를 끄덕이자 대일은 웃었다. 조만간에 무관을 찾아가 부탁해야겠다고 생각했다. 그는 순간 굵은 눈썹을 꿈틀거렸다. 퍼뜩 떠오른 것이다.

"그러고 보니, 내일은 네 어미에게 가는 날이구나. 잊지 않았지?"

"응!"

소명은 대일의 물음에 크게 고개를 끄덕였다. 아이의 밝은 모습에 그는 흐릿하게 웃었다.

대일은 저녁을 먹고 잠든 소명의 모습을 가만히 바라보았다. 무덤 속의 아이가 이렇게 건강하게 자랐다.

친아비가 아닌 것을 알면서도 이리 따라주니 고맙기 그지없다. 꺼내기 불편한 말이었지만 감출 수는 없었다. 대일은 단순한 사내였다. 거짓을 몰랐고, 요령도 없었다.

대일의 손끝이 소명의 이마를 쓰다듬었다. 이 아이가 있어서 그는 과거를 끊을 수 있었다. 이제 더 이상 망산의 도굴꾼 대일은 없었다. 소명의 아비인 대일이 있을 뿐이다.

아이에게 지어준 소명(小明)이란 이름처럼 아이는 그에게 작은 빛이다.

그는 이불을 아이의 목까지 끌어올리고 다독였다. 새근새근 잠든 소명의 모습이 마냥 보기 좋았다.

날이 밝았다. 대일과 소명은 망산으로 향했다. 상화촌에서 발걸음을 부지런히 하면 한 시진 남짓 걸렸다. 두 부자가 향하는 무덤은 여기 망산에서도 깊은 곳에 있었다.

주인 모를 무덤만도 수십, 수백인 망산이다. 어미의 무덤은 그중 한 곳에 자리했다. 작지 않은 규모였지만 보기에 볼품없었다. 장식물은커녕 비석 하나 없었다. 주변은 무성하게 자란 잡초로 어지러웠다. 그래도 대일과 소명은 무덤을 바로 찾았다.

두 사람은 부지런히 움직였다. 벽돌을 쌓아 만든 무덤 외벽과 주변에 자란 잡초를 정리했다. 그리고 대일은 무덤 앞에 준비한 지전과 향을 사르고 술을 부었다. 비석이 있어야 마땅한 자리에 술이 흘러내려 땅을 적셨다. 그는 문득 입을 열었다.

"내 이곳을 도묘하러 들어갔다가 관속에서 우는 아기를 발견했었지."

대일은 세월을 헤아리는 눈으로 말없는 봉분을 바라보았다. 그는 고저 없는 목소리로 옛일을 말했다. 소명은 대일을 올려다보았다.

"에휴, 알았다니까. 왜 매번 그 얘기를 하는 건데?"

"잊지 말라고, 어떤 일이 있어도 잊지 말라고 하는 말이야."

"피이. 나 머리 좋아."

"그래, 누가 모르겠느냐. 세상 누구보다 내가 제일 잘 알지."

소명은 장난스레 입술을 삐죽였다. 대일은 하하 웃으며 소명의 머리를 헝클어뜨렸다. 그리고 고개를 돌렸다. 향 연기가 사르르 피어올랐다. 봄철 햇살 아래에서 보랏빛의 향연은 고요히 흩어졌다.

대일은 소명의 머리 위에 손을 올린 채 올라가는 향 연기를 바라보았다. 그는 지금도 이름 모를 관속 미부의 모습을 떠올렸다.

이후 대일은 무덤의 주인이 누구인지 알아보려 했지만 알아낸 것은 아무것도 없었다. 심지어 이 무덤을 만들었을 일꾼들도 찾을 수가 없었다. 마치 무덤이 절로 생긴 것으로 생각될 정도였다. 게다가 달리 무덤을 찾는 사람 또한 없었다. 이곳을 찾는 이는 대일과 소명, 두 부자가 전부였다. 십여 년 동안 꾸준히 애써왔지만 대일로서는 더 이상 알아볼 방도가 없었다. 대체 무슨 사연이 있었던 것인지.

쓸쓸한 무덤을 바라보던 대일은 낮은 목소리로 말했다.

"소명아, 오늘을 잊지 말거라. 잊어서는 안 된다."

"응."

대일의 당부에 소명은 힘주어 고개를 끄덕였다.

십삼 년 전의 오늘이 바로 무덤에 묻힌 날이요, 소명을 구한 날이었다.

'누군지 지금도 모르지만 감사합니다. 당신 덕에 보잘것없는 이 도굴꾼이 새 삶을 살고 있습니다. 감사합니다.'

대일은 누군지 모를 무덤 주인을 향해 계속해서 감사의 말을 전했다.

제2장
우둔한 무재(武才)

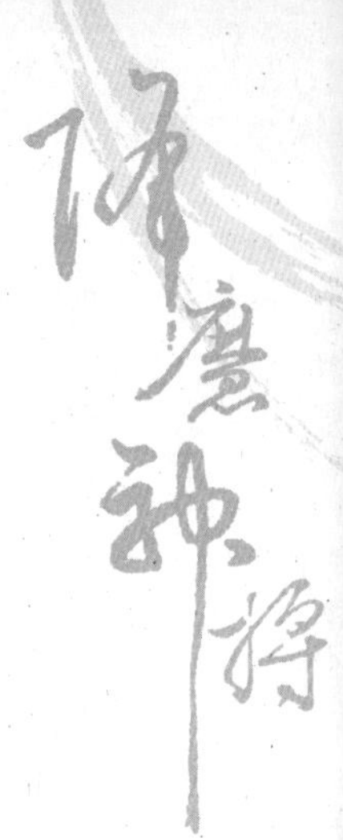

소명은 아이들과 함께 무관 앞에 섰다. 새로 칠한 정문 기둥에 간판이 걸려 있었다.

호가무관(胡家武館).

열린 문 안쪽으로는 아무런 기척도 없어 고요했다. 그것이 더욱 긴장되게 했다. 고개를 돌려 보니 다른 아이들의 얼굴은 기대감으로 붉었다. 탁연수와 당민은 물론이고, 소심한 이청마저도 들뜬 기색이었다. 이청은 호금을 꼭 끌어안은 채 무관의 문전을 기웃거렸다. 그러나 친구들과 달리 소명의 얼굴빛은 좋지 않았다.

"소명아, 뭐해? 들어가자."

탁연수는 머뭇거리는 소명의 소매를 잡아당기며 재촉했다.

"으, 응. 자, 잠깐만."

주저하는 소명의 모습에 셋은 이상한 눈으로 보았다. 예전 같지 않은 모습이었다. 당민이 눈살을 찌푸렸다.

"오늘 진짜 이상하다. 안 그래, 이청?"

"응, 이상해. 어디 안 좋은 거야, 소명아?"

"하, 하하."

아이들 말에 소명은 그저 머리만 긁적거렸다. 이청은 걱정스러운 눈으로 그의 얼굴을 살폈다.

그때였다.

"야!"

버럭하는 큰 외침에 고개를 돌렸다. 뒤에서 두 아이가 자신들을 노려보고 있었다. 소명과 친구들은 둘의 모습을 기억했다.

"어, 너희는."

전날 언덕에서 보았던 무관의 남매다. 그러나 알은척할 새도 없이 남자아이가 다그쳤다.

"너희 뭐야? 뭔데 무관을 엿보고 있는 거야!"

"엿봐? 엿보기는 무슨."

남자아이의 험악한 모습에 소명과 친구들은 어이가 없었다. 그러나 그 녀석은 말을 끝까지 듣지 않았다. 다짜고짜 달려들어 소명의 멱살을 덥석 움켜쥐었다.

"바른대로 말 안 해! 이 자식!"

"윽, 이게 뭐, 뭐하는 짓이야!"

"뭐하는 거야! 그 손 안 놔!"

녀석의 거친 행동에 소명은 물론이고 세 친구들 모두 당황했다. 그 녀석은 막무가내였다. 마구잡이로 소명을 밀어붙였다. 처음에는 당황해 버둥거리던 소명도 이내 울컥했다.

"이 자식이 정말!"

소명은 아이의 멱살을 맞잡았다. 불끈 힘을 주자 이번에는 아이가 당황했다. 겉보기와 전혀 다른 소명의 힘 때문이었다.

"억! 이, 이 자식이!"

소명이 더욱 힘을 쓰자 아이의 발이 주르륵 밀려났다.

"소명, 잘한다!"

"밀어붙여!"

옆에서 친구들이 소리를 높였다.

"이, 이것들이 정말!"

자기가 밀렸다는 것에 자존심이 상한 남자아이는 주먹을 움켜쥐었다. 아이답지 않게 묵직한 주먹이었다. 당장 소명의 얼굴을 향해 내뻗으려는 순간에 큰 호통이 터졌다.

"호충인! 이 녀석!"

호충인이라 불린 아이는 우뚝 굳어버렸다. 소명과 아이들도 마찬가지였다.

소명의 멱살을 잡고 있던 손이 스륵 풀렸다.

문 앞에 등장한 이는 대일만큼이나 키가 큰 중년 사내였다. 붉은 안색에 검은 눈썹이 매섭게 솟았고, 검은 수염이 길었다. 부리부리한 두 눈에서는 빛이 번쩍였다.

그의 모습에 호충인의 얼굴은 새파랗게 질렸다. 아이는 움츠러들었다.

"아, 아버지."

"이놈, 지금 무슨 짓을 하는 게냐?"

낮은 목소리는 무거웠다. 움츠러든 아이는 말을 제대로 잇지 못했다.

"그, 그게 저 자식들이, 그러니까……."

"아버지, 오라버니는 잘못 없어요. 저 촌뜨기들이 무관을 엿보고 있었단 말이에요!"

옆에 있던 여자아이가 냉큼 나섰다. 그러자 둘의 모습에 중년 사내, 호경한은 눈살을 찌푸렸다. 어찌된 일인지 알 만했다.

'허, 이 녀석들 하고는. 보나마나 이 녀석들이 서성이던 아이에게 시비를 건 것일 테지.'

붉은 얼굴이 딱딱하게 굳었다. 그 모습에 두 남매는 입을 꼭 다물었다. 아비가 화를 내기 직전이라는 것을 알았기 때문이다. 자신의 눈치를 보는 모습에 그는 고개를 흔들었다. 그리고 소명과 친구들을 돌아보았다.

"너희들은?"

"저는 소명이라고 합니다."

소명을 시작으로 다른 아이들도 제 이름을 말했다. 호경한은 고개를 끄덕였다.

"그래, 입관하기로 한 아이들이로구나. 그리 긴장할 것 없다. 나는 여기 호가무관의 주인인 호경한이라고 한단다. 이제부터 관주님이라고 부르거라."

"예, 관주님."

호 관주는 옆에 시무룩하게 있는 남매를 앞에 세우며 말했다.

"여기 이 녀석이 첫째 놈으로, 호충인이라고 한단다. 올해 열셋이니 너희와 동갑이란다. 그리고 이 녀석이 호청연, 올해로 아홉이지."

"하, 하하. 안녕."

소명이 웃으며 손을 흔들어 보이자 남매는 홱 고개 돌려 시선을 피했다. 그 모습에 당민이 오만상을 썼고, 이청과 탁연수가 좌우에서 말렸다. 소명은 그 사이에서 어색하게 웃어 보였다. 그러자 호경한의 호통이 다시 떨어졌다.

"이런 밥통 같은 것들. 어서 잘못했다고 하지 않고 그게 무슨 태도더냐!"

"하지만."

"어허!"

큰 소리에 두 아이는 고개를 푹 숙였다. 잔뜩 입술을 내민 뾰로통한 얼굴이다. 잘못한 줄 알면서도 사과하기는 싫은 모양이었다.

호경한이 쯧쯧 혀를 차자, 호충인이 마지못해 소명들에게
사과했다.

"미안하다."

"괘, 괜찮아."

입으로는 그리 말해도 얼굴은 전혀 미안해하는 표정이 아니
다. 두 남매 모두 엉뚱한 곳을 보며 입술을 삐죽거렸다. 불만
이 참 많은 모습이다. 호청연은 아예 딴청이었다.

'어쩔 수 없는 녀석들.'

문 앞에서 소란을 일단락 짓고, 그들은 무관 안으로 들어섰
다. 연무장으로 쓰이는 무관의 앞마당은 넓었다. 벽면에는 여
러 병장기들이 세워져 있었다. 창칼 같은 날붙이가 햇살을 받
아 번쩍거렸다. 소명과 아이들에게 낯선 광경이다. 눈을 크게
뜨고 두리번거렸다.

소명은 대장간에서 일을 돕고는 하지만 이런 병장기의 모습
은 구경도 못 해봤다. 고개를 이리저리 돌리는 모습에 뒤에 있
던 호 씨 남매는 피식하고 비웃었다.

"흥, 촌뜨기들."

호 관주는 연무장 가운데에 자리를 잡았다.

"오늘은 첫날이니 간단한 것부터 시작하자꾸나."

"예, 예!"

"잘 보아라."

그의 말에 소명과 아이들은 새삼 긴장했다.

"충인."

호 관주는 호충인을 찾았다. 멀찍이서 이쪽을 보고 있던 아이는 그의 부름에 움찔해서 급히 달려왔다.

"예, 아버지."

"아이들에게 마보(馬步)를 보여주려무나."

호충인은 다른 말 않고 자세를 취했다. 두 발을 어깨너비만큼 벌리고 허리를 세운 채 그대로 무릎을 직각으로 굽혔다.

"이것이 마보란다. 모든 무술의 기본이지. 자, 해보거라."

아이들은 주춤거리며 호충인의 마보를 따라했다. 엉거주춤한 모습에 호 관주는 다가가 한 명, 한 명의 자세를 바로잡아 주었다.

"팔은 더 들고, 허리는 펴고, 엉덩이는 더 아래로. 다리에 힘을 주어야지. 그래, 그대로 버티는 거다. 잘하는구나."

오래지 않아 소명은 콧등을 실룩거렸다. 무릎이 아팠다. 허벅지가 끊어질 것 같았다. 부들부들 몸이 떨렸다. 다른 친구들도 마찬가지였다. 모두 얼굴을 찌푸렸다.

"힘이 드느냐?"

"에, 그, 그게."

"그렇게 힘들어야 하는 것이다. 자, 팔을 좀 더 올려야지."

말하며 호 관주는 슬그머니 내려간 소명의 팔을 다시 올려주었다. 팔이 빠질 것 같았지만 내색할 수가 없었다. 소명은 일그러지는 얼굴에 억지웃음을 지었다.

모습을 둘러본 호 관주는 그리 마보를 세워둔 채 자리를 비웠다. 호충인도 마보를 선 채 자리를 지켰다. 그만이라는 말이 나올 때까지 다른 도리가 없었다.

연무장에서 호충인과 소명들은 서로를 마주본 채 마보를 섰다. 조용한 와중에 끙끙 참는 소리만 들렸다.

언제까지 이러고 있어야 하는 건지 알 수가 없다. 무작정 참고 있는데, 호청연이 쪼르르 와서는 아이들 앞에 쪼그려 앉았다. 그리고 빤히 보고 있으니 묻지 않을 수가 없었다.

"너, 너 지금 뭐하는 거니?"

"너희들 딴짓하나 안 하나 지켜보는 거야."

"뭐야?"

호청연의 얄미운 말에 당민이 당장 얼굴을 찌푸렸다. 그 모습에 청연은 자리에서 발딱 일어섰다.

"아빠한테 일러준다!"

"이, 이게."

"다, 당민아. 참자. 우리 이거 해야지."

옆에서 달래서야 당민은 화를 참았다. 가늘게 뜬 눈으로 호청연을 흘겨보았지만 그 아이는 조금도 아랑곳하지 않았다.

그런데, 지금 이 중에서 제일 죽을 지경인 아이는 다름 아닌 이청이었다. 이 상황에서도 호금을 꼭 쥔 채 놓지 않고 있었다.

"으, 으으."

내려놓으면 조금이라도 나으련만 얼굴이 새까맣게 되어서
도 호금을 포기하지 않았다.

"괜찮아? 잠깐이라도 내려놓지그래?"

"싫어! 호금은, 호금은 안 돼!"

소명이 보다 못해 말해봤지만 이청은 격하게 고개를 가로저
었다. 이를 악물고 미련스레 버텼다. 홑옷 아래 이청의 가는
팔은 어린 대나무처럼 위아래로 마구 흔들거렸다.

소명과 친구들은 머리 높이 있던 햇살이 기울 때까지 마보
를 섰다. 지쳐서 엎어졌다가 다시 일어나 자세를 잡았다. 그러
기를 몇 번, 몇십 번이었다. 누가 뭐라 하는 사람도 없는데도
아이들은 악착같이 마보를 취했다. 넘어져서 헐떡거리다가도
이를 악물고 일어섰다.

호충인은 그런 네 아이들을 노려보고 있었고, 아이들도 버
티고 선 호충인을 노려보았다. 그 사이에서 쪼그려 앉은 호청
연은 끄덕끄덕 졸았다.

시간이 흘렀다. 하늘이 어둑해지고도 한참 뒤에 나온 호 관
주는 사색이 된 아이들의 모습에 고개를 끄덕였다.

"음, 좋구나. 오늘은 그만 돌아가도 되겠다."

"가, 감사합니다."

대꾸할 힘도 없었지만 소명은 간신히 고개를 숙였다. 그리

고 네 아이는 서로를 부축해가며 무관을 나섰다. 호 관주는 아이들의 모습을 가만히 보다가 호청연에게 넌지시 물었다.

"꾀부리는 아이는 없더냐?"

호청연은 잠시 생각하더니 곧 대꾸했다.

"음…… 그러지는 않았어요. 다들 끝까지 하던데요."

"그래? 그렇단 말이지."

딸아이의 말에 호 관주는 눈썹을 치켜들었다.

'그 정도 끈기라면 무재야 어떻든 가르칠 만하겠군. 물론, 내일 나오느냐가 문제겠지만.'

입가에 쓴 미소가 머물렀다.

무려 네 시진 가까이 마보를 세웠다. 거의 한나절 내내 꼼짝 않고 서 있던 셈이다. 보통 아이라면 이 정도에 질려서 다시는 무관에 나올 생각을 않을 터였다.

호청연은 생각에 잠긴 부친의 모습을 보며 눈동자를 굴렸다.

'그러고 보니, 그 비리비리한 녀석은 오라버니처럼 한 번도 안 넘어지고 끝까지 섰는데. 그 얘기는 안 해도 되겠지?'

호 관주는 호충인에게 눈을 돌렸다. 호충인은 아직 마보를 유지하고 있었다. 얼굴이 사색이 되어서는 땀을 비 오듯이 흘렸다.

"자세가 흐트러졌다."

"예, 옛!"

엄한 한마디에 호충인은 바짝 긴장해 힘든 와중에도 다시 자세를 가다듬었다. 육 년 가까이 수련해왔지만 마보는 그래도 힘들었다.

그리고 호청연에게도 불똥을 튀었다.

"청연, 너도 마보다. 저녁 먹을 때까지 계속."

"에에? 아버지이!"

청연의 볼멘 목소리가 높이 울렸다.

소명은 집까지 겨우 왔다. 문 열고 들어서기가 무섭게 바닥에 털썩 쓰러졌다. 손가락 하나 까딱할 힘도 없었다.

"으으으. 주, 죽겠다."

몸이 제 몸이 아닌 것 같았다. 한참을 뻗어 있다가 퍼뜩 고개를 치켜들었다. 말 그대로 바닥을 박박 기었다. 그러나 향한 곳은 침상이 아니라 목편이 쌓인 구석이었다.

힘든 와중에도 목편을 찾아 읽기 시작했다. 흐리멍덩하던 눈동자가 이내 초롱초롱해졌다.

집어든 목편은 소명이 제일 좋아하는 부분이었다. 목편의 주인인 여공이 천하를 방랑하며 겪은 이야기들이었다.

수십여 년 동안 천하 곳곳을 돌아다녔고, 동서남북 수만여 리 그의 발길이 닿지 않은 곳이 없다 했다. 천하는 넓고 기기묘묘한 곳은 많다.

신인들이 머문다는 천산(天山), 붉은 땅 한복판에 솟아 사시

사철 불길이 타오른다는 화염산(火焰山), 땅끝까지 펼쳐진 거대한 숲 대밀림(大密林) 등등, 온갖 신기한 곳에 관한 내용들이었다.

믿기 힘든 내용들도 많았다. 백 장이 넘는 거대한 구렁이와 싸웠다거나, 백 년을 산 백호를 부렸다거나 하는 내용이었지만, 그것이 또한 재미있지 않은가.

소명은 목편을 읽으며 자신도 천하를 두루 돌아보는 꿈을 꾸었다. 그렇게 목편을 읽다가 깜빡 잠이 들었다. 자리는 불편했지만 깊은 단잠이었다.

꿈속에서 소명은 천산의 하얀 봉우리를 뛰어다니고, 높은 화염산의 불길에 몸을 녹였다.

그리고 다음 날.

소명은 가뿐한 모습으로 자리에서 일어났다. 아프거나 불편한 곳은 없었다.

다 죽어가던 어제의 모습은 어디에도 없었다. 그것은 소명에게 그리 이상한 일이 아니었다. 아무리 힘든 일을 해도 잠한숨 편히 자고 나면 씻은 듯 멀쩡했다.

멍한 눈으로 창밖을 본 소명은 놀라 펄쩍 뛰었다.

"엇, 늦었다!"

오늘은 당민네 대장간에서 일을 돕기로 한 날이었다. 소명은 대충 아침을 해결하고 목편을 챙겨 밖으로 달려 나갔다.

대장간 같은 곳에서 어린아이가 할 수 있는 일은 그리 많지 않다. 기껏 재료를 나르고 풀무질을 하는 것이 전부였다. 그렇다고 해서 중요하지 않은 것은 아니었다. 일의 능률을 크게 좌우하기 때문이다.

소명이 서둘러 대장간에 들어서자 검은 얼굴에 덩치가 큰 사내가 반겨주었다.

"오, 소명아. 왔느냐."

당민의 부친이자 대장간의 주인인 당씨였다. 히죽 웃는 얼굴에 이가 하얗게 빛났다.

"안녕하셨어요."

"그래, 그런데 몸은 괜찮으냐? 무관에서 혹독했던 모양이던데. 우리 당민이는 지금도 집에서 끙끙 앓고 있던데."

"전 괜찮은데요."

당씨의 말에 소명은 히죽 웃으며 대꾸했다. 그것은 당씨에게도 다행한 일이었다. 그는 호탕하게 웃었다.

"하하, 그럼 오늘도 잘 부탁하마. 일이 많이 밀렸단다."

"예."

소명은 소맷자락을 걷어붙이고 익숙하게 움직이기 시작했다. 대장간의 일을 돕기 시작한 것은 아홉 살 때의 일로, 벌써 사 년이 되어갔다. 어디에 무엇이 있고 어떻게 하면 좋을지 다 꿰고 있었다.

능숙하게 쇳조각을 나르고 풀무질을 했다. 소명의 손이 움직이자 화로에서 붉게 타오르던 불길이 화악 솟구쳤다. 푸르게 변했다가 이내 하얗게 달구어졌다.

화로의 불길을 보는 소명의 눈은 신중하기만 하다.

백열(白熱), 차갑게 보이지만 실상 가장 뜨거운 불이다. 그렇지 않아도 뜨거운 대장간의 온도가 더욱 달아올랐다. 이 백열을 유지하는 것이 소명의 가장 큰 일이었다.

"음, 좋군, 좋아."

땀방울에 젖은 채, 당씨는 흐뭇한 얼굴로 화로의 하얀 불꽃을 바라보았다. 백열이 유지된다면 어떻게 일을 시간 내에 맞출 수 있을 것이었다.

해가 높이 솟았다가 기울 무렵, 대략 오시 남짓이 되자 소명은 일을 정리했다.

"이제 가볼게요, 아저씨."

"그, 그래. 근데, 꼭 가야겠니?"

"헤헤."

당씨의 얼굴에 아쉬움이 역력했다. 남은 일거리가 적지 않은 까닭이었다. 소명이 빠지면 그 부담이 배 이상이다. 그러나 어쩔 도리가 없었다. 당씨는 아쉬움을 삼키며 나가는 소명의 모습을 바라보았다.

"에효, 저런 녀석이 대장간에 들어와야 하는 것인데."

그는 땀에 흠뻑 젖은 머리를 벅벅 긁었다.

대장간을 나선 소명은 잰 걸음으로 서둘렀다. 무관에 닿으니 연무장에는 호충인과 호청연, 둘이 어떤 권법을 펼치고 있었다. 문 앞에 멈춰서 그 모습을 바라보았다.

아이답지 않은 신중한 모습이다. 어제의 모습은 간데없었다. 소명은 미처 기척을 내지 못하고 문턱에서 둘의 모습을 멍하니 지켜보았다.

"흡!"

호충인은 땅을 크게 밟으며 팔을 세차게 휘둘렀다. 호청연은 옆에서 날듯이 가벼운 몸놀림으로 다리를 휘둘렀다. 소명은 넋을 놓고 둘의 몸놀림을 바라보았다.

'저게 무술이구나.'

넋 놓고 있던 소명은 퍼뜩 정신을 차렸다. 어느 틈에 왔는지 옆에는 호 관주가 서 있었다.

"과, 관주님."

소명은 호 관주에게 푹 고개를 숙였다. 그런 소명에게 호 관주는 물었다.

"어떠냐? 저 아이들의 모습이."

"머, 멋있어요."

"멋있다라? 하하."

소명의 대답에 호 관주는 낮은 웃음을 흘렸다. 그는 허리를 낮추어 소명과 눈높이를 같이 했다.

"지금 저 아이들이 펼치는 것은 금강권(金剛拳)이라는 것이다. 권법 중에서도 기본이 되는 권법이지. 배워 오래 연마하면 신체가 강건해지고 심지가 굳세어진단다."

"금강권."

소명은 그 이름을 중얼거렸다. 호충인이 앞으로 성큼성큼 나가며 두 주먹을 연이어 내질렀다. 힘찬 모습이다. 자신도 저렇게 할 수 있을까.

호충인은 땅을 차오르며 몸을 비틀었다. 두 다리가 반원을 그리며 허공을 갈랐다.

"와아…… 저, 저도 저렇게 할 수 있을까요?"

"그야 물론이지."

호 관주는 웃었다. 그는 기대 가득한 모습인 소명을 기특한 눈으로 바라보았다. 마보를 그리 혹독하게 시켰음에도 이렇게 다시 찾아온 것이 기꺼운 것이다.

"그러니까, 오늘은……."

호 관주는 반짝거리는 소명의 눈을 마주하며 천천히 말했다.

"마보를 한다."

"으익."

기특하기는 해도 마보를 게을리할 수는 없는 법. 마보참장이야말로 무학의 기본이다, 라고 생각하는 호 관주였다. 일그러지는 소명의 얼굴을 보며 그는 절로 올라가려는 입꼬리를 감추었다.

‘그래도 빠지지 않고 나온 것은 대견하다고 해야겠지.’

　햇볕 아래에서 소명은 마보를 섰다. 땀이 뻘뻘 흘렀다. 팔다리는 천 근의 무게로 축축 처졌다. 뒤에서 호 씨 남매가 권법을 펼치는 소리가 멀게 들렸다.
　‘으으으…… 힘들다.’
　어제와는 달리 혼자라는 것 때문에 소명은 더욱 힘들었다.
　때는 초봄, 부는 바람이 아직 차갑다고 할 정도였지만 소명의 열기를 식힐 수는 없었다. 그저 높은 햇살이 어서 기울기를 바랄 뿐이다. 그러나 시간이 멈춘 것 같았다. 앞으로 뻗은 팔과 굽힌 무릎, 세운 허리에서 묵직한 통증이 밀려왔다. 버티면 버틸수록 통증은 더욱 선명했다.
　소명은 문득 여공이 남긴 목편 중 하나를 떠올렸다. 그것은 마음을 편하게 하는 주문과 같은 것이었다. 무슨 뜻인지는 자세히 이해할 수 없었지만 읊조리는 것만으로도 몸과 마음이 편해졌다.
　대장간의 뜨거운 화로 옆에서도, 어떤 힘든 일을 할 때에도 소명은 이 주문을 반복하며 견뎌냈다. 이번에도 주문을 속으로 읊조리며 애써 고통을 외면했다.
　어느 순간, 귓가에서 아무런 소리도 들리지 않았다. 자신의 숨소리와 심장의 고동이 귓전을 틀어막았다. 호흡은 길고 무거웠다. 팔다리는 무거웠지만 아픔은 멀게 느껴졌다.

주문과 함께 마보에 집중하고 있던 소명은 퍼뜩 정신을 차렸다. 그리고 좌우를 두리번거리고는 히죽 웃었다. 안 나올 것 같던 친구들이 언제 왔는지, 소명의 좌우에서 마보를 서고 있었다. 힘든 기색이 역력한 일그러진 얼굴들로 끙끙거렸다.

"어, 어떻게 다들 왔네. 헤헤."

"야, 우리가 언제 왔는데 이제 인사야!"

당민이 오만상을 찡그린 채 쏘아붙였다. 탁연수와 이청은 그저 쓰게 웃을 뿐이었다. 지금 뭐라 입을 열기에는 너무 힘들었다.

해질 무렵, 땅거미가 아스라이 다가오고서야 네 아이들은 자리에 털썩 주저앉았다. 몸을 가누지 못하고 흐느적거리고 있는데 호 관주가 다가왔다.

얼굴에 다른 표정은 없었지만 그의 눈에는 웃음기가 가득했다.

'허, 이 녀석들 봐라.'

늦기는 했어도 한 명도 빠지지 않은 것이다.

"어떠냐?"

"히, 힘든데요."

대꾸하는 소명의 눈동자는 멍하니 풀려 있다. 호 관주는 미소를 머금은 채 고개를 끄덕였다.

"무술이라는 것이 본래 그런 것이다. 힘든 것이지. 하지만 힘든 만큼 돌아오는 것이 또한 무술이다. 일어나거라.”

“예, 예.”

비척거리며 몸을 일으켰다. 무릎이 멋대로 후들거렸다. 겨우 일어선 넷을 앞에 두고 호 관주는 천천히 자세를 잡았다.

“지금 너희에게 보여주는 것은 금강권이다. 이제부터 너희가 연마할 권법이다. 이것이 금강권의 시작인 고신정립(苦身正立)이다. 바르게 선다는 뜻이지.”

멍하니 풀렸던 아이들 눈에 초점이 돌아왔다. 호 관주의 말을 들으며 그가 행하는 금강권의 시현을 뚫어져라 바라보았다. 낮에 보았던 호충인의 그것과 모습은 비슷했지만 전혀 달랐다.

말을 잊고 호 관주의 금강권을 바라보았다. 느리나 정확했고, 내뻗는 주먹과 발에는 어김없이 힘이 꿈틀거렸다.

호 관주는 초식을 설명하며 몸으로 보였다. 하나하나에 정성을 들인 금강권이었다.

고신정립에서 시작된 총 십팔식의 금강권은 마지막 금강여일(金剛如一)로 끝이 났다. 호 관주는 처음의 그 자리에서 두 손을 가슴 앞에 모아 합장하며 호흡을 가라앉혔다. 그는 흘깃 아이들을 보며 물었다.

“잘 보았느냐?”

“예.”

모두들 멍해 있다가 퍼뜩 정신을 차리고 급히 대답했다. 호 관주는 자신의 발치를 가리켰다.

"보아라. 금강권은 오직 일직선으로 나아가고 물러선다. 처음 시작한 자리로 틀림없이 돌아오면 그제야 금강권의 형을 익혔다고 할 수 있다."

호 관주는 금강권에 대해 차분히 설명했다.

"금강권은 저 이름 높은 소림사(少林寺)에서도 입문무공으로 가르친단다."

"소, 소림사……."

아이들은 물론이고 소명 역시 소림사의 이름은 잘 알았다. 아니, 하남 사람치고 소림을 모를 수는 없는 일이다. 누구의 목에서 마른침 꼴깍 삼키는 소리가 들렸다. 아이들은 한결같이 기대감으로 눈을 반짝거렸다.

"이 금강권은 간단해 보이기는 해도 무술의 기본을 담고 있을 뿐만 아니라 신체의 각부를 강건하게 해준다. 호신책으로 삼기에 부족함이 없는 권법이다. 그러니 가볍게 생각하지 말고 힘써 단련해야 할 것이다. 알겠느냐?"

"예!"

아이들은 힘차게 대답했다. 초롱초롱한 그 모습에 호 관주는 고개를 끄덕였다. 연무장의 구석에서는 호 씨 남매가 찌푸린 눈으로 소명들을 바라보고 있었다.

다음 날부터 금강권을 제대로 배우기 시작했다. 호 관주는 아이들을 엄히 가르쳤다. 어리다고 해도 일단 수련에 들어간 이상 사정을 보아주는 법이 없었다.

"동작과 호흡을 일치시켜라."

"약해! 다시!"

무관의 담 너머로 호통 소리가 수시로 터졌다. 그때마다 아이들은 매번 움찔하면서도 그의 가르침을 곧잘 따라왔다. 그는 열흘 동안 기본공으로서 금강권과 간단한 운기토납을 가르쳤다.

호 관주는 대대로 소림의 속가로, 그의 무공 또한 소림권에 바탕을 두고 있었다. 지금 아이들에게 금강권을 먼저 가르치는 것도 그 때문이었다.

그가 엄히 가르치는 만큼 아이들도 열심히 따라왔다. 그러나 아이들마다 차이는 있기 마련이었다.

호 관주가 두고 보니 이 중에 제일 무재가 떨어지는 아이는 소명이었다. 다른 아이들은 아무리 못해도 열, 스물이면 흉내 내는 것을 소명은 그 두 배, 세 배를 해야 겨우 모양이 나왔다.

하나하나의 자세는 잘 알았지만, 어찌된 영문인지 권로를 펼치면 주저하거나 머뭇거리기 일쑤였다. 때때로 제 발에 걸려 넘어지기도 했다. 그 모습이 안타까웠지만, 그럼에도 소명은 끈기와 고집이 있었다. 꾀부리지 않고 열심히 했다.

호 관주는 소명이 그저 아쉬울 뿐이었다. 그는 애써 편히 생

각하려 했다. 비록 아이들에게 무술을 가르치지만 어디 강호
로 나갈 것은 아니지 않은가.

'무술을 익혀 강건해지면 그대로 좋은 일이니.'

다행히 금강권은 육신의 단련으로 좋은 수련법이기도 하니.

호 관주는 그렇게 아쉬움을 달랬다. 그렇지만 탁연수와 당
민은 그 재능이 상당했다. 둘은 특히 이해가 빨랐고 요령이 좋
았다. 같은 동작을 펼쳐보여도 그 둘은 태가 달랐다.

탁연수와 당민은 오래 두고 가르칠 만한 아이들이었다. 그
무재는 자식인 호충인에게 버금갈 정도였다.

"충인이 녀석도 이제 급한 성격만 다스리면 훌륭한 무인이
될 수 있을 것을."

이제 열셋 된 아이치고는 성취가 놀라우나 천성이 급하여
도무지 침착할 줄을 몰라 아쉬움이 컸다. 부동심(不動心), 그야
말로 무학의 기본 마음가짐이 아니겠는가. 유독 호충인에게
엄한 모습을 보이는 것도 그런 연유에서였다.

호 관주는 곧 고개를 흔들어 상념을 지웠다. 그는 눈앞의 네
아이들에게 집중했다. 다른 아이들은 모두 권로를 끝내고 금
강여일의 합장한 자세로 섰는데, 소명은 여전히 버벅거리고
있었다.

"어어! 으익!"

채 다음으로 넘어가기도 전에 소명은 앞으로 고꾸라졌다.
그나마 기억력은 좋아 금강권 십팔식을 흉내만 겨우 낼 뿐이

다.

'흐음.'

그 모습에 나오려는 한숨을 겨우 참았다. 소명은 자리에서 벌떡 일어나 마지막 동작까지 이어갔다.

호 관주는 불편한 기색을 감추고 아이들에게 다가갔다. 그는 소명에게 나직이 중얼거렸다.

"그래도 잘 끝냈구나."

"헤, 헤헤."

소명은 얼굴을 붉혔다.

"이것으로 금강권은 권로는 모두 배운 셈이다. 이제는 몸에 익히는 것이 중요하다. 수십 수백 번을 바른 자세로 행하는 것이다. 말했다시피 이 금강권을 꾸준히 수련하면 몸이 강건해진단다."

호 관주는 느릿하게 걸으며 말을 이었다.

"지금이야 입문무공이라 하지만 수 대 전만 하더라도 금강권은 천하에 이름을 떨친 권법이었지."

"천하에요?"

소명과 아이들은 눈을 동그랗게 떴다.

"음, 그래. 본래는 수미금강권(須彌金剛拳)이라 했지. 수미금강권을 익히면 육신이 단단해지고, 상승의 경지에 이르면 금강신(金剛身)이라는 법신을 이룬다. 그것은 강호에 전설처럼 내려오는 금강불괴에 가까운 경지이지."

“우와아.”

“지금은 세월이 오래 흘러 상승의 절기가 망실되어 기본 오식만이 남았는데, 이를 정리한 것이 바로 금강권이란다.”

호 관주는 말을 멈추고 아이들의 기색을 살폈다. 들뜬 기색들이었다. 그는 으흠, 목청을 가다듬고 새삼 묵직한 목소리로 당부했다.

“기본뿐이라고 해도, 금강권을 꾸준히 단련하면 금강신은 못 되어도 아주 강건해진다. 그러니 이후로도 소홀히 생각하지 말고 꾸준히 단련해야 할 것이다.”

“예!”

유독 힘차게 대답하는 소명의 모습을 보며 호 관주는 어색하게 웃었다.

‘허어, 이 아이가 나중에 실망하지 말아야 할 텐데.’

드디어 수련이 끝났다. 아이들은 지쳤지만 그래도 뿌듯한 얼굴을 하고 무관을 나섰다. 소명은 알쏭달쏭한 얼굴로 팔을 휘둘렀다. 그러자 옆에서 탁연수가 말했다.

“에이, 틀렸어. 금라단란수(擒拿單攔手)는 이렇게 하는 거야.”

“에? 이렇게 하는 거 아냐?”

“아니라니까.”

“그, 그런가?”

계속 헤매는 소명의 모습에 당민이 의아해 물었다.

"소명은 다른 건 다 잘하면서 왜 권법 할 때에만 그렇게 헤매?"

"헤헤, 그건 정말 나도 궁금하다."

"응, 나도, 나도."

그러자 이청과 탁연수도 거들었다. 소명은 머쓱해서 머리만 긁적거렸다.

무슨 일이든 지금까지 소명이 나서서 안 되는 일이 없었다. 아이들 보기에는 그랬다. 탁연수네 장의사 집에서나, 당민의 대장간에서 일을 도울 때 등등, 소명은 열 어른 못지않게 일을 해냈다.

특히 당민의 아버지인 대장간 당씨는 소명에게 대장간 일을 가르쳐볼까 했을 정도였다. 소명만큼 끈기 있게 불을 지핀 사람이 없었기 때문이다. 비록 대일이 크게 노발대발해서 없던 일이 되기는 했지만, 당씨는 소명을 볼 때마다 아까워했다.

"저런 녀석이 도제(徒弟)로 들어와야 하는 건데. 에효."

물론, 당씨에게 일을 배우러 온 사람치고 열흘을 넘긴 사람이 없다는 것은 별개로 두고 말이다.

소명은 눈을 반짝이며 저를 쳐다보는 세 친구들의 모습에 난감했다. 자신이라고 왜 그런지 어찌 알까. 몸이 안 따라가는 것을. 할 말이 없으니 자리를 피하고 볼 일이다.

소명은 걸음을 재촉하며 친구들에게 손을 흔들었다.

“나, 나 갈게. 내일 보자.”

“응, 잘 가!”

친구들을 뒤로하고 소명은 잰걸음으로 집으로 향했다. 크게 지친 몸으로 발걸음을 재촉했다. 그 와중에도 머릿속은 바쁘게 돌아가고 있었다.

지금까지 배웠던 금강권의 모든 자세들이 선명하게 떠올랐다. 그렇지만 머릿속에 있는 것을 몸으로 펼쳐 보이려니 전혀 따라주지를 않았다.

조금 전, 탁연수가 말한 금라단란수만 해도 그 동작은 또렷한데 막상 이어가려고만 하면 손발이 멈춰서 엉뚱하게 움직였다.

“에효, 대체 왜 그러는 거지?”

소명은 짐짓 심각한 얼굴을 한 채 중얼거렸다. 따로 떼어서 생각하면 얼마든지 할 수 있는 동작들이고 자세들이었다. 그런데 막상 연이어 펼치려고 들면 손발이 멈칫거렸다. 뭔가가 빠진 것만 같은 기분이었다.

“아아, 모르겠다.”

소명은 툴툴거리며 괜히 머리만 헝클어뜨렸다. 그러다가 문득 걸음을 멈추고 빤히 앞을 바라보았다. 앞으로는 어둑한 밤길이었다. 한참 동안 앞을 보다가 조심히 입을 열었다.

“너 거기서 뭐하냐?”

“……”

어둑한 길 한쪽에서 작은 인영이 모습을 드러냈다. 호충인이었다. 뭔가를 단단히 각오한 듯 딱딱하게 굳은 얼굴이었다. 호 관주를 닮아 매섭게 솟은 눈썹 끝이 바르르 떨렸다.

"기다렸다."

"날? 왜?"

호충인은 소명의 앞에 다가와 섰다. 그리고 눈을 똑바로 노려보았다. 어둑했지만 소명은 호충인의 얼굴이 붉게 달아올라 있는 것을 볼 수 있었다.

"한판 붙자!"

호충인은 버럭 외쳤다. 단단히 움켜쥔 주먹이 부르르 떨렸다. 흥분한 모습이 당장이라도 주먹을 날릴 기세였다. 무관 앞에서 힘에 밀렸던 것을 아직도 잊지 못하고 있었던 것이다.

"싫은데."

생각할 것도 없이 바로 답이 나왔다. 그 말에 호충인은 움찔했다. 이런 답이 나오리라고는 생각하지 못한 것이다. 당황도 잠시, 버럭 성을 냈다.

"왜, 왜 싫은데! 승부를 내자니까!"

"나 내일 바빠. 내일은 곡식 창고에 일 도우러 가야 돼."

"야! 그래도 남자의 승부인데."

"어차피 내가 질 게 뻔하잖냐."

"뭐?"

"난 이제 무관 다니고 열흘 남짓인데, 몇 년씩 무술을 익혀

온 너랑 상대가 어떻게 되겠냐? 너 너무 비겁한 거 아니냐?”

“으, 그, 그건.”

소명의 퉁명스런 말에 호충인은 거듭 당황했다. 그 부분은 생각도 안 한 모양이었다. 움켜쥔 주먹에서 힘이 풀렸다. 머뭇거리다가 다시 고개를 들었다.

“그럼 언제 승부할 수 있는데?”

“음, 최소한 금강권이라도 다 익혀야 되지 않겠냐?”

“금강권? 오늘 다 배웠잖아!”

“난 어렵던데.”

버럭버럭하는 호충인의 반응에 소명은 어색하게 웃으며 대꾸했다.

“아이고, 그걸 며칠씩이나 익히려고!”

호충인은 갑갑하다는 듯이 가슴을 쿵쿵 쳤다. 그리고는 당장 눈동자를 부라리며 다그쳤다.

“좋아! 네가 금강권을 다 익히면 그때 한판 붙는 거다!”

“그래그래, 알았어. 그때 생각해 보자.”

얼굴이 더 없이 심각했다. 소명은 결연한 모습에 웃음을 참았다. 그리고 느릿하게 고개를 끄덕이며 집으로 향했다. 뒤에서 호충인이 포기하지 않고 목소리를 높였다.

“약속한 거야. 알았지!”

“그래, 알았다니까. 그때 생각해보자고.”

소명은 돌아보지 않고 손만 흔들었다. 호충인은 몇 번이고 거듭 외쳤다. 꽤나 질긴 구석이 있는 놈이다. 터덜터덜 걷던 소명은 곧 피식 웃었다.

'저놈, 생각보다 좋은 놈 같은데.'

집 앞에 도착한 소명은 숨을 가다듬었다. 예전 같으면 목편을 읽다가 잠이 들었겠지만 권법을 배우게 된 이후로는 일과가 크게 달라졌다.

무관에서 무술을 배우고, 밤낮으로 배운 바를 반복한다. 다른 아이들은 금강권의 태반을 다 익히고 이제 다른 권법을 배운다고 하는데, 소명은 아직까지 금강권 하나 제대로 익히지 못하고 있었다. 느린 진도였지만 그것이 부끄럽지는 않았다.

금강권을 익혀 몸이 더 굳세어지면 아비의 일을 도울 수 있을 것이다. 그러면 형편이 더욱 나아질 것이고, 아비의 걱정을 덜어줄 수 있다. 그것이 중요할 뿐이었다.

그리 마음먹은 소명은 무섭게 집중했다. 물론 집중했다고 해서 당장 어떤 성취가 이루어지는 것은 아니다. 다만 꾸준할 뿐이었다.

소명은 고신정립으로 시작해 금강권의 권로를 애써 밟아나갔다.

"으익!"

머뭇거리다가 고꾸라지는 것은 어쩔 수 없었지만.

"야, 이 바보 같은 놈아! 왜 거기서 넘어지는 건데!"

그때, 버럭버럭하는 소리가 울렸다. 고개를 돌리자 호충인이 어둠을 헤치고 성큼성큼 걸어오고 있었다.

"어? 너…… 안 갔어?"

"흥!"

묻는 말에 호충인은 들으라는 듯 세차게 코웃음 쳤다. 그리고는 멀뚱히 있는 소명의 손발을 잡고는 자세를 잡게 했다.

"주먹은 이렇게 잡고, 다리는 이렇게."

"어, 어."

"이게 정법권운(正法卷雲)! 허리 더 낮춰."

느닷없이 자세를 잡아주는 모습에 소명은 눈을 끔뻑거리다가 이내 따라했다. 호충인은 매서운 눈으로 소명을 붙들고 한참이나 금강권을 연습했다.

소명은 숨을 몰아쉬며 호충인을 바라봤다.

"헥, 헥, 뭐냐. 너?"

"너 하는 꼴을 보니까, 냅두면 한도 끝도 없이 금강권만 할 것 같아서 그런다! 내일부터 계속 찾아올 테니까, 그렇게 알아!"

호충인은 퉁명스럽게 말하고는 휙 몸을 돌려 가버렸다. 그 모습에 어이없는 얼굴로 보다가 곧 키득거리며 웃었다.

"쟤 정말 괜찮은 녀석이네. 헤헤."

웃으며 허리 세우는 소명의 모습에 숨을 몰아쉬던 기색은 간데없었다.

소명은 웅차, 기지개를 한 번 켜고는 싱글 웃는 얼굴로 집에 들어갔다.

*   *   *

날이 밝았다. 이르다 싶은 시간이었지만 소명은 오래도록 마보를 취했다. 땀방울이 뚝뚝 떨어졌다. 무릎이 위아래로 벌벌 떨렸다. 소명의 눈이 떠오르는 햇살을 쫓았다. 시간이 흐른 것을 확인하자 자세를 풀고 금강권을 느릿하게 시작했다.

지난 일 년간 매일 같은 소명의 일과였다.

이른 새벽에 시작해 해가 뜰 때까지 마보를 하고, 금강권을 반복했다. 이제는 앞마당에 금강권을 행한 자리가 깊이 패였을 정도였다.

일 년 동안 소명은 조금 키가 컸고, 약간이나마 근육이 붙었다. 금강권을 꾸준히 한 덕분인지도 몰랐다.

이제는 어떻게 금강권을 시작해서 끝낼 수 있을 정도까지 왔다. 그러나 아직 완전하다고는 할 수 없었다. 이전보다 덜했지만, 소명은 생각이 너무 많았다. 초식과 초식의 중간마다 드는 오만 생각으로 아직도 머뭇거리기 일쑤였다.

머리로는 갈 길을 알고 있는데 몸이 여간해서는 따라주지 않아 권로가 자연스럽지 못했다.

소명에게 금강권은 맞지 않은 옷을 걸친 듯했다. 반복할 때마다 호흡이 벅차 가슴이 답답했다. 다른 아이들에게는 너무도 수월했지만 그에게는 그렇지 않았다.

그나마 호충인이 매일 밤마다 찾아와 달라붙은 덕에 이 정도까지 펼칠 수 있는 것이다.

"후우…… 이번에도 힘이 너무 들어간 건가."

마지막 금강여일로 합장한 후, 소명은 긴 한숨을 내쉬며 중얼거렸다. 호 관주에게 배우기로 자연스런 호흡을 중시하고(順息要重), 행함에 힘을 전혀 넣지 않고 바른 모양을 익혀야 한다(不力쭵正)고 했다.

말은 쉽지만 실제 행하기는 쉬운 일이 아니다. 숨을 고른 소명은 퍼뜩 정신을 차렸다. 어느 틈엔가 해가 저기 높이 떴다.

"으악, 벌써! 이러고 있을 때가 아니잖아!"

놀라서 급하게 움직였다. 땀에 젖은 몸을 대충 닦고, 옷을 갈아입었다. 오늘은 무관에서 제법 중요한 일이 있는 날이었다.

호가무관.

사람이 많이들 북적였다. 무관이 상화촌에 자리를 잡고 이제 일 년 남짓. 그사이에 무관의 사람은 많이 늘었다. 소명과 같은 어린아이들만이 아니고 주변 여러 마을의 청년들도 입관했다. 지금은 근방에서는 제법 규모 있는 무관이다.

소명은 급하게 무관으로 뛰어 들어갔다.

"오, 소명. 왔나?"

"예, 안녕하세요."

문가 쪽의 연무장에서 병기술을 연마하던 청년이 소명을 보고 알은체했다. 웃으면서 답했다. 여기 무관의 관원들 중에서 소명을 모르는 사람은 없었다. 딱히 좋은 쪽은 아니었다. 웃는 모습들이 어색했다. 소명은 딱히 개의치 않았다.

"왔냐, 소명."

"오, 충인!"

연무장 한쪽으로 가자 호충인이 소명을 보고 알은체했다. 일 년 사이에 많이 부드러워진 호충인이었다. 호 관주를 닮아 날카로운 눈매는 여전했지만, 그래도 흐릿한 미소를 머금은 얼굴은 보기 좋았다.

"만년 탈락자 주제에 너무 여유 부리는 거 아냐?"

"쳇, 시끄러."

호충인의 밉지 않은 빈정거림에 소명은 한 소리 짧게 뱉었다.

오늘은 또래끼리 대타(對打)가 있는 날이었다. 각자 배운 재간을 겨루는 것이다. 호가무관은 삼 개월에 한 번씩 대타와 시연을 통해 심사를 보았다.

심사를 통해서 다음 단계로 올라가는 것이다. 소명과 함께 시작했던 친구들은 모두 두세 단계씩 올라가, 이제는 대홍권이나 나한권과 같은 권법들을 익히고 있었다. 아직까지 금강권을 익히고 있는 아이는 소명뿐이었다.

"왔어, 소명?"

"소명아."

먼저 와서 몸을 풀고 있던 친구들이 소명을 보고 모두 다가왔다.

"소명, 오늘은 통과해야지. 언제까지 금강권만 할 거야."

"자신 있지?"

"하, 하하. 그, 그렇지 뭐."

친구들 말에 소명은 어색하게 웃었다.

심사에 앞서 친구들은 자기들끼리 대타를 연습하거나 형을 연마하기 시작했다. 그 모습을 호 관주가 흥미로운 눈으로 지켜보고 있었다.

일 년 사이에 호충인의 인상이 많이 달라진 것처럼 호 관주의 인상도 많이 달라졌다. 매서운 눈매와 붉은 얼굴은 그대로였지만 전체적으로 부드러워진 인상이었다. 그는 흐릿한 미소를 머금은 채 아이들의 모습을 바라보았다.

뭐라 해도, 이곳 상화촌에서 처음으로 가르친 제자들이지 않은가.

"하압! 야앗!"

당민의 기합소리가 크게 울렸다. 당민은 아이들 중에서 제일 컸고, 몸놀림도 좋았다. 오래 수련해온 호충인과 비교해도 부족하지 않았다. 일 년 정도 만에 이만큼 펼치는 것은 당민의 무재가 상당하다는 뜻이기도 했다.

당민만은 못해도 다른 아이들의 성취 역시 상당했다. 아이들은 권법을 즐거워했고, 힘든 과제도 잘 이루어냈다. 뻗는 주먹 끝에 제법 힘이 실렸다.

호 관주는 앞에서 서로 권법을 겨루는 당민과 이청의 모습에 고개를 끄덕였다. 아이들치고는 상당한 공방을 보여주고 있었다.

당민이 소엽퇴로 걷어차 올리자, 이청은 냉큼 물러서며 십자수로 맞받았다. 그리고 몸을 비틀어 차는 이기각을 펼친다. 약속된 합을 펼치는 것이니 다칠 염려는 없다.

당민, 이청의 옆에서는 탁연수와 호청연이 대홍권을 펼치고 있었다. 당민에 비하면 조금 느렸지만 탁연수의 무재도 상당했다. 특히 탁연수는 손발이 빨랐다. 마주하고 있는 호청연도 권법을 익힌 것이 벌써 수년째인데, 그 아이와 손발을 겨루는 속도가 거의 비등하다.

고개를 끄덕인 호 관주는 곧 눈을 돌렸다. 미소가 맺혀 있던 얼굴이 잠시 움찔했다.

소명이었다. 역시 문제는 이 녀석이었다. 다른 아이들의 배나 공들여 하건만 그에 비해 성취는 참 미비했다. 다른 아이들을 겨우 따라가는 수준이다.

지금만 해도 이제 다른 아이들은 능숙하게 펼치는 금강권을 느릿하게 펼치고 있었다. 호 관주는 쓰게 웃었다.

'저 녀석은 아주 큰 대기(大器)이거나, 엄청난 몸치일 것이다.'

소명은 호충인의 앞에서 금강권을 펼치고 있었다. 그걸 보는 호충인은 잔뜩 얼굴을 찌푸리고 있었다.

"아니, 거기서 왜 자꾸 머뭇거려. 나아가서 주먹을 내지른 다음에……."

"그, 그래. 이렇게 해서. 이렇게."

"아니지. 그래가지고서야 무슨 호권이라고 하겠냐! 차라리 묘권이라고 그래라! 대체 몇 번을 말하냐!"

"헤, 헤헤."

호충인의 핀잔에 소명은 머쓱해서 머리를 긁적였다. 호충인은 답답해서 제 가슴을 탕탕 두들기고는 성큼 다가와 소명의 자세를 다시 잡아주었다. 손가락을 웅크리고 자세를 한껏 낮추는 궁보호권(弓步虎拳)의 자세이다.

"팔은 좀 더 들고, 앞을 할퀸다고 생각하라니까."

"이, 이렇게?"

"그래! 다리는 더 넓게 벌리고, 허리에 힘줘! 그래야 다음 동작으로 넘어갈 거 아냐!"

"으, 응."

둘의 모습에 호 관주는 고소를 머금었다. 보아하니 오늘도 금강권의 단계를 넘어서지는 못할 것 같았다.

"으아! 정말 언제 금강권을 끝낼 거야! 빨리 나랑 승부를 내야 할 것 아니냐!"

"아, 일 년이 지났는데 아직도 그 소리냐."

"일 년이든, 십 년이든!"

"아, 그래그래."

호충인의 외침에 소명은 심드렁한 얼굴로 고개를 끄덕였다.

그래도 소명 덕분에 호충인이 많이 밝아진 것은 좋은 일이었다. 예전처럼 성질이 급하여 생각 없이 굴던 모습은 많이 사라졌다. 여기 아이들과 어울린 덕분일까. 호 관주는 수염을 쓰다듬으며 나직이 웃었다.

"허허."

군자에게 삼락(三樂)이 있어, 그중에서 으뜸은 제자를 가르치는 것이라 했다. 호 관주는 근자에 들어 그 말을 실감했다. 상화촌이나 근처 마을의 청년들에게 무술을 가르치는 것도 좋았지만 여기 아이들을 가르치는 것은 또 다른 즐거움이었다.

자식과 함께 성장하는 아이들의 모습이 보기 좋았다.

'슬슬 저 녀석들에게 호가권(胡家拳)을 전수해도 좋을 것 같은데.'

호 관주는 자신의 진신절학을 떠올리며 아이들의 모습을 지켜보았다. 그는 곧 목소리를 높였다.

"그만. 이제 심사를 시작한다."

아이들 얼굴에 뚜렷한 긴장과 흥분이 스치고 지나갔다. 그러나 소명은 예외였다. 그저 담담한 얼굴로 자리를 잡았다.

＊　　＊　　＊

대일은 고민했다. 지금 그의 앞에는 옛적 도굴꾼을 같이했던 자가 찾아와 일을 거들어 달라 하고 있었다.

"이봐, 양씨. 알다시피 손을 씻은 지 십수 년일세. 손도 다 굳었고, 감도 다 잃었어. 내가 무슨 도움이 되겠는가."

"아니, 이봐, 대일이. 그러지 말고."

대일이 완곡하게 사양하자 양씨의 시커먼 얼굴이 급해졌다. 그는 아예 대일의 소맷자락을 단단히 움켜쥐었다. 그 모습에 대일은 당황했다.

"양씨?"

"제발, 제발 날 좀 살려주게."

"아니, 이 사람이 정말."

"이번 일만 잘하면 은으로 일백일세!"

상상 못할 액수에 대일은 움찔했다. 그는 크게 흔들렸다. 그렇지 않아도 이제 소명을 서원에도 보내보려던 참이었다. 그만한 은전이라면 충분히 서원에 들여보낼 수 있을 것이다.

"대일이…… 제발 나 좀 살려주게."

양씨는 아주 죽을상을 하고 대일을 빤히 바라보았다. 그 눈이 너무 간절했다. 생전 다른 사람에게 아쉬운 소리 한 적 없는 양씨였다. 오래 고민하던 대일은 두툼한 입술을 지그시 깨물었다.

'한 번만, 이번 한 번만이다.'

그는 무겁게 고개를 끄덕였다.

"알았네. 내 이번만 도와줌세."

"저, 정말이지? 정말 나서주는 거지?"

그러자 양씨의 얼굴이 환해졌다. 마치 죽다 살아난 양 밝은 얼굴이었다. 그는 거듭 확인하고는 집을 나섰다. 그렇게 양씨를 보낸 대일은 어두운 얼굴로 자리에 앉았다.

"과연 잘한 일일까? 괜한 욕심을 부리는 건 아닐까?"

고민하고 있는데 문이 열리며 소명이 들어왔다. 무관에서 돌아오는지 땀으로 범벅이었다. 대일은 어두운 기색을 급히 지우며 반겼다.

"왔니? 오늘은 빨리 왔구나."

"예, 그런데 양씨 아저씨가 나가시던데요?"

"아, 응. 그럴 일이 있었어."

대일은 어색하게 웃으며 자리에서 일었다. 소명은 그런 대일을 유독 유심한 눈으로 바라보았다. 뭔가 이상한 것을 느낀 것이다.

"무슨 일인데요?"

"응? 아, 아니다. 양씨 아저씨가 일을 도와달라고 해서 좀 오래 집을 비워야 할 것 같다."

"양씨 아저씨? 일?"

"그래."

소명은 이내 이맛살을 찌푸렸다. 그리고는 우울한 목소리로 물었다.

"혹시 그런 일이에요?"

"허, 이 녀석."

소명이 무엇을 묻는지 모르지 않았다. 그러나 대일은 답은 않고 헛웃음으로 무마하려 했다.

소명도 대일의 바람을 잘 알고 있었다. 세상에 큰 사람이 되라 하지 않았던가. 그래서 없는 살림에도 무관에 보내고, 또 책을 읽히려 했으며, 서원에 들어가기를 바랐다. 다 좋았지만 그래도 대일이 무리하는 모습은 보고 싶지 않다.

소명은 대일의 옷자락을 잡았다.

"나, 서원 같은 데 안 가도 돼요. 이제 무관도 안 가도 돼요. 그러니까, 그러니까, 그 일 하지 말아요."

"아니, 이 녀석이."

대일은 소명을 애써 달랬다. 하겠다 말한 것을 번복할 수도 없는 노릇이다. 그리고 소명이 그럴수록 더욱 좋은 곳에 보내야겠다는 생각은 단단해졌다.

날이 채 밝기도 전에 대일은 떠날 준비를 했다. 오래 묵혀놓았던 도구들을 다시 챙겨드니 어떤 감회보다 쓸쓸함이 앞섰다. 그는 잠들어 있는 소명의 얼굴을 가만히 바라보았다. 무슨 꿈을 꾸는지 이마를 한껏 찌푸리고 있다. 대일은 소명의 손을 꼭 잡았다.

집을 나선 대일은 늦지 않게 약속된 장소로 향했다. 그가 향한 곳은 망산에서도 특히 옛 무덤이 많이 모여 있는 곳이었다. 동서 백여 리에 무덤 없는 곳이 없는 망산이다. 그중에서도 꾼들 사이에 통하는 말로 고묘총(古墓塚)이라 하는 곳이다. 그곳에 도착하고 보니 이미 많은 사람들이 모여 있었다. 얼핏 보아도 망산 일대의 도굴꾼들은 모두 모인 것 같았다. 개중에는 대일과 안면 있는 자들도 있었다. 그는 그저 눈짓으로만 알은체했다. 잠시 주변을 살피던 그의 얼굴이 찌푸려졌다.

'이거, 뭔가 이상한데.'

수상쩍은 느낌이 들었다. 연신 주변을 두리번거리는데, 양씨가 다가왔다.

"오, 와주었나, 대일이."

"양씨, 사람이 많은걸?"

"그게 그렇게 되었어. 일이 정말 크거든."

양씨는 어색하게 웃으며 답했다. 그렇지만 웃는 그의 눈도 불안으로 흔들리고 있었다.

앞에 몇몇의 사람들이 모습을 드러냈다. 그들이 모습을 드러내자 꾼들을 모으던 양씨가 급히 그에게 다가갔다.

"오셨습니까, 나으리."

"음."

그들 중 선두에 선 자는 고개를 끄덕였다. 그는 고급스런 유삼 차림에 접선을 들고 있었다.

"여기 이자들인가?"

"예예, 나으리."

양씨는 어색하게 웃었다. 사내는 접선으로 입가를 가렸다. 그는 유리알 같은 눈동자로 모여 있는 일꾼들을 한 번 훑어보았다.

순간, 대일은 가슴이 철렁 내려앉았다. 지금 호랑이 굴에 들어왔다는 것을 깨달았다. 급히 주변을 살폈다. 그러자 들어온 길목은 검은 옷을 걸친 자들이 무표정한 얼굴로 지키고 서 있었다.

'이, 이런!'

대일의 눈동자가 크게 흔들렸다. 달아날 구석이 전혀 없는 것이다.

유삼인은 도굴꾼들을 둘러보았다.

"불안해하는군. 그렇게 걱정할 것은 없다. 너희 목숨을 취할 생각은 없으니. 다만 우리를 위해 일 하나만 해주면 될 것이다."

그는 미소 띤 얼굴로 도굴꾼들의 얼굴을 찬찬히 살폈다. 그
시선을 감히 마주할 수 있는 이는 없었다. 분분히 고개를 돌렸
다.

"좋아. 이제부터 너희가 찾아야 할 것을 알려주지."

그는 뒤편의 선 자들에게 손짓했다. 검은 옷을 입은 거한이
앞으로 나섰다. 얼굴에 흉터가 가로지르는 험악한 인상의 중
년 사내였다.

"너희들은 이제부터 내 통제에 따른다. 기간은 석 달. 그 안
에 백오십 년 이상의 고묘들을 중점적으로 발굴한다. 질문 있
나?"

"……."

감히 나서는 자는 없었다. 그러나 묻지 않을 수는 없는 일이
었다. 눈치를 살피던 대일이 조심스럽게 손을 들었다.

"뭐냐?"

지목받은 대일은 목소리를 겨우 쥐어짰다.

"저, 저기 다름이 아니오라, 찾으시는 고묘가 어떤 특징이
있는지 정도는 알아야……."

"그것은 너희가 알 것 없다. 우리가 되었다고 할 때까지 고
묘를 찾으면 되는 것이다."

중년인은 대일의 말을 잘랐다. 그리고 흉터 앉은 눈을 더욱
크게 치뜨며 주변을 노려보았다.

"다른 질문 있는가?"

있을 리가 없었다.

사내의 말은 넓은 고묘총을 막무가내로 전부 파헤치라는 것과 다르지 않았다. 그러나 감히 불만을 표할 수 있는 사람은 없었다. 다들 두려움에 몸을 움츠렸다.

대일은 강압적인 모습을 보며 마른침을 삼켰다. 두려웠다.

'소, 소명아……'

*　　*　　*

소명은 눈을 떴다. 일어나 집 안을 둘러보았다. 대일의 모습은 없었다. 결국 일을 간 것이다. 식탁에는 대일이 준비해놓고 간 만두가 차갑게 식어가고 있었다.

식탁 앞에 앉아 굳은 만두를 베어 물었다.

소명은 시무룩한 얼굴을 한 채 자리에서 일어나지 않았다. 바깥에서 아이들이 부르는 소리가 들리지 않았다면 언제까지고 그렇게 있었을 것이다.

"소명아, 무관 가자!"

"어, 그래!"

소명은 그제야 자리에서 벌떡 일어섰다. 나가기 전에 목편을 챙기는 것은 잊지 않았다.

제3장
망산(邙山)의 화(禍)

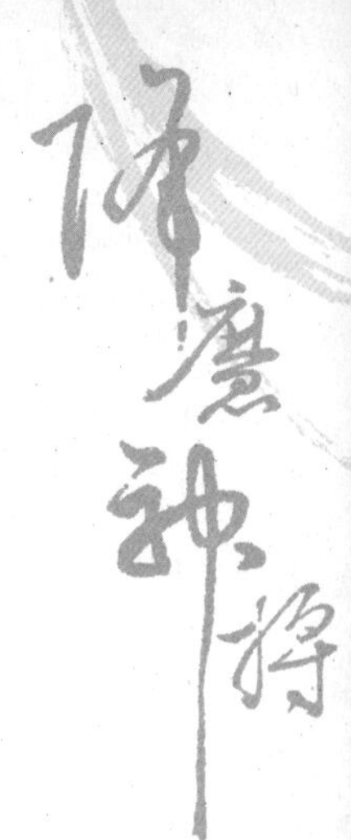

계절이 바뀌었다. 내리쬐는 햇볕이 쨍했다.

호가무관의 연무장에서 두 그림자가 빠르게 움직였다. 소명과 호충인이 대타를 하는 중이었다. 둘은 손발을 빠르게 주고받았다. 그 모습을 아이들뿐만 아니라 무관의 다른 청년들도 유심히 지켜보았다.

이미 여러 권법을 수년 동안 연마해온 호충인과 일 년 동안 익힌 금강권이 고작인 소명이었다. 어떻게 봐도 상대가 될 리 없었지만 대타에 들어가면 얘기가 많이 달랐다.

권법을 펼쳐 보일 때면 항상 머뭇거리던 소명이 대타에서는 전혀 다른 모습을 보였다.

‘이, 이 자식!’

호충인은 어금니를 꾹 깨물었다. 마주선 소명을 뚫고 들어갈 수가 없었다. 눈을 감아도 훤한 금강권이 분명한데 왜 주먹 한 방 제대로 먹이지를 못하는 것인지.

속이 답답해서 까맣게 타들어갈 정도였다.

“으합! 차합!”

버럭 기합을 내지르며 있는 힘껏 몰아붙였다. 하지만 금강권의 기본동작에 번번이 막히기 일쑤였다.

처음 소명과 대타할 때만 해도 나름 정정당당하게 한답시고 금강권만으로 달려들어도 충분했는데. 지금은 익힌 재간을 전부 동원해도 여간해서는 소명의 금강권을 뚫을 수가 없었다.

“에이이익!”

호충인은 더욱 빠르게 몰아쳤다. 추포삼련각(追捕三連脚)의 삼식연환이 당장이라도 소명을 쓰러뜨릴 것 같았다.

그러나 소명의 모습이 갑작스레 눈앞에서 사라졌다.

“억!”

호충인은 놀라 신음했다. 이런 동작이 금강권 중에 있었던가 싶은 순간, 바로 옆에서 소명이 벌떡 일어섰다. 소명은 당황할 틈도 주지 않고 벼락같은 외침과 함께 체중을 실은 일권을 뻗었다.

“금강포추(金剛砲墜)!”

“꾸엑!”

옆구리에 호되게 틀어박힌 주먹에 호충인은 괴성을 내지르며 풀썩 무릎을 꿇었다.

그 모습을 지켜보던 호 관주는 낮은 웃음을 흘렸다.

"허, 허허. 저놈 참."

소명은 호충인의 추포삼련각을 냅다 바닥을 굴러 피하고는 그대로 금강포추를 내친 것이다. 금강권 십팔식 어디에도 없는 수법이지만 그렇다고 아주 잘못되었다고도 할 수 없는 일이다.

"잔머리가 좋다고 해야 할지."

호 관주는 묘한 표정으로 소명을 바라보며 수염자락을 쓸어내렸다.

소명은 정말 신기한 녀석이었다. 여전히 금강권에서 벗어나지 못할 정도로 형은 형편없었지만 막상 대타에 들어가면 다른 아이들보다 월등했다. 특히 호충인과 겨루면 못해도 열에 서너 번은 꼭 이겼다.

십 년을 수련한 호충인이었다. 게다가 삼 년 전부터 입문한 일심공(一心功)도 제법 경지에 오른 터라 힘이 부족하지 않으련만, 대타에만 들어가면 소명의 기발한 임기응변에 꼼짝 못하고 당하고는 했다.

이를테면 공방의 흐름을 볼 줄 안다고 봐야 할 터.

그러나 호 관주의 입가에 떠오른 미소는 곧 흩어졌다. 그는 안타까운 한숨을 꾹 삼켰다.

어느 정도 무재만 있었다면 진정 상승의 공부를 전할 수도 있으련만. 그는 소명에 대한 아쉬움이 컸다. 형의 이해 없이는 결국 주먹다짐 이상은 될 수 없는 것이니.

호 관주는 천천히 고개를 흔들었다.

'이런, 이런. 나도 수양이 부족하군. 쯧쯧.'

다 내려놓았다 여긴 미련이 다시 고개 드는 것을 깨달았기 때문이다.

금강포추의 주먹질에 호충인은 숨이 막혀 컥컥거리다가 간신히 숨통을 틔우고는 퍼뜩 고개를 치켜들었다. 잔뜩 일그러진 얼굴로 버럭 외쳤다.

"이, 이게 금강포추라고! 이게!"

정면을 파고드는 금강포추에 언제부터 바닥을 구르는 동작이 있었단 말이냐.

소명은 어색하게 웃으며 어깨를 으쓱했다.

"하, 하하. 이건 뭐랄까, 운용의 묘라고나 할까."

"운용의 묘는 쥐뿔! 이 치사한 놈아!"

"아니, 치사하긴 뭐가 치사해?"

바락바락 외치는데 소명은 뚱한 표정으로 맞받았다. 호충인의 얼굴이 터질 것처럼 시뻘겋게 달아올랐다. 약이 바짝 오른 것이다. 그렇지만 더는 뭐라 말을 잇지는 못했다.

어쨌든 진 건 진 것이다.

“으으윽!”

호충인은 분에 못 이겨서 발을 쿵쿵 굴렀다. 이것으로 지난 전적은 30전 23승 7패. 문제는 어제에 이어 연패를 했다는 점이었다. 그것이 앙금으로 남았다.

소명과 호충인의 대타를 끝으로 이날의 수련은 끝났다. 아이들은 각자 마무리를 하며 지친 몸을 풀었다. 허리를 휘휘 돌리던 소명은 불퉁한 얼굴을 하고 있는 호충인에게 다가갔다.

“야, 뭘 그렇게 꽁해 있냐?”

“뭐? 꽁, 꽁하다니! 누가 꽁해! 이 호충인이 꽁해 있을 사람으로 보이냐!”

툭 던진 한마디에 발끈해서 핏대를 세웠다. 그 소리에 주변 친구들은 눈을 동그랗게 뜨고 이쪽을 바라보았다. 그러나 소명은 키득거리며 웃었다.

“크크, 꽁한 게 아니면 얼굴 좀 풀지그러냐? 어쩌다 한 번 진 것 갖고 계속 그런 얼굴을 하고 있으면 내가 뭐가 되냐?”

“맞아, 맞아.”

“거의 다 이겨놓고서는.”

탁연수와 당민이 당장 나서서 말을 거들었다. 소심하고 조용한 이청도 옆에서 눈을 동그랗게 뜨고는 고개를 끄덕였다.

“음. 아니, 그래도. 쳇.”

아이들 모습에 가슴 아래에서 부글거리던 것이 가만히 식어갔다. 호충인은 괜스레 무안해져서는 코끝만 긁적였다. 그 모습에 아이들은 왁작하게 웃었다.

호 관주는 한쪽에서 그런 아이들의 모습을 지켜보고 있었다. 입가에 흐릿한 미소가 머물렀다.

호충인이 많이 달라졌다. 못난 마음에 언제나 뾰족하기만 하던 녀석이었다. 지금은 화를 다스리고 부끄러워할 줄 알았다.

"허, 허허."

자신도 모르게 가만한 웃음이 새었다.

성숙해진 것이다. 그리고 그렇게 만든 사람은 자신이 아니라 상화촌의 아이들이요, 소명이었다. 그는 가만히 고개를 끄덕였다.

그는 웃는 호충인을 보며 마음을 굳혔다.

'내일부터 호가권에 들어가도 괜찮겠구나.'

그는 아들에 대한 기대감으로 깊은 눈동자에 빛을 품었다. 그것은 오래전에 잃었던 희망의 빛이다.

"내일은 절대 안 질 거야! 각오하라고!"

"그래그래. 그러셔야지. 아이고, 아무렴."

"뭐야, 놀리냐!"

"하하하!"

불끈한 호충인의 외침 뒤로 아이들의 웃음소리가 맑았다.

아이들과 헤어져 집으로 돌아온 소명은 텅 빈 집을 보고 한숨 쉬었다.

석 달이 다 되어가는 동안 대일에게서는 소식조차 없었다. 전에 없던 일이다. 무소식이 희소식이라는 말도 있지만 소명은 마음이 편치 않았다. 침상에 앉아 창밖에 저물어가는 하늘을 바라보았다.

날이 제법 길어졌다.

하늘을 태울 듯 붉은 낙조를 보던 소명은 눈살을 찌푸렸다. 불길해 보이는 하늘 때문인지 어째 마음이 편치 않았다.

*　　*　　*

소명은 퍼뜩 눈을 떴다. 지쳐서 잠시 눈 붙인다는 것이 깜빡 잠이 든 모양이었다.

창밖이 캄캄했다. 고개를 내밀어 달 높이를 헤아리고는 절레절레 흔들었다.

"에구, 정신 차려야지. 아직 할 일을 다 하지도 않았는데."

저녁 일과가 아직 남아 있었다. 늦었다고 해서 할 일을 미루지는 않았다. 소명은 불도 밝히지 않은 채 방 한가운데에서 마보를 섰다.

마보를 서고 금강권을 연습하는 것은 소명에게는 이제 중요한 일과였다. 마보를 할 때에는 목편의 여러 내용들을 되새기고는 했다.

다른 무엇보다 여공이 남긴 마음 다스리는 법은 마보의 고통을 이겨내는 데에 큰 도움이었다. 아직까지 진의를 이해할 수는 없었지만 문장과 문장에 집중하다 보면 어느 순간 시간도 고통도 잊었다. 그러다가 퍼뜩 깨어 보면 전에 없던 힘이 솟는 것을 느낄 수 있었다.

어둠에 파묻혀 마보에 집중하던 소명은 문득 눈을 깜빡였다. 평소 깨어날 때보다 이르다. 어렴풋이 느껴지는 기척이 소명을 깨운 것이다.

잠시 멍하게 있다가 마보 자세를 풀었다. 문밖에서 발소리가 들려왔다. 소명은 이상스러워서 고개를 갸웃했다.

"응? 이상하네."

소명의 집은 상화촌에서도 외딴 곳에 자리하고 있어, 이 밤에 굳이 찾아올 만한 사람이 없었다.

"아빠가?"

대일을 생각하자 얼굴이 환해졌다. 그때, 다가온 발소리의 주인이 문을 두드렸다.

쿵, 쿵, 쿵.

"안에 있니?"

낯익은 목소리였다.

"소명아, 깨어 있으면 문 열어 보거라. 나 양씨야."

양씨라는 말에 소명은 곧 마음을 놓고 문 앞으로 갔다. 문고리를 향해 뻗어가던 손이 순간 멈췄다.

대일을 두고 양씨만 따로 집으로 찾아올 리가 없었다.

좋지 않은 느낌이 강하게 들었다. 뻗은 손이 절로 움츠러들었다.

"소, 소명아? 안 열고 뭐하니?"

"……."

답하지 않고 있으니 양씨가 급하게 문을 두드렸다. 소명은 그것이 더 수상스러웠다. 덜컹거리는 문을 보는 눈이 흔들렸다. 뭔가 안 좋은 일이 벌어지고 있는 것 같았다. 주춤거리며 물러섰다.

'위험하다.'

하나의 생각이 뇌리를 스쳤다. 그렇지만 벗어날 방법이 떠오르지 않았다. 머뭇할 때, 쾅 하며 문짝이 부서졌다. 그리고 문밖에 낯선 사내가 한 손을 내민 채 우두커니 서 있었다.

검은 옷을 걸친 키 큰 사내였다. 깊이 눌러쓴 두건 밑에서 눈빛이 번뜩였다. 제멋대로 자란 수염 아래로 비틀린 입매가 보였다.

"흐, 꼬맹이 주제에 눈치가 제법이야."

"……."

웃음 섞인 말에 소명은 아무런 말도 하지 못했다. 그를 올려다보다가 흘깃 눈을 돌렸다. 문가에 거뭇한 양씨의 얼굴을 볼 수 있었다. 그는 소명과 눈을 마주치자 움찔하며 고개를 돌렸다.

소명은 조용한 목소리로 입을 열었다.

"양씨 아저씨."

"으, 응. 그, 그래."

"아빠는 무사해요?"

"하, 그, 그게."

이상할 정도로 담담한 목소리에 양씨는 말을 잇지 못했다. 그러나 소명은 양씨의 모습에서 눈치를 챌 수 있었다.

회피한 눈동자가 크게 흔들리고 있으며, 축 늘어뜨린 손끝이 바르르 떨리고 있었다.

가슴이 쿵 하고 내려앉았다. 대일에게 무슨 일이 생긴 것이 틀림없다.

소명은 불끈 움켜쥔 손에서 힘을 풀었다. 그리고 앞에 선 검은 옷 사내를 올려다보았다.

"아저씨는 저를 데리러 오신 건가요?"

"그렇기는 한데."

"따라갈게요."

그리고 소명은 침상으로 가 보따리에 옷가지 몇을 챙겨서 품에 안았다. 하는 모습을 물끄러미 보던 사내가 물었다.

"뭐하는 거냐?"

"아빠 옷 챙기는 거예요. 옷 한 벌 못 갈아입었을 것 같아서요."

"하, 하하."

대꾸하며 보따리 싸는 모습에 사내는 고개를 흔들며 나직이 웃었다. 그는 입가를 끌어올린 채 새삼스런 눈으로 소명을 바라보았다.

'맹랑한 꼬맹일세.'

열 두엇에 불과한 녀석이 놀란 마음을 가라앉히고 태연한 모습을 보이다니. 놀랍기는 했지만 그뿐, 그에게 소명은 그저 가지고 가야 하는 짐에 불과했다. 오래 관심 가질 이유가 없었다.

소명은 작은 보따리를 품에 안은 채 밖으로 나섰다.

사내는 말없이 제 앞을 지나가는 소명을 물끄러미 보았다. 그리고 집 안을 돌아보았다. 구석에 높이 쌓인 나뭇조각들이 눈에 들어왔다.

"그러고 보니, 흔적을 남기지 말라고 했었지."

중얼거린 그는 양씨가 들고 있던 등불을 빼앗듯이 가로챘다. 나뭇조각을 향해 등불을 집어던졌다. 등불의 불씨는 순식간에 등갓을 사르고 나뭇조각으로 옮겨 붙었다. 그렇지 않아도 세월이 오래어 바싹 말라 있던 목편이었다. 바람마저 솔찬히 불고 있었다.

불길이 솟구치는 것은 그야말로 순식간이었다.

소명은 불길이 이는 모습에 흠칫했지만 다른 행동을 보이지는 않았다. 보따리를 더욱 힘주어 끌어안을 뿐이었다.

사내는 손을 탁탁 털며 밖으로 나왔다.

"서두르자고. 해 뜨기 전에는 도착해야 되니까."

"예예, 나으리."

그의 무감한 어조에 양씨는 급히 발길을 재촉했다.

소명은 양씨에게 등 떠밀려 가면서 뒤를 돌아보았다. 불길은 순식간에 집을 집어삼켰다. 그러나 어떤 기색도 드러내지 않았다. 슬플 일도, 울 일도 아니었다.

'괘, 괜찮아. 괜찮아. 당황하지 말자.'

소명은 애써 스스로를 다독였다. 집보다는 대일의 안위가 더 걱정이었다.

그래도 몸이 덜덜 떨리는 것은 어쩔 수 없었다. 이를 꼭 물고 양씨가 이끄는 대로 타박타박 걸었다.

사내는 흘깃 소명의 뒷모습을 바라보았다. 웅크린 채 울음을 삼키는 것이 빤히 들여다보였다.

"꼬맹이 주제에 참는단 말이지?"

애써 감정을 참는 모습이 그의 눈길을 잡아끌었다.

'허, 신기한 녀석일세.'

그러나 그는 더 마음 두지 않았다. 어차피 죽을 목숨이었다. 어린것이 안됐다는 생각이 들기도 했지만 그뿐이었다.

본래 강호는 무정하니, 오고 감에 노소(老少)를 구분하지는 않는다.

사내는 씁쓸하게 중얼거렸다.

"그저 제 운수일 뿐이지. 크."

그들 머리 위로 저문 달빛이 흐릿한 빛을 발했다. 구름 사이로 드러난 달은 불길한 잔월(殘月)이었다.

소명이 이끌려 간 곳은 망산이었다. 등불도 없이 밤길을 재촉해 걸었다. 망산에 닿으니 야트막한 산정으로 아침노을이 밝아오는 것을 볼 수 있었다.

망산이 낮고 볼품없다고 해도 깊이로 따지자면 여느 산에 못지않았다. 오히려 산중에 난립한 수많은 묘지들 탓에 한 번 길을 잘못 들면 내내 빠져나오지 못할 수도 있었다.

여기저기 솟은 비석들은 새벽 햇살에도 음울한 그림자를 드리웠다.

어미의 묘를 찾는 일로 종종 오가던 망산은 소명에게 익숙한 장소였다. 눈치 빠르게 이들이 향하는 곳을 짐작할 수 있었다.

'이쪽으로 가면 고묘총이다.'

지날수록 버려진 묘들이 점점 많아졌다. 그리고 반 시진 남짓을 더 들어갔다.

앞장서 가던 사내는 흘깃 소명을 돌아보았다. 뒤에서 양씨는 숨이 턱까지 차서 헉헉거리는데, 어린 녀석이 얼굴색 하나 달라지지 않았다.

사내는 묘한 눈으로 소명의 걷는 모습을 바라보았다. 보잘것 없는 보따리를 품에 단단히 끌어안은 채 고개를 푹 숙이고 걷는 모습이 애처롭게 보이기는 했다. 그러나 그보다는 내딛는 걸음이었다.

마구 걷는 것이 아니라 발과 다리를 모두 사용해 요령 있게 걷고 있었다.

'호오, 이놈 봐라…….'

그사이 고묘총에 닿았다. 머리 위로 아침 해는 온전히 떠올라 있었다. 본래라면 경사면마다 가득했을 수많은 묘지들이 간데없이 다 파헤쳐져 있고, 드러난 흙속에는 관 뚜껑이나 인골들이 나뒹굴었다.

소명은 굳은 눈으로 그 참상을 바라보았다.

본래 옛 묘지들만 가득해서 해가 들어도 음산하기 그지없던 곳이었는데, 이렇게 다 파헤쳐져 있으니 이제는 아예 귀기가 어린 듯했다. 아침의 햇살도 아무 소용없었다. 오히려 드리운 그림자 탓에 더욱 기괴해 보였다.

"다 왔군."

양씨는 주춤주춤 물러서며 사내의 눈치를 살폈다.

"헤, 헤헤. 그, 그럼 장 조장님, 저는 이만."

"음, 그래. 잘 가게."

장 조장이라 불린 사내는 물러서는 양씨에게 손을 흔들었다. 그는 마른 눈동자를 굴려 눈치를 살폈다. 그러다가 소명의 고개 숙인 모습에 움찔했다.

양씨는 고개를 흔들어 상념을 털었다. 제 살기 위한 일이다. 굳게 마음을 먹고 돌아섰다. 그런데 다른 무사가 그의 앞을 턱 하고 막았다.

그는 히죽 웃고 있었다. 양씨는 그 미소에 움츠러들었다.

"나, 나으리. 왜, 왜 그러십니까?"

"아니, 자네를 보내주려고 그러지."

"에? 어?"

더듬거리던 양씨는 순간 부르르 몸을 떨었다. 그는 크게 치뜬 눈동자를 굴려 제 복부를 내려다보았다. 무사의 단도가 명치에 박혀 있었다.

"이, 이게……."

멍하니 벌린 입에서 울컥 핏물이 쏟아졌다. 무사는 눈을 크게 뜬 양씨에게 손을 흔들어 보였다.

"잘 가게."

쿵!

소명은 뒤에서 양씨가 쓰러지는 소리를 들었다. 돌아볼 수는 없었다. 작은 몸을 바짝 웅크렸다. 사람 목숨이 한순간 만에 사라지는 곳인 것이다. 새삼 깨닫자 온몸이 덜덜 떨렸다. 장 조장은 그런 소명을 툭 쳤다.

"가자. 네 아비는 저쪽에 있다."

소명이 이끌려 간 곳은 어느 동혈 중 하나였다. 입구에 서기가 무섭게 지독한 피비린내가 코를 찔렀다. 오금이 후들거렸다.

"대주!"

안쪽에서 묵직한 목소리가 들렸다.

"장 조장인가?"

"예, 아이를 데리고 왔습니다."

"들어오게."

"가자."

목소리의 허락이 떨어지자 장 조장은 굳은 소명을 데리고 안쪽으로 들어섰다.

사람이 직접 판 동혈은 상당히 깊었다. 벽면마다 횃불이 타올랐다. 일렁이는 불길에 흔들리는 그림자는 불길했다. 소명은 두려웠다. 저 끝에 어떤 광경이 있을지. 알고 싶지 않았고, 보고 싶지 않았다. 그러나 도망갈 수도, 아니, 도망가서는 안 된다는 것을 잘 알았다.

후들거리는 다리를 겨우 움직여서 장 조장이 이끄는 대로 따라 걸었다. 그리고 소명은 동굴 끝에 모여 있는 무사들의 모습을 볼 수 있었다. 장 조장과 같은 복장의 사내가 여럿 있었다. 하지만 소명의 눈에 다른 이들은 들어오지 않았다.

"아, 아빠!"

동굴 끝에 대일이 매달려 있었다. 그의 모습밖에 보이지 않았다.

　대일은 사지가 사슬에 결박당한 채 붉은 핏물에 젖어 있었다. 뚝뚝 떨어지는 핏방울 소리가 소명의 귓가에는 천둥보다 더 크게 울렸다.
　소명의 외침에 축 늘어져 있던 대일은 어렵게 고개를 들었다. 순간 찢어질 듯이 두 눈을 크게 치떴다.
　"소, 소명아!"
　"아! 으읍! 으읍!"
　소명은 혈인(血人)이 된 아비의 모습을 한눈에 알아 볼 수 있었다. 소리 지르며 달려 나가려 하자 옆에 있던 장 조장이 덥석 움켜쥐었다. 입을 막고 짓누르는 억센 손을 뿌리칠 수는 없었다. 장 조장은 귓가에 나직이 속삭였다.
　"개죽음 당하기 싫으면 가만있어라."
　"으읍……."
　"소, 소명아, 소명아악!"
　어디서 힘이 솟았는지, 빈사상태의 대일은 온몸을 비틀며 악을 썼다. 그럴수록 핏물이 사방으로 무섭게 튀어 올랐다.
　"자, 이제 다시 묻지. 어디냐?"
　대일은 퍼뜩 고개를 돌려 원독 어린 눈으로 목소리의 주인을 노려보았다.
　검은 옷을 입은 덩치 큰 중년인. 그는 여기 무사들을 이끄는 자로, 대주라고 불리는 자였다. 그는 대일의 시퍼런 눈빛에도 눈 하나 깜빡하지 않고 마주했다.

눈에 맺혔던 독기는 서서히 흐려졌다. 그는 힘을 잃고 고개를 푹 떨어뜨렸다. 고개 숙인 대일의 모습에 소명은 이를 악물었다.

대주는 흘깃 그런 소명을 돌아보았다.

"아이가 똑똑하군. 상황을 파악할 줄 알아. 쯧쯧, 못난 아비로군. 아이한테 이런 모습을 보이다니."

"……"

"그만 포기하지그래. 포기하면 편해질 것을. 쯧쯧, 왜 괜한 짓을 벌여서 일을 크게 만드나? 자네들만 죽고 끝날 것을 굳이 어린 생목숨까지 걷어가게 만드느냐, 이 말일세."

죽이겠다는 말을 극히 평온한 어조로 말했다. 대일은 푹 고개를 떨어뜨렸다.

"말하면 아이는 살려주실 테요?"

"말하지 않았나. 우리는 지금 자네와 거래를 하려는 것이 아니야. 자네는 말할 수밖에 없어."

대주는 소명에게 천천히 걸어가 그의 머리를 가만히 쓰다듬었다. 그 손길은 부드러웠지만 대일에게는 그것이 더욱 두려웠다. 언제든지 아이의 목을 꺾어버릴 수 있다는 뜻을 보여주는 것과 다르지 않았다.

대일은 숨을 멈췄다.

'괜한 호기였을까……'

핏물이 말라붙은 얼굴에 후회가 가득했다.

저들이 찾는 묘지는 이미 찾았다. 하지만 들어갈 수는 없었다. 입구를 찾지 못한 까닭이었다. 그러나 대일은 그곳을 알았다. 이전에 한 번 건드렸던 대묘였던 것이다.

하지만 그것을 알릴 수는 없었다. 저들이 목적을 이루는 때가 곧 모두 죽을 때라는 것을 알기 때문이었다.

꼭꼭 감춘 채 그저 석 달이 지나기만을 기다렸다. 그렇게 하면 여기 도굴꾼들을 모두 살릴 수 있을 것이라고 생각했다. 하지만 헛된 호기가 분명했다.

도굴꾼들 사이에서 말이 새어 나가버린 것이다. 그래서 지금 이 꼴이었다.

대일은 사흘 밤낮 동안 모진 고문을 받았다. 손톱 발톱이 모두 뽑혀나갔고, 전신이 얇은 면도에 저며졌다. 그러나 그의 입은 쉬이 열리지 않았다.

하지만 설마 소명에게까지 손을 뻗을 줄이야. 후회가 가슴 깊은 곳에서 치밀었다.

"크윽……."

"일단 쳐라."

대주는 침음하는 대일의 모습에 입가를 비틀어 올렸다. 그는 담담한 목소리로 명했다. 무사들 중 하나가 앞으로 나섰다.

그는 몽둥이를 들어 묶인 대일을 치기 시작했다.

"퍽! 퍽! 퍽!

피에 젖은 몸을 때리는 소리가 기괴했다.

"컥! 어억!"

규칙적으로 떨어지는 몽둥이에 대일은 몸부림쳤다. 난도질 당한 상처 위로 떨어지는 몽둥이였다. 그 고통은 이루 말할 수 없을 정도였다.

소명은 대일의 참담한 모습에 가슴이 쿵쾅거렸다. 그러나 외면하지 않았다. 이를 악물고 눈을 치떴다.

"으, 으으……."

얼마나 시간이 지났을까. 지켜보고 있던 대주가 손을 들었다. 그제야 대일에게 가해지던 몽둥이가 멈췄다.

"이제 좀 상황을 알겠나?"

"흐윽, 흐윽, 아, 아이는 제발……."

대일은 몸을 가눌 수가 없었다. 그는 축 늘어진 채 신음하듯 하소연했다. 그를 보는 대주의 눈에는 아무런 감정도 없었다.

대주는 물론, 이 자리의 누구도 그의 하소연에 마음 쓰지 않았다. 귀찮다는 듯 눈살을 찌푸리고 있을 뿐이었다.

"으, 으읍! 으으읍!"

결박된 소명은 몸부림쳤다. 부릅뜬 눈에서 뜨거운 눈물이 흘러내렸다. 아비가 눈앞에서 죽어가는데, 소명이 할 수 있는 것은 아무것도 없었다.

"하, 이놈 보게. 그래도 사내랍시고 용을 쓰는 것이냐?"

옆에 있던 무사 중 하나가 소명의 몸부림을 조소했다. 소명은 퍼뜩 고개를 치켜들었다. 치뜬 붉은 눈은 원독으로 시퍼렇게 빛을 발했다.

"이, 이놈이."

무사는 소명의 눈빛에 잠시 움찔했다. 그는 곧 아이의 눈빛에 움츠러들었다는 것에 울컥해서 손을 들어올렸다.

"그만하지."

지켜보고 있던 장 조장이 눈살을 찌푸리며 한마디를 던졌다. 그 모습에 무사는 혀를 차며 손을 내렸다.

"쳇."

이 마당에 아이에게 손을 쓰기에는 모양새가 좋지 않다. 다른 무사들이 조소 어린 눈으로 그를 빤히 보고 있었다.

대주는 대일의 머리채를 잡아서 들었다. 그리고 대일의 퀭한 눈을 마주했다. 핏물이 뚝뚝 떨어졌다.

"이제 말할 생각이 드나?"

"마, 말하겠소. 아, 아이만은 살려주시오."

대주는 답하지 않았다. 그는 머리채를 놓고 손을 털면서 말했다.

"그만 풀어줘라."

매달려 있던 대일은 바닥에 털썩 널브러졌다. 축 늘어진 채 지금까지 자신이 흘린 핏물 속에 고개를 처박았다. 그를 부축하는 사람은 없었다. 핏물 속에서 대일은 꿈틀거렸다.

소명은 제 어깨를 움켜쥐고 있던 장 조장의 손을 뿌리치고 대일에게 달려갔다.

"아, 아빠아…… 아빠아……."

"소, 소명, 소명아."

대일은 벌벌 떨리는 손으로 소명의 손을 잡으려 했다. 그러자 대주는 소명을 끌어냈다.

"어, 어어……."

신음하는 대일에게 대주는 무감정한 목소리로 말했다.

"묘가 먼저다."

그 눈을 잠시 올려다본 대일은 곧 고개를 끄덕였다.

대일은 소명의 부축을 받으며 동혈 바깥으로 나왔다. 내리쬐는 초여름의 아침 햇살에 눈이 멀 것만 같았다. 휘청거리는 그를 소명이 힘주어 붙잡았다.

"아빠……."

떨리는 목소리. 그런 아이에게 대일은 억지로 웃어 보였다.

"괘, 괜찮아. 괜찮아."

대일은 지친 눈을 들었다. 다른 도굴꾼들이 이쪽을 빤히 바라보고 있었다. 그들의 눈은 두려움으로 가득했다. 입가에 힘없는 미소가 그려졌다. 원망할 것도 미워할 것도 없었다.

그는 휘청거리며 비탈을 올라갔다. 그곳은 지금까지 묘를 찾았던 곳과는 멀리 떨어져 있었다. 딱히 묘의 입구가 있을 것처럼 보이지 않았다.

대주는 슬그머니 눈살을 찌푸렸다.

"이곳이란 말인가?"

"여, 여기가 틀림없소. 좀 깊이 파고 들어가면……."

어차피 대주와 무사들에게 긴 설명은 필요 없었다. 대주는 손짓해 도굴꾼들을 불렀다. 그들은 눈치를 보며 급하게 땅을 파헤쳤다.

물러난 대일 옆에 소명이 달라붙었다. 그는 피 젖은 손으로 소명의 손을 꼭 잡았다. 소명은 이를 악물고 대일의 큰 손을 힘주어 잡았다. 절대 놓치지 않겠다는 듯이. 그 모습에 대일은 흐릿한 미소를 머금었다. 그사이, 파묻혀 있던 고묘의 입구가 나타났다.

입구를 가로막은 바위를 치워내자 지하로 향하는 석굴이 모습을 드러냈다. 깊이를 짐작할 수 없을 만큼 짙은 어둠에 소명은 부르르 몸을 떨었다.

"기, 긴장하지 말거라. 내 옆에 있으면…… 괜찮아……."

대일은 힘겨운 듯 숨을 몰아쉬며 속삭였다.

"으, 응. 무섭지 않아."

"그, 그래……."

소명은 마음을 다잡았다. 입 속에서 우물거리는 여공의 문장이 두려운 마음을 가라앉혔다. 그러자 새삼 바른 눈으로 깊은 석굴의 어둠을 마주할 수 있었다.

드러난 석굴은 돌을 쌓아서 계단을 만들었다. 이런 규모라면 보통 인물의 묘가 아니었다. 왕릉이라 해도 손색이 없을 것이었다.

입을 연 고묘의 입구를 내려다보며 대주와 무사들은 횃불을 비추었다.

"그럴듯하군. 지금까지 본 통로와는 전혀 달라."

그는 대일과 소명에게 손짓했다.

"두 부자가 앞장을 서지, 그래. 어떤 것이 있을지 모르니."

그의 말에 대일은 묵묵히 고개를 끄덕였다. 그는 한 번 더 소명의 손을 힘주어 잡고, 석굴 안으로 들어섰다.

내려가는 길은 경사가 가팔랐다. 통로는 비좁아서 장정 둘이 나란히 설 수 없을 정도였다. 대일과 소명이 앞장섰다.

모진 고문 탓에 제대로 걷지 못하는 대일을 소명이 부축했다. 한 손으로는 대일을 잡고, 다른 손으로는 횃불을 들었다.

"상당히 깊은데?"

바로 뒤에서 따르던 장 조장은 눈살을 찌푸리며 주변을 둘러보았다.

대일이 크게 휘청거리자 소명은 이를 악물고 버텼다. 어깨에 낀 보따리가 떨어지는 핏물로 젖어갔다. 불퉁하게 보고 있던 장 조장이 손을 내밀었다. 그는 뒤에서 대일의 다른 쪽 팔을 잡아 부축했다.

"조심하라고. 당신이 쓰러지면 우리만 골치 아프잖아."

"……."

대일은 말없이 고개를 숙여 보였다. 그리고 한층 신중한 모습으로 움직였다.

이곳은 그저 옛적의 묘가 아니었다. 이런 규모라면 도굴을 막기 위한 함정이 있기 마련. 그것을 알기에 느릿한 진행에도 장 조장이나 다른 무사들은 그리 재촉하지 않았다.

대일은 내려가면서 몇이나 되는 함정들을 먼저 찾아 해체했다. 머리 위에서 화살이 쏟아지거나, 바닥에 철침이 솟구치기도 했다. 좁고 어두운 통로에서 마주하는 함정들은 아무리 간단한 것이라도 얕볼 수가 없었다.

얼마나 내려왔을까. 대일은 퍼뜩 눈을 달리했다. 입 안이 바짝 말라붙었다. 그는 뒤쪽에서 천천히 따라오고 있는 무사들을 흘깃 돌아보았다. 그들은 이제 마음을 놓은 듯 느긋한 모습을 하고 있었다.

어느 정도 내려온 대일은 문득 신중한 모습으로 자세를 낮추었다. 그는 손을 뻗어 주변의 벽을 더듬었다.

"또 뭐가 있는 건가?"

"그럼 빨리 처리하라고."

뒤쪽에서 무사들의 목소리가 들려왔다. 대일은 개의치 않았다. 느릿하게 더듬어가며 나아가던 대일은 어느 순간 눈을 크게 떴다.

'여기다.'

이곳이었다. 이십여 년 전, 한창 도굴꾼으로서 이름 날릴 때 대일은 이 통로를 통해 이 묘에 들어왔었다. 대일은 기우뚱하며 낮췄던 몸을 일으켰다. 소명이 부축했다.

"소명아…… 아비 옆에서 떨어지면 안 된다."

"응?"

심각한 대일의 말에 소명은 눈을 치켜떴다. 뭔가 불길했다. 그러나 입을 열 수는 없었다. 뒤에 있던 장 조장이 가까이 왔다.

"이봐, 아직 멀었나? 오늘 중에 끝날 수 있는 거야?"

"다, 다 왔소. 거의 다."

대일은 잦아드는 목소리로 답했다. 장 조장은 고개를 끄덕이며 뒤를 돌아봤다. 동료들에게 말을 전하려는 그때였다.

대일은 소명을 끌어안으며 냅다 몸을 날렸다.

"우아아압!"

쩌렁한 그의 외침에 무사들은 흠칫하며 고개를 돌렸다. 대일은 몸을 던져 한쪽 벽을 들이받았다. 마지막 힘을 다한 그의 돌진에 벽이 무너졌다.

소명은 눈을 크게 떴다. 대일의 품에 안긴 채 깊은 어둠 속으로 떨어지는 것을 똑똑히 느낄 수 있었다. 떨어진 횃불이 사방으로 흩어지며 장 조장과 다른 무사들의 놀란 얼굴을 비추었다. 그들의 얼굴이 순식간에 멀어졌다. 그리고 땅이 크게 흔들리기 시작했다.

　장 조장과 무사들은 갑작스런 일에 당황할 새가 없었다.
　"무슨?"
　한쪽 벽이 무너지는 것과 동시에 땅이 위아래로 흔들렸다. 머리 위에서 천둥이 치는 것처럼 급격한 균열이 일어나며 바위와 흙덩이가 무섭게 쏟아지기 시작했다.
　"뭐, 뭐야?"
　"이게 무슨 일이야!"
　"무, 물러서! 나가!"
　"뛰어!"
　뒤늦게 정신 차린 무사들은 악을 쓰며 입구를 향해 달리려 했다. 그러나 이미 너무 깊숙이 들어와 있었고, 통로는 비좁았다. 아무리 무림의 고수라고 해도 다른 도리가 없었다.
　"이런, 젠장!"
　"으, 으아악!"
　횃불이 떨어지고 꺼지면서 어둠마저 내려앉자 공포는 극에 달했다. 그러나 그들의 급박한 욕설과 비명은 이내 통로가 무너지는 소리에 파묻혔다.
　석굴의 붕괴는 오래도록 일어났다. 이곳의 붕괴는 바깥에도

큰 영향을 미쳐서 고묘총의 한쪽이 완전히 무너져버리고 말았
다.

제4장
암중불곡(暗中不哭)

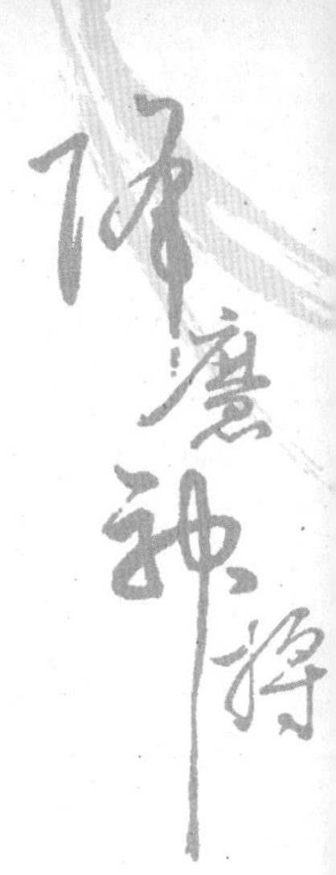

　소명은 캄캄한 어둠 속에서 깨었다. 아무것도 볼 수가 없었
다. 몸은 아팠고, 머리는 멍했다. 손을 더듬자 안고 있던 보따
리가 손에 닿았다. 대일의 옷을 챙긴 보따리. 그제야 번쩍 정
신이 들었다. 아픔에 겨워할 때가 아닌 것이다.

　"아, 아빠…… 쿨럭, 쿨럭……."

　혼란 속에 목을 다쳤는지, 아니면 흙을 삼켰는지 목소리가
잘 나오지 않았다. 소명은 캄캄한 주변을 손으로 더듬어가며
대일의 흔적을 찾으려 애썼다. 그러나 잡히는 것은 돌과 흙이
전부였다. 두려움이 밀려왔다. 어디에 대일이 파묻혀 있을지
도 모른다는 두려움이었다.

급기야 소명은 쌓인 흙을 맨손으로 파헤치기 시작했다. 앞뒤를 생각할 정신이 조금도 없었다. 손톱이 깨지고 핏물이 솟았지만 아픈 줄 몰랐다.

"아빠!"

"으, 으음."

두려움에 지쳐 목소리를 쥐어짰다. 순간, 신음 소리가 흘렀다. 급히 고개를 돌려 더듬었다. 대일이었다. 그가 멀지 않은 곳에 쓰러져 있었다.

"아, 아빠……."

눈으로 볼 수 없었지만 손으로 더듬어서 알 수 있었다.

대일은 가슴 아래로 묵직한 토사에 휩쓸려 있었다. 소명의 손이 닿자 그는 고개를 치켜들었다.

"끄읍!"

악문 잇새로 고통에 찬 신음이 흘렀다. 소리에 소명은 놀라 움츠러들었다. 얼굴이 보이지 않았지만 괴로워하는 모습을 선명하게 그릴 수 있었다.

어찌할 바를 몰라서 소명은 손을 덜덜 떨었다. 정신없이 두리번거렸다. 그러나 보이는 것 하나 없는 땅속 한가운데에서 무엇을 찾을 텐가.

대일을 덮고 있는 토사를 손으로 파헤쳤다. 그러자 대일은 급히 소명을 만류했다.

"그, 그만두거라!"

"뭐, 뭘 그만두라는 거야!"

울음 섞인 외침이 날카로웠다. 대일은 그래도 멀쩡한 한쪽 팔을 들어 소명의 손목을 움켜쥐었다. 그리고 고개를 가로저었다.

"여기가 다시, 다시 무너질 수도 있다. 그만둬."

대일은 하나 남은 손으로 소명의 작은 손을 움켜쥐었다. 여전히 큰 손이었다. 그러나 이전과 같은 온기는 없었다.

"나, 난 어차피 틀렸단다."

힘겨운 목소리에 소명은 파르르 몸을 떨었다.

죽음. 이제까지 한 번도 생각해본 적 없는 일이 눈앞에 닥쳐온 것이다. 입술을 달싹였지만 아무런 소리도 나오지 않았다. 덜덜 떨리는 손으로 다시 흙을 치우려 할 뿐이었다. 그러자 대일의 손에 힘이 들어갔다.

"말 들어라, 소명."

"하, 하지만…… 하지만……."

"내가, 내가 욕심이 과했다. 내 욕심이 너를…… 쿨럭, 쿨럭."

"아니야. 아니에요. 아빠 잘못이 아니야."

기침 소리가 심상치 않았다. 어두웠지만 소명은 그 차이를 알 수 있었다.

"소명아, 또, 똑똑히 듣거라. 여기는, 허억, 허억."

"마, 말하지 말아요. 말하지 마."

죽는다. 소명은 알 수 있었다. 이때에 어둠에 눈이 멀어 아비의 마지막 모습을 볼 수 없다는 것이 미칠 것만 같았다. 눈물은 멈추지 않고 떨어졌다.

흔들리는 시야 너머로 대일의 어두운 윤곽이 꿈틀거렸다. 고통에 못 이기는 것이다. 헐떡이는 모습이 당장이라도 숨넘어갈 듯했다.

소명은 더욱 눈을 크게 떴다. 어떻게든 대일을 보려고 애를 썼다. 순간 눈이 터질 것만 같은 극통이 밀려왔다. 그것은 번갯불처럼 찰나에 몰아쳤다가 사라졌다. 그리고 흐릿하나마 대일의 얼굴을 볼 수가 있었다.

"아, 아아."

소명은 대일의 상태를 이제야 알 수 있었다. 그의 모습은 참담했다. 성한 곳이 하나도 없었다.

눈, 코, 입은 뭉개져 있었다. 한쪽 팔은 부러져 뒤틀려 있었다. 드러난 윗몸은 더욱 참담했다. 부러진 가슴뼈가 살을 뚫고 나와 핏물이 뚝뚝 떨어졌다. 그는 힘겹게 헐떡였다.

어둠을 뚫고 아비를 볼 수 있게 되었건만, 이젠 눈물이 소명의 눈을 가렸다. 대일의 처참한 모습에 소명은 제 몸이 아팠다. 제 손목을 잡은 대일의 손을 맞잡은 채 숨을 죽여 끅끅거렸다. 눈가가 뜨겁게 달아올랐다. 화상이라도 입은 것처럼 뜨거웠다.

"끄으윽."

대일은 이를 악물고 신음을 삼켰다. 극통으로 인해 머릿속이 하얗게 변했다. 그래도 정신을 차려야 했다. 그는 더듬더듬 말문을 이었다. 필히 해야 하는 말이었다.

"이곳은 얼마 버티지 못할 거란다. 그러니 저, 저쪽, 저쪽으로 난 토굴로 몸을 빼야 해."

"가, 가긴 어디를 가아. 아빠를 두고 내가 어떻게 가."

"소명!"

우는 소명에게 대일은 마지막 힘을 쥐어짜 버럭 호통 쳤다.

"네가 이 아비를 천하의 몹쓸 놈으로 만들어야겠느냐?"

"……."

어둠 속에서도 확연할 정도로 대일의 두 눈에 시퍼런 귀광이 일렁였다.

"지금 우리가 묻힌 곳은 지상에서 따지면 얼마 되지 않을지도 모른다. 그러나 위로 올라가려고 하면 반드시 죽는다. 무너질 수밖에 없어. 아래로, 아래로 내려가야 한다."

소명은 대꾸하지 않고 말하는 대일의 얼굴을 바라만 보았다.

"토, 토굴을 따라서 내려가면 분명 묘실에 닿을 수 있을 것이다. 묘, 묘실에서 북쪽 벽을 잘 찾아보거라. 알겠지? 북쪽, 북쪽 벽이란다. 우리 소명이는 영특하니까, 찾을 수 있을 거야."

"아, 아빠."

"소명아, 소명아. 나를 똑바로 보거라. 부, 북쪽이 어느 쪽이지?"

소명은 입술을 질끈 물었다. 목소리가 더 나오지 않았다. 덜덜 떨리는 손을 겨우 들어 한쪽을 가리켰다. 그러자 대일은 흐릿하게 웃으며 고개를 끄덕였다. 그는 손을 들어 소명의 젖은 얼굴을 쓰다듬었다.

손이 차가웠다.

대일은 볼 수 없었지만 소명이 어떤 얼굴을 하고 있는지 선명하게 그려낼 수 있었다. 그는 소명의 얼굴을 더듬으며 속삭였다. 힘이 점점 빠져나가고 있었다.

"소명아, 내 새끼…… 살아야…… 한다. 어떻게든 살아야…… 해."

"사, 살게, 어떻게든 살아남을게."

그리고 빠드득 이를 갈았다. 작은 눈동자에서 새파란 빛이 번쩍였다. 열 서넛의 아이가 품을 만한 안광이 아니다. 작은 몸에서 서늘한 기운이 바람처럼 일기 시작했다. 살기(殺氣)라 불러도 부족하지 않을 정도였다.

"살아나가서…… 모두 다, 다!"

그때였다.

"소명, 이 녀석!"

대일의 입에서 노성이 터졌다. 죽어가는 사람의 입에서 나

올 수 있는 외침이 아니었다. 그 일갈에 소명의 작은 몸이 부
르르 떨렸다.

"누가 너를 이렇게 가르쳤느냐. 누가!"

"아, 아빠……."

"미워하지 말거라. 미워하지 마."

"하, 하지만."

"나는 세상이 미워 살다가, 너를 만나서 행복을 알았단다.
그런 네가 나 때문에 세상을 미워하며 살게 되면 내가 편하겠
느냐? 복수? 그런 게 다 무슨 소용이니."

"으, 으으으……."

소명의 안광이 사그라졌다. 대신 입에서 울음이 길게 흘렀
다. 대일은 손을 들어 그런 아이의 얼굴을 쓰다듬었다. 투박한
엄지손가락이 굵은 눈물 자국을 닦았다. 그는 잦아드는 목소
리로 말했다.

"복수 같은 건 피, 필요 없단다. 필요 없어. 알겠지?"

"으, 으응."

소명은 정신없이 고개를 끄덕이며 대일의 두 손을 단단히
움켜쥐었다. 그제야 대일은 안도하여 편한 미소를 머금었다.

"그래, 그래야지. 이, 아, 아비가…… 하아, 하아……
하……."

목소리가 점점 잦아들었다. 숨소리가 급박해진 순간, 두 눈
은 빛을 잃었다. 그리고 소명이 쥐고 있던 대일의 손이 미끄러

지듯 툭 떨어졌다.

"아, 아빠?"

소명은 멍한 눈으로 대일을 바라보았다. 그는 더 이상 숨 쉬지 않았다. 덜덜 떨리는 손으로 대일의 어깨를 잡고 흔들었다.

"이, 일어나 봐요. 장난치지 말고 일어나 봐요. 장난치지…… 말아요. 나, 그런 말 안 할게. 복수 같은 거 안 할게."

소명은 더 이상 무얼 어찌할 수 없었다. 차가워지는 대일을 끌어안고 흐느꼈다.

높은 곳을 바라보며 입을 크게 벌렸다. 그러나 아무런 소리도 나오지 않았다. 아무런 소리도.

소명은 멍한 정신으로 토굴을 기었다. 자신이 빛 한 점 없는 어둠을 꿰뚫어 보고 있다는 것도 전혀 자각하지 못했다. 살아야 한다고 당부하는 대일의 목소리만이 귓전에서 울릴 뿐이었다.

얼마나 시간이 흘렀을까. 생각 없이 앞으로 나아가기만을 반복하던 소명은 결국 지쳐서 흙바닥에 엎어졌다.

생각해 보면 한밤중에 납치당하듯 끌려나와 물 한 모금 마시지 못한 채 땅속에 파묻혔다. 아무리 소명이 강골이라고 해도 체력이 바닥나는 것은 당연한 일이었다.

소명은 이대로 눈을 감아버리면 어떨까 생각했다.

고개를 돌려 이제까지 기어온 토굴을 바라보았다. 시커먼 어둠이 아가리를 벌리고 있었다. 저리로 다시 돌아가 대일을 묻은 자리에 자신도 누웠으면 싶었다.

하지만 퍼뜩 정신을 차리고 세차게 고개를 흔들었다.

"살게, 아버지. 살아남을게. 어떻게든 살아남을게."

마음을 다잡은 소명은 이를 악문 채 중얼거렸다. 이젠 없는 아비와의 약속이다.

소명은 최대한 편하게 몸을 뉘였다. 숨을 고르며 지금 있는 곳을 찬찬히 둘러보았다. 흐릿한 시야에 낮은 천장이 들어왔다. 토굴이 언제 무너질지 모르는 일이었다. 그렇다고 긴장하지는 않았다. 어차피 다른 방법은 없었다.

숨을 고르며 보따리에 손을 집어넣었다. 문득 닿는 딱딱한 감촉에 멈칫했다.

"아……."

소명은 고개를 들었다. 손에 들려 나온 것은 목편이었다. 짐을 챙길 때 부지불식간에 같이 챙겼던 것이 떠올랐다.

입가에 힘없는 웃음이 그려졌다. 손가락으로 더듬어 목편을 확인했다. 아무리 눈이 밝아졌다고 해도 이 어둠 속에서 목편의 흐릿한 글자를 전부 읽을 수는 없었다. 그러나 유심히 살피니 몇의 글자를 알아볼 수 있었다. 그것으로 충분했다.

수많은 목편 중에서도 소명이 가장 가까이 두었던 여공의 '마음 다스리는 법'이었다. 이는 굳이 읽지 않아도 충분했다. 소명은 목편을 가슴에 안고, 눈을 감은 채 문구를 중얼거렸다.

그것을 되뇌자 오래지 않아 가슴이 점점 가라앉았다.

응어리진 것이 전부 풀린 것은 아니었지만 적어도 당장 눈앞은 밝아졌다.

소명이 읊조리는 목소리가 비좁은 토굴 속에 잔잔히 울려 퍼졌다.

그때였다.

"거기 누구야! 누가 있는 거냐?"

돌연 날카로운 목소리가 귀를 찔렀다. 소명은 퍼뜩 고개를 치켜들었다. 잘못 들었나 싶었다. 그러나 거듭 외침이 벽을 타고 울렸다.

"왜 대답이 없어! 거기 있는 게 누구야!"

신경질적인 외침에 소명은 바짝 굳어버렸다. 다른 누군가가 있으리라고는 생각지도 못했다. 눈을 크게 뜬 채 소리가 들려온 방향을 뚫어져라 바라보았다.

숨결이 점차 거칠어져갔다. 두려움 때문인지 틀어쥔 목편이 부르르 떨렸다. 이곳에 있을 만한 사람이라면 '그들' 뿐이다.

아비와 자신을 이곳에 밀어 넣은 자들.

순간, 떨림이 멎었다. 머릿속은 차갑게 가라앉았다. 소명은 차분하게 숨을 골랐다.

"어차피 가야 하는 길, 누가 있든지 간에 달라질 것 없어."

소명은 굳은 눈으로 몸을 일으켰다. 보따리와 목편을 단단히 움켜쥐고 앞으로 나아갔다.

길은 더욱 험했지만 소명은 토굴을 비집고 들어갔다. 흙더미를 파헤치며 고개를 내밀었다. 그러자 조금 넓은 공간이 나타났다.

"뭐야? 누구야!"

다가온 소리에 목소리 주인은 퍼뜩 고개를 치켜들었다. 캄캄했지만 소명은 그를 알아볼 수 있었다. 사내는 묵직한 바위에 한쪽 다리가 깔려서 꼼짝 못하고 있었다. 그는 바짝 고개를 치켜들었다. 곧 소명을 알아보고는 퉁명스레 중얼거렸다.

"뭐야? 꼬마, 네 녀석이었냐?"

"……."

"지미럴, 삼류 인생이 결국 여기서 끝장나는구나."

그는 소명을 끌고 왔던 장 조장이었다.

소명은 한탄하는 장 조장을 바라보았다. 그는 아비를 죽음에 이르게 한 자들 중 하나였고, 자신을 이곳에 끌고 온 자였다. 움켜쥔 주먹에 절로 힘이 들어갔다. 깨진 손가락 끝에서 아릿한 통증이 밀려왔다.

문득 주변을 두리번거렸다. 묵직한 돌을 찾았다. 그것을 힘껏 안아 들었다. 족히 몇십 근은 나갈 듯한 큼직한 돌이었다. 그 모습에 그러면 그렇지 하며 장 조장은 크크 웃었다.

무슨 기대가 있을까. 자신은 꼬마의 아비를 죽음으로 밀친 장본인 중 하나 아닌가.

'그래, 호된 꼴을 당할 바에야 단매에 죽는 편이 차라리 속 편하겠지.'

그리 생각하며 장 조장은 눈을 감아버렸다.

삼십여 년의 인생이 이렇게 땅 속에 파묻힌 채 끝장날 줄은 미처 몰랐다. 부평초와 같아 언제 말라 죽을지 모르는 것이 강호 무인이라지만, 하필이면 이제 열몇 된 녀석에게 끝을 볼 줄이야.

"크, 크크크."

눈 감은 장 조장은 웃음을 쥐어짰다. 그저 고통이 길지 않기를 바랄 뿐이다. 그런데 아무리 기다려도 아무런 일도 일어나지 않았다. 오히려 조용하다.

이상함을 느낀 장 조장은 슬며시 눈을 떴다. 그러자 소명의 모습이 어디에도 없었다. 안아 들었던 돌만 옆에 놓여 있었다.

"뭐, 뭐야?"

장 조장의 눈이 크게 흔들렸다. 애써 가장한 여유가 한순간에 허물어졌다.

"이, 이…… 지독한 애새끼! 결국 말려 죽이겠다는 거냐!"

그는 욕설을 퍼부었다. 발악하는 고함이 벽을 타고 쩌렁하게 울려 퍼졌다. 피를 토하도록 악을 썼지만 돌아오는 것은 없었다. 몸 가눌 힘도 없는 처지였다.

축 늘어진 채 격한 숨을 몰아쉬었다.

내지른 욕설은 텅 빈 공간만 맴돌다 흩어졌다. 새삼 묵직한 고요가 그의 폐부를 짓눌렀다.

악문 잇새로 허탈한 웃음소리가 힘없이 새었다.

＊　　＊　　＊

장 조장은 문득 정신을 차렸다. 깜빡 잠든 모양이다. 눈을 뜬 그는 토굴 속 어둠을 새삼 확인하고 갑갑한 듯 한숨을 내쉬었다. 달라진 것은 아무것도 없었다.

눈앞은 어둡고, 몸은 무거웠다.

"정말로 이대로 말라 죽는 건가?"

마지막이 머지않았음을 예감했다.

"그래 산사(山寺)를 뛰쳐나왔을 때부터 언젠가는 이렇게 끝이 날 줄 알았지."

장 조장은 눈을 감았다. 그가 할 수 있는 것은 지금 처지를 외면하는 것, 그뿐이었다.

그때였다. 뭔가가 땅에 끌리는 소리가 들렸다. 장 조장은 고개를 돌려 뒤를 돌아보았다. 그리고 뜻밖의 모습에 그는 누워 있던 윗몸을 일으켰다.

"너, 너 뭐하려는 거냐?"

소명이 어디서 구했는지 긴 나무를 끌고 왔다. 어둠 속에서 시커먼 그림자가 성큼성큼 다가오는 모습은 심히 기괴했다. 제아무리 철석간담을 지녔다고 해도 소스라치지 않을 수 없었다. 그러나 소명은 답하지 않았다. 아니, 답할 겨를이 없었다.

소명은 서둘렀다. 처음 놓아두었던 바위를 끌어다 놓고 구해온 나무를 지렛대 삼아서 장 조장의 다리를 누르고 있는 큰 바위를 들어 올리려 했다.

흙투성이 얼굴이 새빨갛게 달아오를 정도로 용을 썼다.

"흐읍! 으으윽!"

작은 아이가 무슨 힘을 쓸까 싶었지만 두꺼운 나무가 휘어질 듯하더니 곧 큰 바위가 천천히 들리기 시작했다. 소명은 이를 악물고 버텼다. 그리고 놀라고 있는 장 조장을 재촉했다.

"빠, 빨리. 빨리……."

휘어진 나무가 부러질 듯 우득 소리가 울렸다. 장 조장은 퍼뜩 정신 차리고 깔린 다리를 밖으로 뺐다. 부러진 다리를 급하게 움직이는 통에 격통이 밀려왔다.

"끄윽!"

신음을 삼키며 다리를 빼는 것과 동시에 나무가 우지끈 부러져 나갔다.

쿵!

내려앉은 바위가 좁은 토굴을 흔들었다. 울리는 소리는 쉽게 가라앉지 않았다. 소명과 장 조장은 순간 숨을 멈추고 눈을 치떴다.

토굴이 무너지지 않을까 긴장한 것이다. 부스스 흙모래가 떨어지다가 잠잠해지는 것을 확인하고서야 소명은 자리에 털썩 주저앉았다. 숨이 헐떡였다.

장 조장은 멍한 눈으로 소명과 바위를 번갈아 보았다. 벗어
난 것은 다행이었지만 이해할 수는 없었다.

"너, 너 왜, 왜?"

당황한 목소리에 소명은 히죽 웃었다. 장 조장의 물음에 딱
히 답할 말은 없었다. 그리고 가까이 가서 부러진 다리를 유심
히 살폈다. 장 조장이 기겁하며 물러섰다.

"뭐, 뭘 하려는 거냐?"

"부러진 채 그냥 두면 안 되잖아요."

"뭐?"

장 조장의 다리는 부러지기는 했지만 다행이 출혈은 없었
다. 슬쩍 손을 대기가 무섭게 온몸을 비틀었다.

"으윽!"

소명은 그 고통이 길어질까, 머뭇거리지 않고 손을 썼다.

목편 중에서 부상자를 돌보는 여러 일화를 읽은 적이 있었
고, 또 가축들을 돌볼 때 다친 녀석들을 조치한 경험도 있었
다. 비록 사람의 몸은 처음이지만 이 판국에 가릴 것은 없었
다. 머뭇거림은 상태를 악화시킬 수 있다는 것을 잘 알았다.

소명은 날카로운 돌조각으로 살을 째어 고인 피를 흘려내고
부러진 뼈를 맞췄다. 으스러지지 않은 것이 천만다행이었다.
그리고 부러진 나뭇조각으로 부목을 대었다.

"이, 이런 썩을……"

　장 조장은 새하얗게 질린 낯으로 거친 숨을 몰아쉬었다. 무지막지했지만 조치는 잘못되지 않았다. 다리의 고통이 훨씬 덜했다.

　소명을 노려보는 그의 눈초리는 불꽃이 튈 것 같았다. 그러나 곧 바닥에 털썩 드러누웠다. 더 이상 버티고 앉아 있을 힘도 없었다.

　비좁은 토굴 속에서 둘의 벅찬 숨소리가 헉헉 울렸다.

　"너, 너 왜 나를 도운 거냐?"

　"……."

　묻는 말에 소명은 답하지 않았다. 드러누운 채 낮은 천장을 바라볼 뿐이었다. 어둠 너머에서 보이는 천장은 위태했다. 언제 무너질지 몰랐다.

　답 없는 소명에게 장 조장은 재차 외쳐 물었다.

　"왜 나를 도왔느냔 말이다! 대체 무슨 꿍꿍이속이야!"

　소명은 고개를 겨우 들어 악을 쓰는 장 조장을 바라보았다. 이쪽을 노려보는 장 조장의 두 눈에 시퍼런 안광이 번뜩였다.

　"아저씨, 다쳤잖아요."

　"뭐?"

　"다친 사람을 돕는 건 당연한 거잖아요."

　장 조장은 흠칫했다. 힘이 들어간 눈동자가 흔들렸다. 이런 말이 나올 줄은 몰랐던 것이다. 주저하던 그는 억지로 목소리를 쥐어짰다.

“하지만, 난 네 아비를…….”

“아버지는 미워하지 말라고 했어요. 어떻게든 살아남으라고 했어요. 보, 복수 같은 건 필요 없다고…… 하지 말라…… 고…… 으, 으으으…… 으윽.”

더 말을 잇지 못했다. 푹 떨어뜨린 고개에서 울음 섞인 신음소리만 흘렀다. 어두워 보이지는 않았지만 눈물방울이 뚝뚝 떨어지는 소리를 들을 수 있었다.

장 조장의 얼굴은 참담하게 일그러졌다. 튀어나오려는 욕지거리를 혀 아래로 삼키며 돌아누웠다. 입 안이 크게 썼다.

‘젠장, 괜한 소리는 해서…….’

소명이 숨죽여 흐느끼는 소리가 그를 불편하게 했다.

장 조장은 퍼뜩 정신을 차렸다. 그는 몸을 일으키려다가 조치가 되어 있는 다리를 보았다.

“꿈이 아니었군.”

중얼거리는 얼굴이 어두웠다.

그는 윗몸을 일으키고 자신의 상태를 살폈다. 떨어질 때의 충격으로 가볍지 않은 내상을 입었고, 다리는 부러진 상태로 오래 방치하여 손을 쓰기에는 너무 늦었다.

조치해놓은 것을 보면 아이치고는 상당한 수준이었지만 영구적인 장애가 남는 것은 어쩔 수 없었다. 설령 황실 어의가 온다고 해도 어찌할 수 없을 것이다.

장 조장의 입에서 허탈한 웃음이 흘렀다.

목숨은 구했는지 몰라도 무인으로서는 끝이다. 그의 무공에서 다리가 차지하는 것은 7할 이상, 아니, 전부라고 해도 과언이 아니었다.

이런 몸으로는 살아도 산 것이 아니었다. 뿌득, 부러져라 이를 악물었다. 참담함이 그의 어깨를 짓눌렀다.

'차라리……'

퀭한 눈이 캄캄한 어둠을 향한 채 넋을 놓고 있는데, 아이가 다가왔다.

"정신 드셨어요?"

"응? 아, 아……."

흠칫하며 고개를 돌렸다. 그는 아이의 모습에 눈살을 찌푸렸다.

"어디서 뭘 하고 오는 거냐?"

그는 의아해 물었다. 머리부터 발끝까지 새삼 흙투성이였다. 그리고 두 손에 뭔가를 쥐고 있었다.

"먹을 걸 구해왔어요."

"먹을 것? 이런 곳에 무슨 먹을 게 있다고?"

그러자 소명은 손을 내밀었다. 이끼 뭉치와 흙이 묻은 풀 쪼가리였다. 그는 기겁했다.

"이, 이런 걸 먹으란 말이냐?"

"다른 방법이 없잖아요."

지친 얼굴에 배시시 그려진 미소에 장 조장은 차마 불평할 수 없었다. 흙속에서 이런 것을 구하려고 얼마나 헤매었을지 상상이 갔다. 그는 소명이 내민 풀을 받아 들어 조심스럽게 씹었다.

'욱!'

씹는 것과 동시에 당장 욕지기가 올라왔다. 지독한 맛이었다. 속이 뒤집어질 것만 같았다. 그렇지만 꾹꾹 눌러 삼켰다. 앞에서 아이도 잘 먹고 있는데 약한 모습을 보일 수는 없었다.

'으엑, 끔찍하군.'

욕지기를 겨우 참으며 삼켰다. 그러나 젖은 이끼는 도무지 더 먹을 엄두가 나지 않았다.

"난 이제 충분하다."

냉큼 돌아누웠다. 그 모습에 소명은 그저 웃었다. 끔찍하기는 자신도 마찬가지였다. 그러나 살아야 한다는 생각이 더욱 강했다. 어떻게든 살라고 하는 대일의 당부가 귓가에 선명했다.

장 조장이 남긴 이끼까지 전부 입 안에 밀어 넣고 꾸역꾸역 씹었다. 이끼 씹는 소리에 장 조장은 몸을 움츠리며 부르르 떨었다.

'허, 독한 놈.'

혀가 갈라질 것 같은데 거기다가 이끼까지 씹어 먹다니. 진저리치던 장 조장은 문득 한 가지를 깨달았다. 혓바닥이 쩍쩍 갈라질 듯하던 목마름이 가라앉은 것이다.

'설마, 풀 쪼가리 때문인가?'

장 조장은 의아했다. 그렇지만 깊이 생각할 틈은 없었다. 숨 돌린 소명이 길을 재촉한 것이다.

"아저씨, 이제 움직여요."

"뭐, 뭐?"

"계속 여기에 있을 수는 없잖아요. 여기는 언제 무너질지 몰라요."

"으음."

소명의 말에 장 조장은 고개를 끄덕였다. 그 말이 틀리지 않았다. 운신하기 힘들었지만 소명의 말을 따르지 않을 수도 없었다.

계속 이곳에 있다가는 말라 죽든, 깔려 죽든, 마지막이 빤히 보였다.

소명이 앞장섰다. 장 조장은 뒤를 쫓았다. 다리가 불편했지만 적어도 기어가는 것은 할 수 있었다. 끌리는 다리에서 상당한 고통이 밀려왔지만 지금은 따질 상황이 아니었다.

말도 없이 기어가던 중, 장 조장은 곧 이상한 것을 깨달았다. 올라가는 길이 아니라 오히려 내려가고 있는 것이다.

"왜 아래로 가는 거냐? 죽으려고 작정한 거냐!"

짜증스런 목소리였다. 소명은 계속 기어가면서 대꾸했다.

"아버지가 무리해서 올라가려고 하면 매장될 수 있다고 했어요. 아래로 내려가 묘실에서 나갈 길을 찾을 거예요."

"그, 그런가?"

담담한 말에 장 조장은 더 성을 낼 수 없었다. 그는 얼굴을 찌푸린 채 소명의 뒤를 쫓았다. 이후 어떤 말도 없었다. 헉헉거리는 숨소리만 비좁은 토굴을 채웠다.

장 조장은 소명보다 더 빨리 지쳤다. 불편한 다리로 어깨너비보다 좁은 토굴을 기어간다는 것은 쉬운 일이 아니다. 지칠수록 앞장선 소명과의 거리는 점점 벌어졌다.

한계에 다다른 장 조장은 참다못해 소리쳤다.

"어, 어디까지 가려는 거냐, 이 빌어먹을 놈아!"

소명은 멈춰서 고개를 돌렸다. 지친 장 조장의 얼굴이 눈에 들어왔다. 당장이라도 숨넘어갈 듯한 모양새였다.

"그럼 여기서 쉬고 계세요. 저는 살펴보고 다시 올게요."

대꾸할 힘도 없다. 장 조장은 고개를 바닥에 박은 채 손목만 겨우 까딱거렸다.

소명은 장 조장을 남겨두고 앞으로 나갔다. 바닥을 기어나가기를 한참, 문득 고개를 치켜들었다. 흐릿한 눈동자에 새삼 힘이 들어갔다.

'비, 빛. 빛이다!'

멀리서 약한 빛이 새어드는 것을 발견한 것이다. 가슴이 크게 뛰기 시작했다. 손발에 새삼 힘이 들어갔다.

토굴은 점점 좁아지고 흙과 돌이 거칠었지만 개의치 않았다. 맨손으로 흙을 긁어내고 돌은 밀어내며 앞으로 비집고 나아갔다. 그리고 겨우 끝에 닿았다.

위에는 갈라진 바위가 있었고, 그 틈새로 빛줄기가 새어 들고 있었다. 무거운 바위를 있는 힘을 다해서 들어 올렸다.

"으, 으으으…… 으으윽!"

이를 악물었다. 온몸이 후들후들 떨렸지만 지금 실패하면 다시는 기회가 없을 것 같았다. 그만큼 절박했다.

"으압!"

위를 막고 있던 바위가 넘어가는 것과 동시에 밝은 빛이 쏟아졌다. 드디어 토굴에서 벗어난 것이다.

위로 기어 나왔지만 소명은 너무 지쳐서 숨을 몰아쉬는 것도 쉽지 않았다. 입 안이 바짝 말랐다. 거친 흙모래와 바위를 파헤치느라 손발은 온통 피투성이였다.

소명은 쉽게 정신을 차릴 수가 없었다. 드러누운 채 땅이 꺼져라 연신 숨만 몰아쉬었다. 그러기를 한참, 문득 고개를 들었다.

지친 눈으로 빛이 머무는 이곳을 둘러보았다. 넓은 공간이었다. 대일의 말대로 묘실에 닿은 것이다. 그러나 깊은 땅 속의 묘실이라고 생각하기 어려울 정도로 높고 넓었다.

까마득하게 높은 천장은 반구형으로 이루어져 있었고 그 중심에는 균열인지 모를 틈이 있어 실낱같은 빛이 스며들었다. 한쪽에는 작지 않은 샘물이 있었다.

물을 발견하자 소명은 후다닥 물가로 기어갔다.

"읍, 읍, 읍…… 아으으…… 차가!"

아주 고개를 박고 물을 들이키다가 화들짝 놀라며 벌떡 일어섰다. 물이 너무 차갑다. 두어 모금을 마셨을 뿐인데 순식간에 온몸이 싸늘해졌다. 물에 닿은 얼굴은 얼어버린 것만 같았다. 소명은 부르르 몸을 떨며 정신없이 얼굴을 문질러댔다.

"으아…… 아주 혓바닥까지 얼어버리는 줄 알았네."

가슴을 쓸어내렸다. 정신 차리고 보니, 가까이 다가선 것만으로도 온몸이 싸늘해졌다.

묘실에 이런 샘이 고여 있다니. 소명은 아직도 얼얼한 얼굴을 문질러대며 고개를 돌렸다. 수많은 무덤 아래에 이런 곳이 있을 줄은 생각도 못했다.

"정말 엄청나다. 산이 전부 묘실인 것만 같네. 핫! 그래, 북쪽 벽! 북쪽이면."

대일의 말을 퍼뜩 떠올린 소명은 급히 두리번거리며 북쪽 벽을 찾았다. 그러나 곧 우뚝 굳어버렸다.

멍한 얼굴로 입을 벌렸다. 아무 소리도 나오지 않았다.

빛이 닿지 않은 묘실 북쪽은 천장이 무너지면서 커다란 바위들이 산처럼 쌓여 있었다. 그것은 묘실의 절반 이상을 집어삼켜서 관이니 뭐니 하는 것도 전혀 보이지 않았다.

허탈감에 어깨가 축 떨어졌다. 잊고 있던 피로와 고통이 한 번에 밀려왔다.

"하아…… 이, 이게 뭐야."

털썩 주저앉아 쌓인 바위의 산을 바라만 보았다. 아무 생각 도 들지가 않았다. 소명은 넋을 놓아버렸다.

"핫, 아저씨!"

한참 후에 불현듯 정신을 차렸다. 이러고 있을 때가 아니었 다. 토굴 속 한복판에는 장 조장이 누워 있었다.

소명은 부랴부랴 빠져나온 토굴로 다시 기어 들어갔다.

크게 지친 장 조장이었다. 게다가 이곳은 공기마저 부족했 다. 그로서는 감당할 수 없었다. 그는 정신이 혼몽했다. 일그 러지는 시야 너머로 온갖 환영이 눈에 들어왔다.

"으, 으으. 아냐, 아냐."

신음하고 헛되이 손을 휘저었다.

"그건 내, 내 잘못이 아냐…… 아니라고!"

자신을 해치려는 환영들 사이에서 작은 손이 불쑥 나타났 다. 다른 소리는 들리지 않았다. 혼몽함 속에서 장 조장은 그 손을 잡아야 산다는 생각을 했다. 마지막 힘을 전부 쥐어짜 그 손을 덥석 움켜잡았다. 순간, 환한 빛이 그의 눈앞으로 밀려왔 다. 그리고 정신을 잃었다.

장 조장이 정신을 차린 것은 그로부터 한참이 지난 뒤였다.

그는 신음하며 고개를 들었다. 낯선 장소에 잠시 당황한 듯 보였다.

"내, 내가 죽은 건가?"

멍하니 중얼거리고 있는데 소명이 다가왔다.

"정신이 드세요?"

"여, 여긴 어디냐?"

"묘실이에요."

"묘실?"

장 조장은 멍한 눈으로 두리번거렸다.

"햇살이 드는 걸 보면, 그때 통로가 무너지면서 이곳도 균열이 일어난 모양이에요."

"그, 그렇군."

장 조장은 멍한 얼굴로 고개를 끄덕였다. 그는 곧 속을 달래고 새삼스러운 눈으로 묘실이라고 하는 곳을 둘러보았다. 고묘총의 묘를 여럿 파헤쳤지만 이 정도의 묘실이 있을 수 있다는 것이 신기할 지경이었다. 그는 곧 비보에 생각이 미쳤다.

회에서 무리해서 일을 동원한 것은 비보를 찾기 위함이 아니던가. 그는 급히 움직이려고 했다.

"왜 그러세요?"

"비보, 비보를 찾아야지. 여기가 그 고묘라면 뭐든 남긴 비보가 있을 것 아니냐."

"……."

그러자 소명은 말없이 손가락으로 어느 한곳을 가리켰다. 장 조장은 손가락을 따라 고개를 돌렸다. 그리고 달았던 안색이 순식간에 식어버렸다.

높이 쌓인 바위의 언덕을 본 것이다.

"뭐 남아 있는 게 없는데요."

"하, 하하."

장 조장은 힘없이 웃었다. 고개가 푹 떨어졌다.

*　　*　　*

장 조장은 곧게 누운 채 운공요상 중에 있었다. 입은 내상을 제법 방치한 까닭에 기혈의 주요한 부분이 막히고 뒤엉켜 있었다. 넋 놓고 있다가는 한순간 속병이 들어 골로 갈 수도 있는 일이다. 이 내상을 바로잡으려면 얼마만한 시간이 필요할지 짐작조차 할 수 없었다.

한참 끝에 흩어진 공력 중 일부가 움직이기 시작했다.

"으음……."

반응한 기운은 실낱같이 미약했다. 진신내력에 비하면 채 1할에도 미치지 못하는 수준. 막힌 기혈을 뚫기에는 태부족이었다. 그러나 장 조장은 크게 욕심내지 않았다. 어차피 하루 이틀에 해결할 수 있는 내상이 아니다.

공력 중 일부라도 찾았으니 첫 단추는 뀄 셈이다. 요상을 시작한 지 열흘 만에 이룬 성과였다. 숨을 토하며 운공을 멈췄다.

몸을 일으켜 앉으니 환한 묘실의 모습이 눈에 들어왔다. 햇빛이 드는 묘실의 가운데에 주저앉은 소명의 모습이 보였다. 옆에 제 아비의 옷이라는 보따리를 두고 뭔가를 보고 있었다.

소명은 목편을 읽고 있었다. 대일의 옷가지를 챙기며 같이 챙긴 것이다. 여공의 목편 중, ‘마음을 다스리는 법’이 적힌 목편이다. 한참을 목편에 집중하다가 퍼뜩 고개를 들었다.

“일어나셨어요?”

“으, 음.”

“헤헤, 먹을거리 구해놨어요.”

소명은 웃으며 구해놓은 이끼와 풀 쪼가리 등을 가지고 왔다. 그것에 장 조장의 얼굴이 살짝 굳었다. 새삼 끔찍한 맛이 떠오른 것이다. 그렇지만 이거라도 없으면 굶어 죽기 십상이다. 마지못해 받아들었다. 그리고 눈치를 보듯 머뭇거리다가 물었다.

“오늘 빙어(氷魚)는 없느냐?”

“날이 더워져서 그런지 한 마리도 보이지 않네요.”

“그, 그래⋯⋯.”

장 조장은 짙은 아쉬움을 드러냈다.

빙어는 묘실에 고인 차가운 샘물, 지음한담(至陰寒潭)에 사는 작은 물고기였다. 얼음보다 차가운 한담 물속에서 산다고 해서 빙어라고 이름 붙였다.

도구가 없으니 빙어를 잡기 위해서는 물속에 직접 들어가는 수밖에 다른 도리가 없었다. 그러나 한담은 채 열을 세기도 전에 손발이 얼어붙을 정도로 차가웠다. 여기, 지음한담의 한기는 가히 한독(寒毒)이라고 해도 부족하지 않을 정도였다. 그런 곳에 손가락 두어 마디만 한 물고기를 잡는다는 건 결코 쉬운 일이 아니었다.

그러나 장 조장이 빙어를 찾는 것은 다른 이유가 있었다.

맛도 맛이지만, 빙어가 품은 한기가 내상의 화기를 다스리는 효험이 있기 때문이다. 염치 불구하고 찾지 않을 수가 없었다.

그나마도 잡지 못했다 하니, 더 말은 못하고 내민 풀 쪼가리만 만지작거렸다.

"그럼, 드세요."

소명은 몸을 일으켰다. 그러자 장 조장은 찌푸린 눈으로 소명을 올려다보았다.

"너 또 그 지랄을 하려는 거냐?"

"하다보면 언젠가는 뚫리지 않겠어요?"

찡그린 장 조장과 달리 소명은 웃으며 대꾸했다. 그리고 북벽을 막고 있는 거대한 바위 앞에 섰다.

주먹만 한 돌을 단단히 쥐었다. 살짝 긴장한 듯 숨을 고르며 굳은 어깨를 풀었다.

"쯧쯧……."

뒤에서 장 조장이 혀 차는 소리가 들렸지만 돌아보지 않았다. 소명에게는 중요한 일이었다. 손에 쥔 돌을 힘차게 내리치기 시작했다.

쿵! 쿵!

묵직한 소리가 계속해서 울렸다.

바위를 부수어 이 묘실을 나갈 작정인 것이다. 소명의 눈에는 내리치는 단 일점밖에 보이지 않았다.

장 조장은 그런 소명의 모습을 물끄러미 바라보았다.

"신기한 놈."

부지런한 것보다도 가망 없는 일에 매달리는 모습이 신기할 따름이었다. 무슨 재주로 저 산처럼 거대한 바위산을 허물어뜨릴 수 있을까.

머리가 하얗게 셀 때까지 발악한다고 해서 될 일이 아니다. 그렇지만 장 조장은 피식 웃었다.

바보 같다고 해야 할 소명이었지만, 그 모습이 싫지는 않았다. 그는 새삼 눈을 돌려 자신의 두 손을 바라보았다. 흙투성이의 까만 손. 이 손으로 거둔 목숨이 몇이고, 흘린 피가 몇 말이던가.

자신을 피 흘리게 한 자는 끝까지 쫓아가 피를 보았고, 목숨을 위협한 자는 목숨을 거두었다. 그런 자신이 아이의 수발을 받으며 목숨을 부지하고 있으니.

장 조장은 눈을 돌렸다. 천장에서 비춰드는 햇빛을 보며 그는 깊이 모를 긴 한숨을 내뱉었다.

"하아……."

해가 저물었다. 그때까지 소명은 바위를 두드렸다.

"헉, 헉…… 헉……."

팔다리가 후들거렸다. 지쳐서 숨도 제대로 못 쉴 정도였지만 그래도 돌을 놓지는 않았다. 마지막까지 힘을 쥐어짜서 바위를 내리찍었다.

쩍!

손에 쥔 돌이 갈라졌다. 힘없는 눈으로 갈라진 돌을 내려다보던 소명은 털썩 무릎 꿇었다. 그리고 무거운 고개를 들었다. 지친 눈에 비친 바위는 조금의 변화도 없었다.

"헤, 헤헤헤."

마른 입술을 비집고 허탈한 웃음이 흘렀다.

'열흘 밤낮을 두들겼는데, 다 헛수고였나.'

지금껏 깨먹은 돌조각들이 옆에 수북하게 쌓여 있었다.

소명은 고개를 푹 숙이고는 어깨를 들썩이며 힘없이 웃었다. 그러자 뒤에서 짜증스런 목소리가 들렸다.

"뭘 미친놈처럼 처웃고 앉아 있는 거냐?"

"깨, 깨셨어요?"

"깨기는…… 네가 그 지랄을 떠는데 시끄러워서 잘 수가 있어야지."

"죄송해요."

"염병……."

장 조장은 싫은 소리를 툭 던지고는 절뚝거리며 다가왔다. 옆에 털썩 주저앉은 그는 퉁명스레 말했다.

"손 내밀어 봐라."

"예?"

"손 병신 되고 싶지 않으면 닥치고 손 내놔봐."

소명이 눈치를 보며 머뭇하자, 장 조장은 눈살을 찌푸리며 우악스레 소명의 두 손을 덥석 움켜쥐었다.

"으아!"

순간 덮쳐오는 극통에 어깨를 떨었다.

"이 자식이, 제깟 놈이 무슨 섬섬옥수(纖纖玉手)라고 머뭇거려? 나라고 네놈 손모가지가 잡고 싶은 줄 아냐!"

장 조장은 구시렁거리며 소명의 손을 밀가루 반죽하듯이 콱콱 짓눌렀다. 두 손바닥은 그간 무리한 까닭에 잔뜩 부풀어 올라 있었다. 소명은 고통에 몸서리쳤다. 으아, 으아 소리도 나오지 않아 입만 뻐끔거렸다.

장 조장은 짓누르면서도 기가 찼다.

'이런 어이없는 놈. 손이 이 지경이 될 때까지 대체…….'

욕지거리가 울컥 목 언저리까지 올라왔다. 그러나 내뱉지는 못했다. 이 손이 지난 십수 일 동안 자신을 살렸다. 욕설 대신 한숨을 짧게 흘렸다.

그는 손끝에서 어깨까지 콱콱 짓눌러 풀어주었다. 소명은 거친 손길에 아파서 정신을 못 차릴 정도였지만 이내 통증이 확연히 줄어드는 것을 느낄 수 있었다.

소명은 눈을 깜빡거리며 신기한 듯 장 조장과 자신의 손을 번갈아 보았다. 그런데 장 조장의 눈가에서 이채가 흘렀다.

'어라, 이놈 봐라. 설마하니 내공을 연마한 건가?'

손을 풀어주면서 느낀 소명의 기혈이 범상치가 않았다. 장 조장은 슬쩍 내력을 밀어 넣어 살폈다. 흡사 상승의 내공을 연마한 것처럼 기혈이 넓고 단단하다. 이 정도나 되니 지금까지 버틸 수 있었던 것이다. 그러나 그뿐으로, 내력의 흔적은 없었다. 의아했지만 더 살필 수는 없었다.

"으음, 뭔가 후끈한 게 들어오는 것 같은데요?"

"아, 하하. 그러냐?"

소명의 말에 장 조장은 뜨끔하여 냉큼 내력을 거두었다. 그의 손길은 그리고도 한참이 더 지나서 끝났다. 마무리한 그는 손을 탁탁 털며 중얼거렸다.

"계속 이딴 식으로 무식한 짓거리를 했다가는 손 병신 되는 건 순식간이다."

"그, 그런가요. 헤헤, 감사합니다."

소명은 고개를 숙여 보이며 두 손을 꼭 쥐었다. 어느 정도

통증은 있지만 한결 편해졌다.

"그만하고 며칠 쉬어라."

퉁명스런 목소리에 고개를 들었다. 장 조장은 다시 구석진 자신의 자리로 가서 드러누웠다. 소명의 눈이 그의 뒷모습을 바라보았다.

소명은 장 조장이 자신을 거리껴하고 있다는 것을 잘 알고 있었다. 자신처럼 그도 편치 않은 것이다. 문득 소명의 안색이 어두워졌다.

대일의 말이 아직도 귀를 울리고 있다. 미워하지 마라, 복수하지 마라. 무슨 소용이 있느냐.

그러나 때때로 가슴 깊은 곳에서 치미는 갑갑함에 숨통이 콱 막혀서 소명은 괴로웠다.

"하아……."

깊은 한숨을 애써 쥐어짜 내뱉어 보지만 결코 풀리지 않았다. 소명은 바닥에 주저앉아 습관처럼 여공의 '마음 다스리는 법'을 되뇌었다.

두 손의 고통도, 가슴의 갑갑함도 점차 잊혀져갔다. 그렇지만 대일의 마지막 당부는 더욱 생생하게 남아서 귓가에 울렸다.

미워하지 마라, 소명아. 미워하지 마.

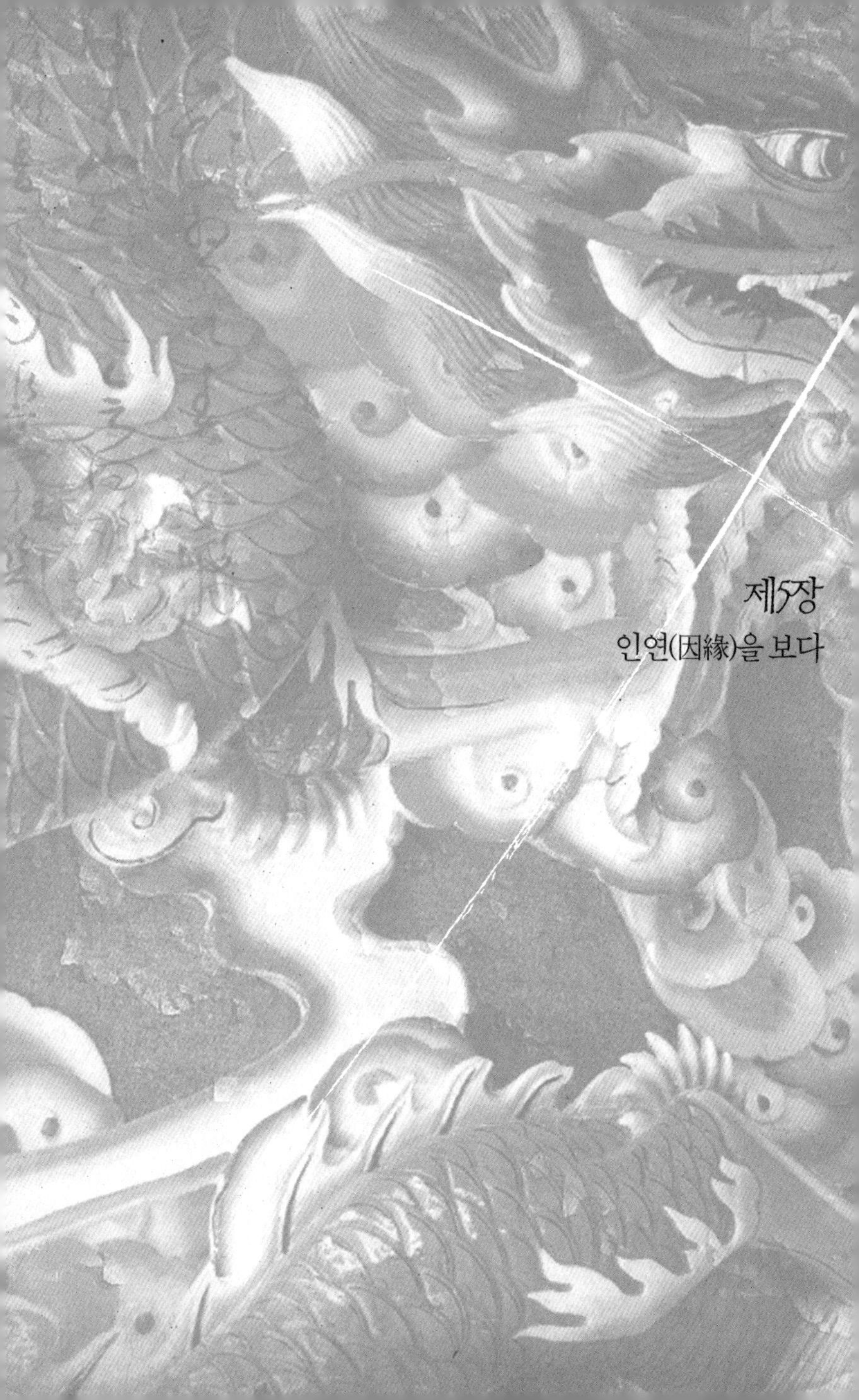
제5장
인연(因緣)을 보다

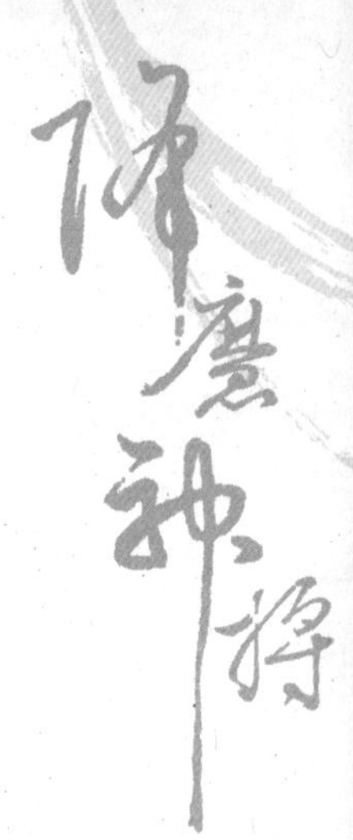

　장 조장은 물끄러미 소명을 바라보았다. 작살 난 손을 돌본 지 얼마나 되었다고 다시 바위 앞에서 용을 쓰고 있다.

　쾅, 쾅.

　두드리는 소리가 귀를 찔렀다.

　"저 지독한 놈."

　이틀 만에 다시 저 지랄이다. 지독하다는 말이 안 나올 수가 없었다. 장 조장의 입에서 복잡한 한숨이 흘렀다.

　"저걸 어째야 하나, 저걸."

　지난 열 며칠 동안 소명에 대한 경계를 풀지 않고 있었다. 언제 뒤통수를 칠지 모른다는 불안감 때문이었다. 그렇지만 지금은 그 생각들이 다 한심하게 느껴졌다.

캄캄한 어둠 속에서 펑펑 울던 모습이 새삼스럽게 떠올랐다.

"뭐? 미워하지 말라고 했다고? 복수 같은 건 필요 없다고? 말은 참……."

성인군자(聖人君子) 같은 소리였다.

피에는 피, 목숨에는 목숨. 그것이야말로 무정강호(無情江湖)의 불문율이 아닌가. 그러나 정작 자신은 대일 덕분에 목숨을 구했다. 그것은 분명했다.

장 조장은 험악하게 얼굴을 있는 대로 일그러뜨렸다.

쾅! 쾅!

바위를 때리는 소리가 더욱 크게 울렸다. 마지막 힘을 쥐어짜는 모양이다. 그는 보다 못해 버럭 소리쳤다.

"이놈아, 작작 좀 해라!"

"에? 예?"

그의 외침에 소명은 놀란 눈으로 고개를 돌렸다. 돌을 움켜쥔 손에서 핏물이 뚝뚝 떨어졌다. 그는 '쯧' 혀를 찼다.

손바닥이 터져서 핏물이 주르륵 흘렀다. 장 조장은 그 손을 거칠게 움켜쥐어 지혈하고 한담 물로 빤 천을 묶었다.

소명은 어색해하는 얼굴로 굳은 장 조장의 눈치를 살폈다. 그는 묵묵히 천으로 손을 감다가 입을 열었다.

"너, 나한테 비법 하나 배워볼 테냐?"

"예? 비법이요?"

"그래, 제대로만 익힌다면 어지간한 바위도 맨손으로 부술 정도로 단단한 손을 만들 수 있는 비법이지."

"맨손으로 바위를…… 에이, 그런 게 어떻게 가능해요?"

눈살 찌푸리는 모습에 장 조장은 덩달아 인상을 썼다.

"아니, 그럼 내가 너한테 농이라도 한다는 거냐?"

"그, 그런 뜻은 아니고…… 사실 그렇잖아요. 사람 손이 아무리 단단해도 그렇지, 어떻게."

"햐, 이놈 봐라. 너 지금 내가 삼류무사라고 무시하는 거지?"

"그런 말이 아니잖아요."

"아니기는!"

버럭 성을 내는 장 조장의 모습에 소명은 입술을 꾹 말아 물었다. 더 말했다가는 정말 폭발할지도 모른다. 움츠리고 있자 장 조장은 더 인상을 찌푸렸다.

"쯧!"

짧게 혀를 차고는 두리번거렸다. 그리고 주먹만 한 돌을 하나 찾아 들었다.

"잘 봐라. 흡!"

소명의 눈에 의아함이 떠오르는 순간 장 조장의 손이 단숨에 돌을 부수어버렸다.

“우와아아!”

“이제 좀 믿겠냐?”

크게 놀라는 소명의 반응에 장 조장은 씨익 웃었다. 하지만 속으로는 죽을 맛이었다.

‘죽겠구만, 젠장. 이 정도에 기력이 딸리다니.’

“크흠, 어떠냐? 이제 좀 알겠느냐?”

강한 체, 턱 끝을 치켜들었다. 으스대는 모습에 소명은 속으로 웃었다. 그의 손끝이 부들부들 떨리는 것을 본 것이다. 하지만 놀란 것은 사실이었다. 맨손으로 돌을 부술 수 있다니.

“흐, 허흠!”

장 조장은 연신 헛기침을 흘렸다.

사흘 뒤, 소명의 손이 낫고서야 장 조장은 ‘비법’이란 것을 가르쳤다. 그는 한담 앞에 자리했다. 가까이 다가서는 것만으로 한기가 일었다.

그는 한껏 무게를 잡고 시작했다.

“이건 곤음수(坤陰手)라는 외문공부지.”

소명의 눈이 기대감으로 반짝였다. 장 조장은 대뜸 한담을 가리키며 말했다.

“일단은 여기 한담에 두 손을 담그고 백을 센다.”

“배, 백이요?”

뜨악하면서도 소명은 마지못해 그의 말을 따랐다. 손목까지 담그자 절로 이가 따다닥 떨렸다.

"으, 으드드드……."

장 조장은 무표정한 얼굴로 소명이 백을 채우는 것을 지켜보았다. 겨우 백을 채우자 자리에서 펄쩍 뛰어올랐다. 찬물이 사방으로 튀었다. 괴로워서 어쩔 줄을 몰라 했다. 그러자 장 조장은 소명에게 널찍한 바위를 가리켰다. 그가 한담 앞에까지 끌어다 놓은 것이다.

소명은 한기로 인해 몸을 사시나무 떨듯이 떨며 장 조장을 멍하니 바라보았다.

"이걸로 뭘 어떻게 하나요?"

"두 손등과 손바닥을 번갈아가며 내리치는 거다."

장 조장은 한 번 시범을 보이고는 물러나 앉았다. 그리고 멍한 눈으로 있는 소명에게 눈짓했다. 어서 하라는 뜻이다. 얼굴이 절로 일그러졌다. 마지못해 두 손을 들어올렸다.

지켜보며 장 조장은 연신 잔소리를 늘어놓았다.

"어허! 서두르지 말고, 그렇다고 꾀부리지도 말고, 골고루 타격이 이루어져야 한다. 그것이 이 곤음수 타련법의 유일한 요결이야."

"예, 예."

소명은 울상인 채 끊임없이 바위를 때렸다. 장 조장은 속으로 음흉한 웃음을 흘렸다.

'흐흐, 아플 것이다, 이놈아.'

다 얼어서 살짝만 부딪혀도 아픈 손으로 단단한 바위를 내리치는 것이다. 그 고통이 얼마만할지는 장 조장도 잘 알았다. 입술을 닷 발이나 내민 채 손을 내리치는 소명에게 그는 넌지시 한마디를 던졌다.

"이게 이래뵈도 소림의 공부다."

"소, 소림이요?"

"어허! 집중, 집중!"

소림이라는 말에 놀라 고개 돌리자, 장 조장의 입에서 호통이 터졌다. 소명은 움찔해서는 시무룩한 얼굴로 다시 바위를 두들겼다.

'쳇, 말을 말든가. 괜히……'

바위를 내리치는 손에 괜히 힘이 더들어갔다.

쩍! 쩍!

장 조장은 고통을 참아가며 바위에 두 손을 내리치는 소명에게 이런 저런 잔소리를 했다.

"크……"

문득 짧은 웃음이 입가를 비집고 흘렀다. 소명을 보고 있자니 어린 시절, 처음 곤음수에 입문했던 자신의 모습이 떠올랐기 때문이다.

곤음수의 수련은 음한기에 손을 단련하는 습기법, 바위로 손을 단련하는 타련법으로 이루어져 있다. 본래라면 음기를 품은 약초를 배합한 약물인 상화수(霜和水)로 단련하지만, 이곳에는 지독한 음한기를 품은 한담이 있다. 그것도 보통의 음한기가 아니다.

지음한담. 그 정도라면 어느 정도의 성취를 기대할 만하다.

말한 대로, 곤음수는 소림의 외문공부 중 하나로 입문이 수월했다. 서너 달이면 적어도 3성 정도의 성취를 이룰 수 있을 것이다. 그 정도만 되어도 여간해서는 손 다칠 일은 없을 터. 그러나 이상은 바랄 수 없었다.

장 조장은 새삼 자신의 검은 손을 내려다보았다. 한때는 그도 곤음수를 연성했고, 5성의 성취까지 이루기도 했다. 그렇기에 한계를 잘 알았다.

근골을 단련하는 외문공의 단점으로, 감각이 둔화되거나 죽는 경우가 있다. 곤음수는 그런 단점을 보완하기 위해 통각을 극대화하여 감각을 유지시킨다.

4성이든 5성이든, 이렇다 할 공효 없이 고통만 커지는 것이다.

장 조장은 천천히 손을 그러쥐었다.

듣기에 곤음수를 완성하면 무엇이든 감당 못할 것 없는 금강(金剛)의 손을 이룰 수 있다고 했다. 내공이 없어도 그 두 손은 무적이라.

장 조장은 피식 웃으며 고개를 가로저었다.

'다 전설이지. 전설이야.'

애초에 완성한 사람이 없는 곤음수였다. 누가 그 경지를 이뤘다고 그런 말이 전해진단 말인가.

쓴웃음을 흘리며 열중인 소명의 모습을 바라보았다.

"그래도 당분간은 시끄럽지 않겠군."

하지만 그의 기대대로 되지는 않았다.

*　*　*

"저런 빌어먹을 놈."

장 조장은 질린 얼굴로 소명을 바라보았다. 벌어진 입에서 절로 욕지거리가 튀어나왔다.

곤음수를 가르치고 한 달. 소명은 이전보다 더욱 힘차게 바위에 두 손을 내리치고 있었다. 곤음수의 성취가 3성에 이른 것이다.

그것 참 빠른 성취였다. 무엇에 홀린 듯이 매달리더니만.

장 조장은 한담 앞에서 바위를 내리치고 있는 소명을 물끄러미 바라보았다. 이제는 온종일 저 소리만 들리니 미칠 지경이었다.

"아니, 저놈은 적당이라는 말을 모르나?"

하지만 짜증이 나는 한편 흥미롭기도 했다. 곤음수를 누가 이렇게까지 집중해서 연마할 수 있을 텐가.

"그래, 어차피 곤음수도 가르쳤는데, 하나 정도 더 가르친다고 뭐가 달라지겠어? 저놈이 크면 나도 더 편해지겠지.”

그는 마치 누군가에게 변명이라도 하듯이 중얼거렸다.

장 조장은 한차례 단련을 마치고 축 늘어져 있는 소명에게 절뚝거리며 다가갔다.

“어떻게, 할 만하냐?”

“헤, 헤헤. 아저씨.”

그는 물끄러미 바위를 내려다보았다. 널찍한 바위가 반질반질했다. 한 달 내내 죽도록 내리쳤으니.

“이 정도면 곤음수가 그래도 경지에 올랐다고 할 만하네. 이제부터는 조절을 해야 한다.”

“조절이요? 무슨 조절이요?”

“그게…… 크흠. 곤음수는 성취가 높아질수록 손의 감각이 예민해지거든. 그러니까 타련법을 줄이고 습기법을 늘려야 하는 것이다.”

“아아.”

그럴 듯한 말에 고개를 끄덕였다. 그리고 몸을 일으키는 모습이 당장이라도 한담에 뛰어들 듯했다. 장 조장은 황급히 소명을 막아섰다.

“아니, 일단은 숨은 좀 돌리고 말이야.”

“전 괜찮은데요.”

이미 숨을 회복한 소명이다. 장 조장은 일그러지려는 얼굴을 급히 부여잡고는 헛기침을 흘렸다.

"어흠, 어흠. 공력이란 것은 서두른다고 해서 빨리 이뤄지는 것이 아니다. 타련법에서 강약의 조절을 느꼈겠지?"

"예."

소명은 고개를 끄덕였다. 강약의 조절이란 손에 가해지는 충격을 조절하는 것이다. 무작정 세게 내리친다고 능사가 아니었다. 강약을 조절하지 못하면 그것은 수련이 아니라 스스로의 몸을 망칠 뿐인 것이다.

"강약의 조절만큼이나 완급의 조절 또한 중요한 것이다. 서두르다가는 이제껏 이룬 공이 부실하여 무너지기 십상이라 이 말이다. 엇흠!"

장 조장은 나오지 않는 헛기침을 억지로 흘렸다. 소명은 그 말을 알아들었다는 듯이 고개를 끄덕였다.

소명의 머릿속에는 홀연 목편상의 구절이 하나 떠올랐다.

九層之臺는 起於累土라, 千里之行은 始於足下라.
아홉 층의 대도 흙 쌓음으로 시작하고, 천리의 길도 발밑
에서 시작된다.

'아아, 그렇구나.'

장 조장은 생각에 잠긴 소명의 모습을 흘깃 보았다. 생각보다 이르지만 이참에 다른 것을 가르쳐 볼까 싶은 마음이 들었

다. 그는 넌지시 말을 건넸다.

"어험, 그러고 보니, 빨리 뛰는 법도 있는데……."

"옛? 빨리 뛰는 데에도 법이 있나요?"

"그럼! 뭐, 지금 나는 보여줄 수 없지만…… 그래도 가르칠 수는 있지."

소명의 눈이 새삼 반짝였다.

뭐든 좋았다. 고통스럽고 힘들어도, 익히고 단련하는 것은 때때로 찾아오는 갑갑함을 잊게 만들어 주고, 아울러 목편의 많은 문장들을 더욱 또렷하게 떠올릴 수 있게 해주기 때문이다.

그리고 그날부터 장 조장은 소명에게 빨리, 그리고 오래 뛰는 법을 가르쳤다. 이 또한 소림의 공부로, 철비각(鐵飛脚)이라 했다.

무학에서는 발을 쓰는 보(步), 몸을 가누는 신(身), 멀리 뛰는 경신(輕身), 이를 합쳐 보신경(步身輕)이라 하는데, 소림의 철비각은 기초적이나마 이 셋의 이치를 모두 담은 드문 공부였다. 또한 각법으로서도 위력이 상당했다.

그리고 그 단련의 시작은 곤음수처럼 무식했다.

"으헤헤헥!"

"어허! 호흡이 얕다!"

넓은 묘실을 미친 듯이 달리고 있는 소명에게 장 조장의 노호성이 날아들었다. 그는 묘실 복판에 편히 드러누워서는 소

명의 몸이 휘청거리거나 호흡이 흐트러지면 버럭버럭 호통을
쳤다.

그에 반해 소명은 죽을 지경이었다. 빨리, 오래 뛰는 것은
좋았다. 그러나 두 다리에는 몇십 근은 될 듯한 돌조각들을 단
단히 묶고, 허리에는 제 덩치만 한 바위를 달고 뛰고 있었다.

"으, 으아다다닷!"

전부 합해서 무게가 얼마나 되는 것인지 알 수 없었다.

무식하지만 이렇게 무게를 더한 채 바르게 뛰는 것이 철비
각 수련의 첫 단계였다.

한참 후, 소명은 더 움직이지 못할 정도가 되었다. 그대로
뻗어버린 소명에게 장 조장은 슬쩍 다가갔다.

"살아 있냐?"

"으어……."

죽어가는 소리로 소명은 아직 살아 있음을 알렸다. 숨죽여
웃은 장 조장은 소명의 입에 무슨 가루약을 털어 넣었다.

"케헥! 케헥! 이, 이게 뭐예요?"

무지하게 썼다. 지금껏 씹었던 풀 쪼가리나 이끼에 못지않
았다. 다 죽어가다가도 자리에서 펄쩍 뛸 정도였다. 장 조장은
담담하게 말했다.

"다 도움이 되는 약이야, 아무렴."

"케에엑."

철비각을 익힐 때 취하는 비약 중 하나였다.

심장을 강하게 하기 위함이라는데, 말이 좋아 비약이지 실상은 흔한 약초 뿌리 몇을 말려서 가루로 만든 쓴 약에 지나지 않았다. 허나 지독한 쓴맛 덕분에 정신을 번쩍 차리게 하기에는 효과가 좋아 낭인 생활 중에 꼭 챙기는 물건이었다. 장 조장도 어지간해서는 절대 손도 대지 않았다.

'흐흐흐, 이렇게 쓰일 줄은 또 몰랐지.'

장 조장은 데구루루 구르는 소명의 모습을 보며 음산히 웃었다.

소명의 하루는 규칙적이었다. 아침에는 곤음수를 수련하고 낮에는 먹을 것을 구하러 사방을 뛰어다녔다. 저녁 무렵에는 철비각을 수련했다. 그리고 그만큼 빠르게 익숙해졌다.

장 조장이 처음 생각했던 것은 족히 반년이었다. 제풀에 지쳐 떨어지지만 않는다면 반년 후에 뛰어다닐 수 있으리라 생각했건만, 고작 삼 개월 만에 이전처럼 뛰어다녔다.

아니, 점점 빨라지고 있었다.

"으음…… 이건 계산에서 어긋났는데. 대체 어떻게 생겨먹은 녀석이냐."

장 조장은 눈살을 찌푸린 채 머리만 벅벅 긁었다. 하기야 생각하면 곤음수를 한 달 만에 3성에 이르렀을 때부터 계산은 엇나간 셈이기는 하다.

"남몰래 무슨 영약이라도 처먹었나……."

지쳐 널브러졌다가도 다음 날 되면 발딱 일어나 선불 맞은 멧돼지처럼 뛰어다니니. 하기야 그쯤이나 되니 경지에도 오르 겠다.

장 조장은 자신이 가르친 바를 일심으로 행하는 모습을 보 며 깊은 갈등에 빠졌다.

"한번 제대로 가르쳐 볼까……."

마음은 동했으나 아직 머리가 결정을 내리지 못했다. 이것 은 믿고 안 믿고의 문제가 아니었다.

소명을 향한 장 조장의 눈길이 복잡했다. 그는 끌끌 혀를 한 번 차고는 눈을 돌렸다. 오늘따라 불편한 오른쪽 다리가 시큰 거리며 아팠다.

"훅, 훅, 훅."

소명은 숨을 다스리며 뛰었다. 팔다리에 매단 돌덩어리나 허리춤에 묶어 끌고 있는 바위도 버겁지 않았다. 이전만큼 뛰 고 달렸다. 이제는 쉬이 숨차지지도 않았다.

달리기를 멈추고 숨을 돌리자 가쁘던 호흡이 이내 고요해졌 다.

철비각이 어느 정도 수준에 오른 것인지는 알 수 없었지만 하루 온종일을 이리 뛰어도 너끈했다. 소명은 허리에 맨 끈을 풀고 한담으로 가 얼굴을 집어넣었다.

달아오르던 열기가 일시에 식어버렸다.

소명은 젖은 머리카락을 위로 쓸어 넘기고는 새삼 묘실을 둘러보았다.

이곳에 머무른 지 반년이 가까웠다. 계절은 어느 틈에 바뀌어 높이 햇살은 점점 짧아지고 차가운 바람이 불어 들고는 했다.

햇살은 한참 전에 저물었다. 흐릿한 달빛이 미미하게 비쳐 내렸다. 그날 이후 어둠에 눈이 밝아진 소명이었다. 흐릿한 달빛만으로도 멀리까지 볼 수 있었다.

"철비각도 이제 많이 익숙해진 것 같은데……."

소명은 두 손을 아쉬운 눈으로 보았다. 철비각과 달리 곤음수의 성취는 멈췄기 때문이다.

장 조장의 말로는 3성에 올랐다고 했다. 그러나 이후로는 답보 상태였다. 아니, 오히려 퇴보하는 것 같았다.

사나흘 전부터는 수련을 할수록 점점 더 손이 아파왔다. 지금도 두 손이 지끈거렸다. 이래서야 언제쯤 저 바위를 부술 수 있을까. 생각하는 것만으로도 막막하다.

소명은 애써 고개를 흔들었다.

"에이, 지금까지 고련한 것만도 어디야……."

그러나 억지웃음은 오래 가지 않았다. 고개를 든 소명의 눈에 북벽의 바위가 들어왔다. 어둠에 잠겨든 그것의 모습은 흡사 괴물처럼 보였다.

순간, 지난 일이 주마등처럼 눈앞을 스쳤다.

불타는 집, 피칠갑을 한 채 고문당하던 대일의 모습, 그리고 무력한 자신.

몸이 부들부들 떨려왔다. 가슴이 갑갑해서 참을 수가 없었다. 숨통이 콱 틀어막힌 것 같았다. 힘껏 숨을 토해보지만 진정할 길이 없었다. 가슴을 쥐어뜯었다. 버티고 선 무릎이 후들거렸다.

"으, 으으……."

잔뜩 웅크린 몸에서 괴로운 신음성이 흘러나왔다. 더 참을 수가 없었다.

"으, 으아아악!"

자리를 박찼다. 치뜬 두 눈에 섬뜩한 푸른 안광이 가득했다. 북벽의 바위에 달려든 소명은 그대로 주먹을 내질렀다.

텅! 텅! 텅!

괴성과 함께 묵직한 소리가 연이어 울리기 시작했다.

장 조장은 번쩍 눈을 떴다.

"얼씨구?"

일어난 그는 난리 치는 소명의 모습에 어이가 없었다. 맨손으로 바위에다가 주먹질이라니.

"저런 썩을 놈이, 이제는 하다하다 별짓을 다 하네. 사람 잠도 못 자게."

왈칵 짜증을 내고는 돌아누웠다. 그러나 다시 잠을 청할 수는 없었다. 시간이 흐를수록 뭔가 심상치 않다는 것을 깨달았다.

곧 멈추겠지 했건만 소리가 점점 커져간 것이다. 조금도 힘을 잃지 않은 것 같았다.

쾅! 쾅! 쾅!

열이 스물이 되고, 스물이 일백이 되었다. 그러고도 계속해서 바위를 두들겨댔다.

잠이 다 달아나버렸다. 벌떡 일어난 장 조장은 당황한 눈으로 소명을 보았다.

"아니, 저놈이…… 정말 미쳤나?"

"아악! 아아악!"

두 눈을 시퍼렇게 물들인 채, 울부짖으며 난리치는 저 모습이 발작하는 것과 무엇이 다를까. 그야말로 광기가 폭발하는 것 같았다.

장 조장은 마른침을 겨우 삼켰다.

곤음수가 제법 경지에 올랐다고 해도 저런 막무가내에는 견뎌낼 재간이 없다. 과연 주먹이 다 깨어져 철퍽거리는 소리가 들렸다. 그러나 소명은 자신의 상태에 대해 전혀 깨닫지 못했다. 그야말로 미쳐 날뛰었다. 정신없이 두 주먹을 번갈아 내질렀다.

어이가 없어 멍하니 소명을 보던 장 조장은 퍼뜩 정신을 차렸다. 햇살이 비쳐들고 있다. 날이 밝은 것이다.

더 이상 넋 놓고 있을 수는 없었다. 급하게 몸을 일으켰다. 이러다가는 다시 돌이킬 수 없는 지경이 되고 말 것이다.

"그, 그만! 그만!"

장 조장은 절뚝거리며 크게 외쳤다.

소명은 두 손의 고통을 조금도 느끼지 못했다. 파랗게 광기에 휩싸인 두 눈은 오직 바위의 일점에 꽂혀 있었다. 움켜쥔 두 주먹은 핏물로 온통 붉었다.

'다 부숴버리겠어! 다!'

그간 쌓이고 쌓인 모든 심화가 머릿속을 하얗게 불태우는 듯했다.

그 순간, 한 목소리가 머리를 크게 때렸다.

미워하지 마라, 소명아. 미워하지 마.

"끄윽!"

마지막으로 내치려던 주먹이 움찔하고 멈췄다. 멍한 눈으로 앞을 막아선 바위를 바라보았다. 한참 동안 주먹을 내지른 바위의 일점이 피투성이가 되어 있었다.

그곳에서 환영처럼 대일의 웃는 모습이 보였다.

"……"

소명은 굳어버린 채 아무런 소리도 내지 못했다. 뒤에서 장 조장의 거친 외침이 크게 울렸다.

"그만, 그만! 그만하라고, 이 미친놈아!"

신경질적인 외침이었다. 그는 성큼 다가와 소명의 어깨를 잡아챘다.

"이게 무슨 미친 짓이야!"

"……."

버럭 다그치는 말에 소명은 아무 소리도 할 수 없었다. 그때였다.

쩍! 쩌적!

소명의 주먹이 때린 일점에서 큰 균열이 일더니 곧 바위 전체로 퍼져갔다. 이내 거대한 바위벽이 우르르 무너지기 시작했다.

"으헛!"

장 조장은 돌먼지와 무너지는 조각들을 피해 후다닥 물러섰다. 그러나 소명은 그 자리에 우두커니 서서는 무너지는 바위를 바라보았다.

초점 없던 눈도 원래대로 돌아왔다.

"어? 어어?"

벌린 입에서 멍한 소리가 새었다. 무슨 일인지 어리둥절한 것이다. 빤히 고개를 돌렸다. 그리고 크게 당황한 장 조장의 모습을 볼 수 있었다.

"아, 아저씨?"

“야, 위, 위에!”

“위?”

머리 위를 가리키며 외치는 모습에 의아해하며 고개를 들었
다. 그리고 소명의 얼굴에 큰 그림자가 드리웠다.

묵직한 돌 조각이 떨어지고 있었다.

“꽥!”

피할 정신도, 겨를도 없었다. 쾅 소리가 머리를 흔들었다.
그대로 나자빠졌다.

“아, 아이고오…….”

소명은 머리를 흔들며 겨우 정신을 차렸다. 돌 조각이 다 떨
어지고 나서야 장 조장은 절뚝이며 다가왔다.

“괜찮냐?”

“예, 뭐…….”

“햐, 이런 미친…….”

장 조장은 설레 고개를 흔들었다. 뒤늦게 정신 차린 소명의
모습에 한숨이 절로 나왔다.

늘어뜨린 두 손은 피투성이였다.

“썩을 놈. 손 병신 되지 말라고 가르쳐 놨더니, 되레 손을
이 지경으로 만드냐!”

버럭 성을 내자 소명은 장 조장의 속도 모르고 헤헤 웃었다.

“헤헤…….”

“웃지 마, 정들어.”

장 조장은 뿌득 이를 갈았다.

소명은 장 조장에게 소리란 소리를 다 들었다. 할 말이 없었다. 자신도 왜 그 난리를 친 것인지 알 수가 없었다. 하지만 한바탕 속을 털어낸 듯이 가슴이 가벼웠다.

입가에 절로 홀가분한 미소가 맺혔다. 그 얼굴에 장 조장의 입에서 다시 타박이 튀어나왔다.

"웃지 말라니까!"

"예, 헤헤."

"흐이그."

한숨 푹 내쉰 그는 약초를 으깨어 손을 돌보았다.

"다행히 뼈는 멀쩡하네. 오늘은 아무것도 하지 말고 누워 있어라. 먹을 건 내가 구해 오마."

"……예."

눈치를 보니 더 말했다가는 한 소리 들을 것 같아 순순히 고개를 끄덕였다.

바닥에 대자로 뻗어 누웠다. 소명에게는 몇 개월 만의 휴식이었다. 누운 채 멍한 얼굴로 천장을 바라보았다. 스며드는 빛살이 새삼스러웠다.

"헤, 헤헤……."

두 손이 끔찍하게 아프고, 돌 조각에 맞은 머리도 욱신거렸지만, 그래도 웃음이 나왔다.

어쩐지 눈가가 뜨거웠다. 그래도 웃음이 나왔다. 대일의 마지막 한마디가 계속 머릿속을 맴돌았다. 그래서 눈가가 뜨거웠다.

"헤, 헤헤."

젖은 웃음소리가 실없이 흘렀다. 크게 숨을 들이켠 소명은 누운 채 중얼거렸다.

"아버지, 나 미워하지 않을게요. 미워하지 않을 거예요."

다짐하듯이 그렇게 몇 번이고 중얼거렸다.

한참 후에 흘깃 고개를 돌렸다. 자신이 부순 북벽 바위의 모습이 눈에 들어왔다.

뒤에 다시 거대한 바위가 길을 막고 있었지만 그래도 괜찮았다. 그 또한 언젠가는 부수고, 또 부수어 나갈 것이다.

소명은 숨을 고르며 마음을 가라앉혔다. 그러나 오래 가만히 있을 수는 없었다. 더 어색했다. 한참을 멍한 채, 눈만 깜빡거렸다. 그리고 결국 몸을 일으켰다.

생각해 보니, 지금까지 한 가지를 잊고 있었다.

일어나 앉아 손가락을 꿈틀거려 보았다. 통증이 짜릿했지만 움직이지 못할 정도는 아니었다.

"뭐, 이 정도면……."

우뚝 자리에 선 소명은 두 손을 맞잡으며 호흡을 골랐다. 그리고 정면을 바라보았다. 손과 발이 천천히 허공을 가르며 움직였다.

　그것은 금강권이었다.

　"에이, 빌어 처먹을……."

　장 조장은 씨근덕거리며 움직였다. 지금까지 그들에게 주식
이 되어주었던 잡초와 이끼, 그리고 몇몇 약초를 겨우 구해서
토굴을 빠져나오는 참이었다.

　거친 욕설을 내뱉었지만 힘들어서가 아니었다. 한 새벽에
일어난 소명의 발작을 생각하니 속이 쓰린 탓이다.

　같이 지낸 것이 넉 달하고 보름. 그동안에 한 번도 생각지
못했다. 아직 어린 녀석이 그만한 일을 겪었는데, 맺힌 것이
없을 리가 없지 않은가.

　"젠장, 한심하네. 나잇살이나 처먹어서…… 혼자 빌빌거리
고 있었으니."

　이제 와서 생각해 보면 언제 폭발해도 무리는 아니었다. 아
니, 지금까지 묵묵히 고련을 반복해온 것도 그만큼 맺힌 것이
많아서일지도 모르는 일이다.

　장 조장은 혀를 차며 토굴 밖으로 기어 나왔다. 그렇지 않아
도 찌푸린 얼굴이 더욱 크게 일그러졌다.

　"아니, 저 자식이. 쉬라니까 또 무슨 지랄이야?"

　당장 한 소리를 하려 입을 벌렸지만, 순간 굳어버렸다. 눈동
자가 크게 벌어졌다. 당황한 기색이 역력했다.

"그, 금강권?"

장 조장은 소명의 동작을 한눈에 알아볼 수 있었다. 그는 딱딱한 얼굴로 소명이 움직이는 모습을 신중히 바라보았다.

소명은 초식과 초식 사이마다 연신 움찔거리면서 금강권의 투로를 이어갔다. 소명이 움찔거릴 때마다 장 조장의 눈길도 따라서 흔들렸다.

마지막까지 정성 들여 행한 소명은 숨을 가다듬으며 고개를 돌렸다가 장 조장의 모습을 보았다.

"엇, 아저씨……."

언제 왔는지, 우두커니 서서 지켜보고 있는 모습에 흠칫 놀랐다. 아니, 그보다 전에 없이 굳은 얼굴에 더욱 움츠러들었다. 화가 많이 난 것처럼 보였다.

"지금 뭐하고 있는 거냐?"

"아니요, 그러니까, 잠깐 몸 좀 풀려고."

"금강권을 익혔더냐?"

"예, 예…… 잘 못하지만서도요. 배운 지 일 년이 훌쩍 넘어가는데, 아직도 이 모양이에요. 헤헤. 재능이 없어서."

"하, 그게 재능이 없는 거면 누가 재능이 있을까."

"예?"

혼잣말로 중얼거리는 말에 소명은 고개를 갸웃했다. 장 조장은 물끄러미 소명의 끔뻑거리는 눈을 마주 보았다. 그는 대뜸 한 소리를 던졌다.

"에이, 썩을 놈."

소명과 장 조장은 마주보고 앉았지만, 말은 없었다. 소명은 장 조장이 마련한 먹을거리를 열심히 우물거리면서 계속 그의 눈치를 살폈다. 그러나 장 조장은 소명의 눈길은 조금도 신경 쓰지 않고 먹는 것에만 열중했다. 그런 그의 미간에는 깊은 골이 패여 있었다.

소명으로서는 무슨 생각을 하는 것인지 짐작조차 할 수 없었다.

'왜 저러지? 무슨 말을 할라고 저러시나?'

"눈치 좀 그만 봐라."

"흡, 눈치는, 제가 무슨 눈치를 봐요."

억울하다는 듯 항변하지만 장 조장은 대꾸하지 않았다.

마지막까지 전부 먹어치웠다. 그는 구석으로 가서는 털썩 주저앉았다. 조용히 벽만 바라보는 모습에 소명은 되레 불안했다.

소명은 앉아서 드는 햇살만 바라보았다. 날이 점점 기울어 가는지, 노을의 붉은 빛이 스며들었다. 그때, 장 조장은 뭔가를 결정했는지 고개를 들고는 길게 한숨을 내뱉었다.

"햐…… 이거 정말……."

그리고 고개를 돌려 소명을 불렀다.

"야, 이리 와 봐라."

“예?”

그렇잖아도 마음이 불편하던 소명이었다. 엉거주춤한 모습으로 슬그머니 장 조장에게 다가갔다.

그는 앞에 앉은 소명의 얼굴을 물끄러미 바라보았다.

“왜 그러세요?”

“히야, 정말이지, 기가 막히네.”

뜬금없는 소리였다.

“금강권은 누구한테 배운 거냐?”

“저희 동네 무관 관주님께 배웠는데요.”

“무관 관주? 음, 상당한 경지에 이른 사람인가 보구나. 권식이 바르고 정확한 것을 보니.”

“헤헤, 호 관주님은 정말 유명하신 분이래요.”

“호 관주? 호 씨면 설마 호경한, 그 사람인가?”

“어, 우리 관주님 아세요?”

“으, 음. 그 사람이라면 고수라고 할 만은 하지.”

장 조장은 떨떠름한 얼굴로 고개를 끄덕였다.

호경한의 이름을 들어 알고 있었다. 실제 마주한 적은 없었지만 하남 일대의 권사 중에서 항상 열 손가락 안에 들어가는 인물이 호경한이다.

등용문의 호랑이, 양천호격(陽穿虎擊) 호경한.

그가 낙향했다는 말은 풍문으로 들었지만 설마하니 상화촌에서 무관을 열었을 줄은 생각지 못했다. 입가에 쓴웃음이 머물렀다.

"너는 금강권이 어떤 권법인 줄 아느냐?"

"예? 전 그냥 몸이 강건해진다고 해서……."

"그래, 금강권은 연골연신의 공효가 있어, 오래 연공하면 능히 강건해질 수 있기도 하지. 그러나 그것뿐, 그 이상은 될 수가 없다."

"딱히 그 이상을 바라지는 않는데요."

조심스런 소명의 말에 장 조장은 눈살을 찌푸렸다.

"뭐? 무공을 익히는 처지에 그 이상을 바라지 않는다는 말이 쉽게 나온단 말이냐?"

"에이, 강건한 게 최고죠."

소명은 환히 웃었다. 그러나 곧 힘없이 눈을 내리깔고는 맥없이 중얼거렸다.

"그리고 뭐, 재능도 없는걸요."

그런 소명을 장 조장은 어이없는 눈으로 보았다. 그는 얼굴 한쪽을 찌푸리며 구시렁거렸다.

"젠장, 그게 재능이 없는 거면 세상에 재능 있는 놈이 어디 있다는 거야?"

"예?"

구시렁거림에 소명은 눈을 동그랗게 떴다. 장 조장은 대답 대신 손을 흔들어 보였다. 그리고 새삼 얼굴을 굳혔다.

"너에게 금강권을 가르친 호 관주도 대단한 권사이기는 하지만 금강권의 진체에 대해서는 알 수가 없지.”

실전의 공수보다는 권법의 기초를 다지고 신체를 단련하기 위한 권법. 그것이 세간에 알려진 금강권이다.

그런 의미에서 소명의 금강권은 반쪽에 불과했다. 형은 정확했지만 호흡과 일치하지 않았기 때문이다. 그러나 그것은 소명의 잘못이 아니었다.

금강권은 본래 미완의 권법인 까닭이었다.

장 조장은 그런 금강권의 내력을 잘 알고 있었다.

“일단 내 사연에 대해서 말하자면 말이다…….”

그의 얼굴이 새삼 회한으로 물들어갔다. 잠깐 말을 잇지 못하고 먼 곳을 바라보았다. 소명은 고개만 갸우뚱거리며 그의 입이 열리기를 기다렸다.

“나는 본래 하북 사람으로, 장우상이라고 한다. 그리고 본래…… 소림의 제자였던 사람이다.”

한참 후에야 감정을 추스른 장 조장은 그렇게 첫마디를 떼었다.

소림 제자였다는 말에 소명은 눈을 크게 떴다. 그 반응에 아랑곳하지 않고 장 조장, 아니, 장우상은 말을 이었다. 자신의 과거를 말하는 그의 목소리는 담담하여, 흡사 남의 일을 말하는 듯했다.

장우상은 나이 여덟에 소림의 산문을 넘었다.

많은 사미들 중 한 명으로서 소림의 무승을 꿈꾸었지만, 장조장은 소림의 무를 익히는 백의전이 아닌, 의약을 담당하는 약왕전 아래 채약당의 제자가 되었다. 무공에 대한 열망이 사라지는 순간이었다.

채약당의 제자가 됨으로써 그가 소림에서 배운 무공은 단세 가지였다. 소명에게 지금껏 가르친 곤음수, 철비각, 그리고 금강권이다.

금강권은 신체강건을 위한 방편으로 소림의 모든 승인(僧人)들이 익혔다. 그러나 곤음수와 철비각은 그렇지 않았다. 소림의 절예에 속함에도 채약당 제자 외에는 아무도 익히지 않는 공부였다. 고련에 비해 상승에 오르는 문이 좁은 까닭이었다.

그러나 채약당에서는 일의 효율을 위해 두 공부를 익히게 했다. 비교적 입문이 쉬우며, 어느 정도만 익혀도 채약의 일을 하는 데에 충분한 까닭이었다. 곤음수는 약초 채집을 위해, 철비각은 깊은 산을 오르기 위해 익히게 했다.

장우상은 무공에 대한 큰 열망으로 실망하지 않고 밤낮없이 연공했지만 그럴수록 더욱 한계를 절감했을 뿐이었다.

백날을 해도 금강권은 금강권에 불과했다. 곤음수는 5성의 성취에서 멈추고 말았다. 그나마 철비각이 10성의 경지에 달하여 채약당에서 그가 가장 날래었다. 그러나 백의전 무승들에게 비할 수 없는 수준이었다.

결국 장우상은 소림을 뛰쳐나오고 말았다. 그 후로 강호를 오래 떠돌았다. 그것이 십수 년.

스스로 말하기를 삼류무사라고 하지만 정작 강호상에서 장조장을 삼류 취급할 수 있는 사람은 그리 많지 않았다. 그는 수많은 강호 낭인들 중에서도 일가를 이루어낸 자였다.

무수한 실전경험을 바탕으로 나름의 무학을 창안해냈으니, 그것이 바로 철비각을 실전에 맞게 고친 철각연환격(鐵脚連環激). 파랑이 연이어 몰아친다 하여 격(激)이다.

이를 통해 장우상은 일류를 넘보는 경지까지 이루어냈고, 종종 절정의 고수들과 손속을 겨루기도 했다. 하여 강호에서는 철각(鐵脚)이라고 불렸다.

"오오, 철각. 명호가 멋있는데요."

"컷흠! 주, 중요한 건 그게 아니고!"

"예, 예……."

멋쩍은 듯 헛기침을 흘리고는 다시 화제에 집중했다.

"어흠, 듣거라. 금강권은 본래……."

말하기로, 금강권은 권법의 이치를 알고 신체를 강건하게 하는 기본무공이라 하지만, 실상은 그와 달랐다.

금강권은 본래 수미금강권이라는 이름의 절정의 운기권. 대성하면 금강법신(金剛法身)을 이룩할 수 있다고 한다. 그러나 세월이 흘러 주요한 요결이 소실되며 운기권으로서의 공능을 잃고 말았다. 남은 것은 그저 가지에 불과한 몇몇의 형뿐.

그나마 약간의 공능이 남아 신체를 강건하게 하는 공효를 볼 수 있기에 소림에서는 이를 금강권이라 칭하며 기본무공으로 삼은 것이다.

"하여, 지금의 금강권은 그저 가지를 이어붙인 셈이다. 겉으로는 알 수 없으나, 금강권의 투로 중에는 미완의 허(虛)가 존재한다."

"미완의…… 허?"

"그래. 다른 이들은 그런 것을 느끼지도 못한다. 그런데 네놈은 몸이 알고 받아들이지를 못하는 것이다. 투로 사이사이의 빈자리를 몸이 알고 있는 것이지. 그러니 머리로는 알아도 손과 발이 따르지를 않는 것이다."

"그게 뭐가 좋은 건가요?"

소명은 멍한 눈으로 물었다.

"잘못된 길로 들지 않고, 바른 무공을 익힐 수 있다는 뜻이다. 어긋난 것은 네놈이 받아들이지 못하니까."

웃음소리가 썼다.

"자, 그래서 내가 하고 싶은 말은……."

장 조장, 장우상은 앞으로 고개를 내밀었다.

"어때, 무공 한번 제대로 배워볼 테냐?"

이 말을 하려고 반나절 동안 그렇게 고민을 한 것이다.

그날부터 장우상은 소명을 가르치기 시작했다. 이전에 반쯤

소일거리 하듯 가르치던 것과는 전혀 달랐다. 그는 혹독하게
몰아붙였다.

제6장
여공(呂公)의 유록(遺錄)

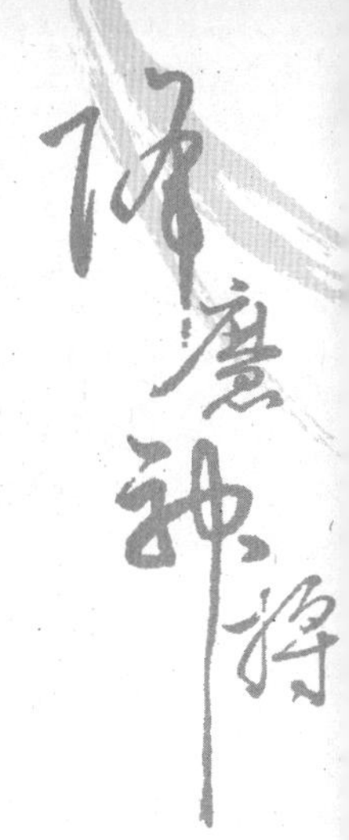

장우상은 소명에게 무공을 가르치기로 했지만 그렇다고 사승의 연을 맺은 것은 아니었다. 그는 사부, 스승이라는 말을 하지 못하게 했다.

자신은 그저 가르칠 뿐이다.

그리고 당장 어떤 절학을 가르치는 것은 아니었다. 무엇이든 바탕이 중요한 법. 이제까지 소명의 바탕이라면 금강권과 운기토납법이 전부였으니.

장우상은 처음부터, 제대로 가르칠 작정이었다.

"으이이익! 으에에엑!"

소명은 벌게진 얼굴로 온 힘을 다해 괴성을 쥐어짰다. 그렇게 할 수밖에 없었다. 제 몸뚱이만 한 바위를 끌어안은 채 마보로 묘실의 외곽을 둥글게 걷고 있었다.

팔다리에는 철비각을 연습할 때의 돌 주머니도 찬 채였다. 묘실이 떠나가라 악을 바락바락 써가면서 겨우겨우 움직였다. 온몸이 짓눌려 터져버릴 것만 같았다. 괴로움에 머릿속이 하얗게 변했다.

이 짓거리만 벌써 한 달째였다. 하루 이틀이 지날수록 무게가 더해지더니, 급기야 여기까지 왔다.

아득바득 용을 쓰며 곁눈질로 흘깃 거리니 묘실 한가운데에서 장우상이 편히 앉아 이쪽을 보고 있었다. 그는 시큰둥한 얼굴로 한마디씩 툭툭 던졌다.

"어딜 보냐? 그럴 정신이 있어?"

다시 정신 차리고 움직일라치면 또 한마디.

"자세가 높다. 엉덩이 낮춰라."

말대로 하면 또다시 한마디.

"팔이 떨리지 않으냐. 제대로 힘을 줘야지."

잔소리가 끊이지를 않았다.

"으이이이…… 이이이……."

"어허, 이는 악물지 말고."

"네에에에……."

소명은 스스로 생각해도 참 용했다.

그리고 참 원망스러웠다. 저렇게 고련을 시키는 장우상보다도 다음 날이면 또 제꺽 일어나는 이 몸뚱이가 더 원망스러웠다.

'으휴휴휴…… 빌어먹을…….'

한탄할 기력도 없어 속으로 눈물을 삼켰다.

"아으윽! 아으윽!"

한 발 움직일 때마다 '쿵' 소리가 묵직하게 울렸다.

밤이 오고서야 소명은 비로소 마음 편히 드러누울 수 있었다. 피곤에 지친 몸은 금세 곯아떨어졌다. 쉬는 것 또한 중요한 수련 중 하나였다.

장우상은 소명의 회복까지 염두에 두고 몰아붙였다. 그는 어디까지 시켜야 버틸 수 있는지, 그 아슬아슬한 한계를 잘 알고 있었다.

그러나 잠든 소명과 달리 장우상은 눈을 붙일 수 없었다. 날이 밝으면 행할 수련을 위한 준비가 필요했다. 마땅한 바위를 찾아야 했고, 먹을 것을 준비해야 했으며, 또한 다음 단계를 위해서도 스스로의 준비가 필요했다.

그러는 사이 날은 다시 밝고, 수레바퀴가 돌듯이 소명의 고련은 다시 반복되었다.

계절은 겨울이라 혹독한 추위가 몰아쳐왔지만, 소명은 그 추위를 느낄 새가 없었다.

고련으로 딱 죽기 직전까지 힘들었다. 혼자서 들이파던 곤음수, 철비각의 수련보다 배는 힘들었다. 그래도 견딜 수 있었다. 무엇보다 답답한 심정을 잊을 수 있어서 좋았다.

"헤, 헤헤……"

바닥에 널브러진 채 흘러나오는 웃음소리에 힘은 하나도 없었지만 그래도 밝았다.

장우상은 쯧쯧 혀를 찼다.

'그날 발광을 할 때부터 알아보기는 했지만 참…… 독하다, 독해……'

애써 내색을 않고 있었지만 악착같은 소명의 모습과 그 진도에 크게 놀라고 있었다.

지금의 단련은 상승의 무공을 익히는 것보다 더욱 중요한 일이다.

공(功)과 기(技)는 결국 신(身)으로 이루는 것. 아무리 천하를 아우르는 신공절학이라 해도, 단련되지 않은 육신은 사상누각이나 다름없다. 혹독하기는 해도 그 공효는 확실하다.

지금 수련방법은 소림의 연골연신 과정인 십전고련법(十全苦練法)에 장우상이 강호를 돌며 나름 깨우친 바를 더한 것이다. 본래 수련법보다 더 가혹하고, 또 빈곤했다. 그리고 그럴 수밖에 없었다.

있는 것이라고는 돌과 흙밖에 없는 이곳에서 단련시키기 위해 장우상은 머리를 무진 쥐어짰고, 지금도 쥐어짜는 중이었다.

그러나 시작한 지 한 달여 만에 이만큼 해낼 줄은 몰랐다.

도무지 일어날 수 없을 지경에까지 갔으면서도 하룻밤 자고 일어나면 언제 그랬냐는 듯이 멀쩡히 일어나, 전날보다 더 한 단계를 해내고 마는 것이다. 당초 백일을 계획했건만, 예상보다 세 배는 빠르다.

그러나 장우상의 얼굴은 밝지 않았다. 빠르다고 해서 좋은 것이 아니다. 연골연신의 단련은 무엇보다 꾸준한 것이 중요하다. 무턱대고 서두르다가는 몸만 망칠 뿐이니.

이제 방법을 바꿀 때가 되었다.

"그만."

"으에엑!"

장우상의 말에 소명은 기다렸다는 듯이 바위를 내던지며 바닥에 대자로 뻗었다. 그렇지만 숨을 몰아쉬는 것도 아무렇게나 해서는 안 되는 일이었다.

"놈! 숨은 길고, 차분하게, 깊이 숨을 다스려!"

"흐으읍! 히이이!"

눈앞은 빙글빙글 돌고, 심장이 목구멍 밖으로 달려 나갈 것처럼 세차게 뛰었다. 팔다리는 이미 제 것이 아닌 것 같았다. 그래도 이 고비를 넘기고 나면 또 살 만해진다.

소명은 그것을 잘 알았다.

눈을 감고 숨을 고르자 몸을 태울 듯이 들끓던 열기가 점차

가라앉았다.

"후우……."

곧 호흡을 되찾는 모습에 장우상은 꿀꺽 마른침을 삼켰다.

'저 지독한 놈.'

그러나 생각뿐, 그는 소명을 가만히 놓아두지 않았다.

"무슨 엄살이냐? 얼른 안 일어나?"

'어, 엄살이라니…… 엄살이라니…….'

장우상의 핀잔에 소명은 퀭한 눈을 들었다. 아무리 회복이 빠르다고 해도 정도라는 것이 있건만.

눈길에 불만이 가득했다. 그것을 보면서도 장우상은 '큭' 한 번 웃어 보였을 뿐이다.

소명은 억지로 일어나 앉았다. 풀린 눈동자가 장우상을 향했다.

웃음을 지운 장우상은 느릿하게 입을 열었다.

"이제부터 내공을 가르쳐주마."

장우상은 소명에게 내공을 가르치기까지 많이 고민했다.

일심기공, 일심공이라 하는 이것은 본래 소림 문하의 어린 제자들이나 익히는 기초 심법이다. 내기관조(內氣觀照)의 요령을 익히기 위함으로 내공의 입문으로는 바람직하나 그뿐이었다. 말 그대로 기초에 불과하다.

그러나 장우상에 다른 선택은 없었다. 채약당 제자였던 그에게 다른 심법은 허락되지 않았다. 강호를 떠돌며 잡다한 무학을 잊혔지만 내공심법만은 구할 수가 없었다.

없는 것을 두고 오래 고민해 봤자 답은 없다. 이내 마음을 고쳐먹고 앞에 가부좌를 틀고 앉은 소명에게 집중했다.

소명은 눈을 반개한 채 내뱉는 호와 들이쉬는 흡에 집중했다. 마음이 고요하게 가라앉으며 고련의 후유증이 잦아드는 것을 확연히 느낄 수 있었다.

이후 일심기공의 법문을 쫓았다. 그러자 몸의 곳곳에서 문이 열리는 듯했다.

"어떠냐? 느껴지느냐?"

고요히 호흡에 집중하는 소명에게 장우상은 넌지시 물었다. 큰 기대는 없었다.

운기토납을 부지런히 해왔으니 기를 느끼는 것은 어려운 일이 아닐 것이다. 그러나 실제 운공은 전혀 다른 과정이었다. 아무리 기맥이 남다르다고 하여도.

소명은 눈을 감은 채 대꾸했다.

"뭔가 따뜻하고 시원한 게 몸속에서 흐르는데요."

"음, 그래. 음양이기를 일시에…… 뭐?"

고개를 끄덕이던 장우상은 곧 당황해 눈을 크게 떴다.

"정수리에서는 시원한 기운이 등줄기를 타고 오르고, 따뜻한 기운이 아랫배로 내려가요. 온몸으로 기운이 퍼져가는 것 같아요."

"허허헉!"

장우상은 숫제 숨이 넘어갈 지경이었다.

'이, 이놈이 무슨 백팔경락이 모두 다 열렸기라도 한 거야, 뭐야?'

지금 말을 들어 보자면 외기를 받아들여 내연기가 이루어졌다는 말이 아닌가. 그것은 첫 호흡에 이루어질 만한 일이 아니다.

불가에 벌모세수라는 공력이 있어서 몸속의 탁기를 씻어주고 경락을 열어준다고 하지만, 그런 벌모세수로도 이와 같은 일은 일어날 수 없을 것이었다.

그러나 소명은 일심기공의 법문을 따라서 호흡을 단정히 했다. 아랫배에 전에 없는 열기가 맴도는 것이 똑똑히 느껴졌다. 낯설지 않은 느낌, 소명의 입가에 흐릿한 미소가 그려졌다.

"아아, 이게 '내공' 이라는 거구나……."

어쩐지 친숙하다 싶었다.

여공이 남긴 '마음 다스리는 법' 을 부단히 따라하다 보면 새삼 뿌듯해지던 기운이 이와 크게 다르지 않았다.

호흡을 정히 하며 마무리 짓고 눈을 떴다. 그리고 얼이 빠진 사람처럼 멍한 장우상의 모습에 슬그머니 눈살을 찌푸렸다.

"응? 아저씨, 왜 그러고 계세요?"

"아, 아니. 아니다."

그는 소명의 목소리에 허겁지겁 고개를 가로저었다. 애써 진정한 그는 조심히 물었다.

"어, 어떠냐? 뭐가…… 좀 달라진 것 같으냐?"

"아랫배에 따뜻한 열기가 뭉쳐 있는 것 같아요. 이게 내공이라는 거지요?"

소명은 좀 전과 달리 생기 있는 목소리로 대꾸했다. 그 말에 장우상의 얼굴이 더욱 시커멓게 물들었다.

'뭐, 뭐야, 바로 진기(眞氣)를 이뤘다고? 그게 말이 돼?'

믿을 수가 없다. 욱한 장우상은 급한 마음에 소명의 맥문을 부여잡았다. 그리고 소리 없이 경악한 표정만 지었다.

'뜨억!'

이제 불을 지핀 것에 지나지 않았지만 사대정경, 백팔경락에 흐르고 있는 것은 틀림없는 진기다. 그것도 일이 년 연공한 운기토납법으로는 이룰 수 없는 수준이다.

장우상은 버럭 다그치려다가 의아해하는 소명의 얼굴을 보고 애써 마음을 달랬다. 지금이 욱할 때는 아니었다.

"어, 엇흠."

헛기침을 흘리고 말문을 이었다.

"그, 그래. 그렇게 하는 것을 이제 주천을 이뤘다고 하는 것이다. 운공이란 것이……."

더듬거리며 말을 이었다. 그리고 정신을 수습했다. 놀라 앉아 있기만 할 수는 없지 않은가.

그렇지만 마음이 상하는 것은 어쩔 수 없었다.

"으악! 아저씨이!"

"이것도 다 수련이야."

기공수련의 방편으로 한담의 차가운 물속에 소명을 처박았
다. 여름 한철 다 지나고 서늘한 때임에도.

소명으로서는 도저히 참을 수 있는 것이 아니었다. 그렇지
만 장우상은 단호했다. 성취가 미약한 일심기공을 보완하려면
다른 방법이 없었다. 일체의 사심도 없다고는 말할 수 없었지
만 장우상이 오래 고민한 끝에 생각해낸 방편이었다.

그는 운공할 때뿐만이 아니라, 잘 때나 쉴 때나 한담 속에
있도록 했다. 일심기공으로 이룬 공력을 한결같이 유지시키기
위함이었다.

내공심법이라는 것은 흡기가 열이라 하면 축기는 고작해야
하나에서 둘이다. 이 때문에 이른 나이에 내공수련을 시작하
는 것이요, 상승의 내공심법을 바라게 되는 것이다.

아무리 소명의 기혈이 모두 뚫려 있다고 해도 늦은 나이에
시작하는 이상 한계는 분명히 있을 것이라고 생각했다. 그 때
문에 한담 속에서 지내게 하는 것이다.

지음한담의 무서운 한기를 이겨내기 위해서 소명은 정말 말
그대로 일심을 다해서 연공을 했다.

처음에는 채 운공에 들기도 전에 새파랗게 얼어버릴 정도였
지만 사나흘이 지나자 겨우 운공삼매에 들어갈 정도가 되었
고, 보름째가 되자 본격적인 운공을 할 수 있었다. 이에 장우

상의 얼굴이 더 구겨진 것은 말할 것도 없다.

그리고 다음 단계에 대해서 더욱 심각하게 머리를 쥐어짜야
했다.

"빌어먹을. 적어도 서너 달은 더 걸릴 줄 알았는데……."

소명의 문제가 아니었다. 장우상, 자신의 문제였다.

다친 다리는 어쩔 수 없다 쳐도 아직 내상의 회복이 충분하
지 않았다. 이대로는 소명을 수련시킬 수가 없다.

"젠장."

거칠게 머리를 벅벅 긁었다. 문득 소명의 모습이 눈에 들어
왔다.

소명이 캄캄한 곳에서 달빛에 의지해 뭔가를 읽고 있었다.

"그건 뭐냐? 뭔데 그렇게 열심히 읽어대는 거야?"

"예? 아…… 하하."

소명은 머리를 긁적거렸다. 내민 것은 언제 적 것인지 알 수
없을 만큼 오래된 목편이었다. 그 모습에 장우상은 눈살을 찌
푸렸다.

"이게 뭐야?"

장우상은 거뭇한 목편을 가만히 살폈다. 뭐가 적혀 있는 것
인지 읽는 것도 큰일이었다. 달빛도 어두웠다.

문득 찌푸리고 있던 얼굴이 점차 달라지기 시작했다. 돌변
하는 그의 얼굴에 소명은 의아했다.

'그저 옛말들이 적혀 있을 뿐인 목편인데, 왜 저렇게 심각

한 얼굴이지?'

소명이 멀뚱히 있는데 장우상이 퍼뜩 고개를 치켜들었다. 낯빛이 하얗게 질려 있었다.

"이, 이건 대체 어디서 난 물건이냐?"

목소리가 떨려나왔다. 소명은 머리를 긁적였다.

"그냥 집에 있던 목편 중에 하나인데요."

소명의 말에 장우상은 눈을 까뒤집었다.

"지, 집에 있던 목편? 이, 이게?"

소명은 장우상이 흥분하는 것을 당최 이해할 수가 없었다.

"이건 그냥 옛이야기일 뿐인데요."

소명은 멍한 얼굴로 물었다. 그러자 속이 뒤집어지는 것은 장우상이다.

"이, 이게 옛이야기라고?"

"아니면요?"

"이건 상승의 신공비급이란 말이다!"

장우상은 안타까움을 담아 외쳤다. 그러나 소명에게 와 닿는 말은 아니었다. 무슨 소리인가 하며 그저 멀뚱히 쳐다 볼 뿐이었다.

그렇지만 지금 더 설명할 정신은 없었다. 목편을 보는 그의 눈동자에 뜨거운 열기가 맺혀갔다.

"이거라면……."

그날부터 목편은 장우상의 차지가 되었다. 그는 미친 듯이 목편의 글자 속으로 파고들었다. 먹는 것도 마다했고, 자는 것도 마다했다.

옛적의 목편은 장우상의 가슴을 크게 들뜨게 만들었다. 온 정신을 수십여 조각에 달하는 목편에 집중했다.

비록 한쪽 다리를 못 쓰게 되었다고 하지만 그의 무혼까지 저버린 것은 아니었다. 그는 아직 무인이다. 높은 경지에 대한 열망은 당연한 것이다.

더구나 소명에게 일심기공 따위보다 더 높은 경지를 보여 줄 수도 있다는 기대감이 그를 불타게 했다.

그는 급히 마음을 다스리고 목편을 다시 살피기 시작했다.

'진정하자, 진정해……. 후우…….'

호흡을 가다듬었다.

이것을 옛이야기라고 치부한 소명의 말도 가히 틀리지는 않았다. 이 목편을 적은 사람은 자신의 과거사와 더불어 무공구결을 적었기 때문이다. 무공에 대해 모르는 소명의 눈에는 그저 한 사람이 살다 간 이야기로밖에 보이지 않았을 것이다.

목편 속의 가르침에는 이름조차 없었다. 그저 심법이라 칭할 뿐이었다. 그러나 이것이 내공을 연마하는 상승의 비결임은 분명했다.

그렇다고 해서 소명의 수련에서 손을 놓은 것은 아니었다.

장우상은 우선 금강권을 다시 익히게 했다. 그러나 한없이 느리게 할 것을 강조했다. 한 동작을 마무리하는 데 못해도 반 각의 시간이 흘렀다.

금강권 십팔식을 전부 펼치는 데에 이각 남짓의 시간이 걸리는데, 반 각에 일초식이라는 것은 쉬운 일이 아니었다.

소명은 이전과는 다른 수련에 땀을 뻘뻘 흘렸다.

몸이 힘들기만 한 것이 아니었다. 금강권의 느린 수련과 더불어 곤음수와 철비각, 십전고련의 연골연신도 멈추지 않았다.

장우상은 밤을 하얗게 지새우며 목편의 내용을 궁구했다. 무학의 이치를 깨우치고자 접했던 짧은 지식들을 아주 쥐어짜내다시피 했다. 그리고 소명이 지닌 기이한 체력과 집중력에 대해서 어느 정도 이해할 수 있었다.

여러 목편 중 초반의 두어 개에 불과한 내용이었지만 이를 가까이 두고 오래 따라서 이룬 공력인 것이다.

"일종의 벌모세수라고 볼 수 있겠구나. 진기를 이루는 것은 아니지만, 전신세맥을 모두 아울러 사기(邪氣)가 침범하지 않는 것이다."

숨은 공효를 깨닫고 장우상은 크게 무릎을 쳤다. 그는 소명을 불러 앞으로의 수련에 대해 여러 가지를 당부하고 본격적으로 목편의 신공에 집중하기로 했다.

제대로 연공하기로 한 것이다. 그리고 보름의 시간이 지났다.

　장우상은 그야말로 침식을 잊고 매달렸다. 해 뜰 때에 목편에 집중했고, 해가 지면 구절을 이해하며 행하려 했다.
　폐관 아닌 폐관이었다.
　그사이 소명의 일과는 수련의 연속이었다. 잔소리가 없다고 해서 소홀하지는 않았다. 아니, 오히려 더욱 엄격하게 했다. 그러나 그 와중에도 장우상에게서 눈을 떼지 못했다.
　'저렇게 사람이 달라질 수도 있는 건가?'
　몸을 혹사해가며 매달리는 모습에 소명은 크게 불안했다. 그때였다. 기어코 사단이 일어나고 말았다.
　"크윽! 크에엑!"
　잘 앉아 있던 장우상은 갑작스레 피를 토하며 쓰러졌다. 그는 사지를 비틀어대며 괴성을 내질렀다. 너무도 고통스러운 모습이었다.
　금강권을 행하던 소명은 당장 장우상에게 달려왔다.
　"아, 아저씨. 장 아저씨!"
　"끄으…… 혀, 혈이…… 혈이…….."
　바들바들 몸을 떨던 장우상은 눈을 까뒤집었다. 팔다리가 격하게 뒤틀리더니 그대로 정신을 잃었다.
　"이, 이게……."
　어찌할 바를 모르던 소명은 급히 장우상의 뒤틀린 팔다리를 펴기 위해 온 힘을 다했다. 전신이 순식간에 땀으로 젖어들었지만 개의치 않았다.

꼬박 하루 내내 매달린 끝에 비로소 바르게 할 수 있었다. 그리고 장우상도 정신을 차렸다.

눈을 뜬 그는 초점이 없어 멍한 눈으로 천장을 바라보다가 곧 긴 한숨을 내뱉었다.

"괘, 괜찮으세요?"

"음, 그래."

힘없는 모습으로 고개를 끄덕였다. 그는 퀭한 눈으로 제 몸을 바라보았다. 뒤틀렸던 팔다리는 온전해 보였지만 아무런 힘도 들어가지 않았다.

내부의 근맥이 상한 것이다. 다친 다리는 더욱 힘없이 축 늘어져 있었다. 그러나 보는 장우상의 눈에는 어떤 감정도 떠오르지 않았다.

자신의 몸이 아닌 것 같았다.

그는 고개를 들었다. 기진한 소명의 얼굴이 가관이었다. 당장이라도 눈물을 쏟을 듯했다.

"왜 그런 얼굴을 하고 있는 거냐?"

"무서워서요."

"무서워? 내가?"

"아니요. 아저씨가 죽을까 봐 무서워요."

"푸, 푸하하하!"

소명의 말에 장우상은 돌연 큰 웃음을 터뜨렸다.

그 말이 무어가 우스운 것일까. 제대로 가누지도 못하는 몸을 흔들며 웃어댔다.

뭐라 한마디 할 법한데, 소명은 시무룩한 채 그를 바라보았다. 정말로 두려웠다. 이대로 장우상이 죽어버릴 것만 같았기 때문이다.

웃다 지친 장우상은 다시 드러누웠다. 그는 눈을 감으며 말했다.

"오늘은 그만 쉬어야겠다. 너는 하던 수련이나 마저 하거라. 지금은…… 금강권을 할 때가 아니더냐?"

혼자 있고 싶다는 뜻이다. 뜻을 짐작한 소명은 다른 말 못하고 자리를 피했다.

장우상은 눈을 감았다. 그리고 목편의 구결을 생각했다.

'어디지? 어디서 잘못된 거지?'

그는 애써 갑갑한 속내를 달래었다.

지금 주화입마에 들었다는 것을 잘 알았다. 그나마 정도가 덜하다고 해야 할 것이다. 적어도 목숨은 부지하지 않았는가.

워낙에 바탕이 얕은 덕분이다.

'이걸 다행이라고 해야 하나? 크……'

장우상은 쓰게 웃었다.

그는 갑작스레 진기가 끓어오르던 순간을 기억했다. 떠올리는 것만으로 온몸에 소름이 돋았다.

목편상의 어떤 경지를 이루기 직전이었다.

만약 공력이 조금이라도 높았다면 전신이 부풀어 올라 그대로 터져 죽었을 것이다.

"크, 크흐흐……."

자조 어린 웃음이 흘렀다. 그러나 이내 차분히 숨을 골랐다. 그는 흩어져버린 진기를 다시 끌어 모았다.

그는 포기할 수 없었다.

멀리서 장우상의 모습을 보는 소명의 얼굴이 어두웠다.

"목편을 괜히 보인 걸까?"

소명은 두려웠다. 장우상이 어느 순간에 갑자기 죽어버릴지도 모른다는 생각이 들었기 때문이다. 하지만 자신이 할 수 있는 것이 달리 없다는 것을 잘 알았다.

금강권을 연습해야 할 때였지만 아무것도 손에 잡히지를 않았다.

소명은 한담 앞에 웅크리고 앉았다. 한담의 시린 기운이 스며들었지만 이제는 아무렇지도 않았다. 그만큼 단련이 되었다는 뜻이다.

앉은 채 고개를 들었다. 높이를 알 수 없을 만큼 까마득한 곳에 하늘빛이 엿보였다.

천장을 보던 소명은 문득 드는 불안감에 중얼거렸다.

"여기서 나갈 수 있을까?"

새삼 눈앞이 막막하다. 이전과는 또 다른 심란함이다. 그러나 곧 세차게 고개를 흔들었다.

일심기공의 영향인지 이전처럼 가슴이 꽉 막힌 듯 답답하거나 하지는 않았다.

"정신 차리자. 무슨 약한 생각이야!"

스스로를 다독이며 두 손으로 뺨을 호되게 때렸다.

짝! 소리가 크게도 울렸다.

대일의 목소리가 지금도 선명하다. 어떻게든 살아야 한다. 살아서 나가야 한다. 그것은 아비의 마지막 바람이며, 소명의 마지막 효인 셈이다.

마음을 다지고 자리에서 일어섰다.

"강해져서 여기를 나가고, 그리고 천하를 모두 눈에 담는 거야. 여공이 봤다는 붉은 땅의 화염산도 가서 보고, 눈 내린 천산에도 가보고. 멀리, 멀리……."

단단한 어조로 말했다. 자신에게 하는 약속이다. 그리고 각오였다.

질끈 문 입가가 부르르 떨렸다. 넓은 세상을 보겠다는 각오를 새삼 다졌다. 그리고 자신이 할 수 있는 일에 다시 집중했다.

지금은 금강권이다.

장우상이 몸을 수습한 것은 다시 보름이 지나서였다. 그는
이후로 목편의 내용을 깊이 궁리할 뿐, 섣불리 익히려 들지 않
았다.

대신 소명의 수련에 박차를 가했다.

＊　　＊　　＊

장우상은 평온한 얼굴로 소명에게 어떤 이야기를 해주고 있
었다. 그것은 한 강호 낭인의 이야기였다.

협의를 지닌 그는 모르는 사람을 도우려다가 목숨을 잃었
다. 그의 행동은 정의로우나, 그로 인해 더 많은 목숨이 사라
졌다.

"그의 죄는 무엇이겠느냐?"

"그, 글쎄요? 새, 생각이 짧아서였을까요?"

소명은 더듬거리며 대꾸했다. 그러자 장우상은 고개를 가로
저었다.

"그럴 수도 있지. 그러나 나는 약한 것이 죄라고 생각한다."

"약하다는 게, 죄, 죄가 될 수 있나요?"

"이놈아, 강호라는 세상에서 약한 것은 무엇보다 큰 죄야."

그는 말하며 쓰게 웃었다. 그러나 소명은 웃으며 들을 수 없
었다.

지금 소명은 손가락 하나로 모든 체중을 지탱한 채 물구나

무릎을 서 있었다. 다른 것은 할 수 없었다. 공력은 일으키지 못한 채 손가락 하나로 버티는 것이다.

"으, 으으……."

"놈, 어른이 말씀하시는데 시끄럽게 신음소리냐?"

"흐읍!"

타박하는 소리에 소명은 숨을 애써 들이키며 신음을 삼켰다.

그리고 장우상의 입이 다시 열렸다.

"내가 어디까지 말을 했었지? 아, 그래. 강호에는……."

풍진의 강호를 이야기함에 있어서 어떤 감정도 없었다. 칼을 맞고, 누구를 죽이고, 어찌 원한을 맺고, 그것을 어찌 갚았는지, 그는 흡사 남의 이야기를 하듯이 담담한 어조로 말을 이어갔다.

버티는 소명의 상태야 어떻든, 전혀 개의치 않는다는 투다. 마치 소명을 괴롭히기 위한 것처럼 보였다.

"그러니까 조심하라는 말이지. 알겠냐?"

"예, 예!"

"그래, 그럼 다시 한 번 듣자꾸나. 그러니까, 그것이 스물아홉 때였는데…… 모래바람이……."

"으어어어……."

다시 반복되는 소리에 소명은 신음했다.

소명의 하루는 바빴다. 정권의 수련을 반복했고, 한담의 차가운 물속에서 일심기공을 연마했다. 그리고 천하에 알려진 수많은 무학들을 배우고 연마했다.

장우상은 순순히 입으로 가르치는 사람이 아니었다. 지금까지의 십전고련이 다 이때를 위해서라는 듯이 호되게 몰아쳤다.

지금만 같아도 그러했다.

"껙!"

입에서 숨 막히는 소리가 절로 튀어나왔다. 장우상의 발끝이 명치에 제대로 틀어박힌 것이다. 어찌 버티기는 했는데 이어지는 발길질까지 버텨내지는 못했다.

반대쪽에서 차오르는 발길질에 고개가 홱 돌아갔다.

"꽥!"

소명은 그대로 바닥에 나자빠졌다. 장우상은 도저히 한쪽 다리가 불편한 사람이라고 믿기지 않는 몸놀림을 보이고 있었다.

이것이 다 목편상의 초반 구결을 부단히 연마한 덕이었다. 주화입마의 영향에서 벗어나, 이젠 어느 정도 공력을 활용할 수 있었다.

아무리 소명이 무공의 천재라고 해도 일이 년 연마한 수준으로 백전연마의 장우상을 감당할 수는 없는 노릇이었다.

"어허, 어떤 상황에서도 몸이 긴장하면 크게 다친다고 했잖

으냐.”

“그, 그러셨죠…….”

“자, 다시.”

“네에…….”

장우상은 꿈틀거리며 몸을 일으키는 소명을 보며 흐릿한 미소를 머금었다. 소명을 상대하면서 그 자신도 새로운 활기를 느끼고 있었다.

이것은 신공을 연공하는 것과는 또 다른 활기였다. 한참 소명과 어울리다 보면 어느새 시간을 잊고 몰두하는 자신을 발견하고는 했다.

장우상은 흥에 겨워 자신의 모든 것을 소명에게 쏟아부었다. 조금의 아낌도 없었다.

*   *   *

소명은 길게 깍은 목봉을 들고 정신없이 움직였다. 목봉은 그에게 곤이요, 창이며, 또한 검이기도 하고, 도이기도 했다.

무공에 구분은 있을지 몰라도, 실전에 사정은 없다.

어떤 무기를 든 상대와 생사를 다툴지 모르는 곳이 강호였다. 응당 병장기에 대한 이해가 필요했다. 하여 장우상은 백타의 기본이 되었을 때부터 그가 알고 있는 병장기를 가르쳤다.

곤법으로는 소림곤이라 알려진 나한곤(羅漢棍)을, 창법과 도

법으로는 군문의 백가창(百家槍)과 단전도(短戰刀)를 가르쳤다. 검법으로는 호신검법인 월녀검(越女劍)을 가르쳤다.

장우상이 강호를 떠돌며 익힌 무공들이었다. 잡다할 수밖에 없었다. 그러나 덕분에 목숨을 구한 일이 부지기수였다. 하나라도 더 알고 익혀야 살아남을 수 있는 곳이 강호였다.

소명은 마치 종이가 먹물을 빨아들이듯이 무학의 길에 빠져들었다.

그렇게 이 년이 흘렀다.

묘실에 떨어진 이 년하고 일곱 달이 지났을 때였다.

열넷이던 소명은 그사이 많이 자라서 장우상의 가슴 아래였던 머리가 어깨에 닿을 정도로 자랐다.

소명의 성취는 놀라웠다.

일심기공으로 상당한 수준의 공력을 수습했고, 금강권을 비롯한 많은 권법을 요체까지 이해했으며, 병장기 또한 몸에 익어 웬만한 수에는 걸려들지 않을 만큼 성장했다.

결코 이르지 않은 나이에 시작해, 고작 삼 년도 안 되는 사이에 이룬 성취로는 믿기지 않을 정도였다.

"후우, 후우……."

한바탕 어울린 장우상은 지쳐 널브러져 있는 소명을 곁눈질하며 몰래 숨을 골랐다.

'하고, 이제는 벅차네……. 저 썩을 놈, 대체 언제 변초까지

깨우친 거야?'

그리고 슬그머니 뒤에 감춘 손바닥을 바라보았다. 소명의 주먹을 막았던 손이 불붙은 것처럼 화끈거린다.

지금도 계속하는 곤음수의 수련이 정말 경지에 올랐다는 뜻이다. 금강수에 비할 수는 없어도, 강호의 어지간한 수공과 마주쳐도 결코 밀리지 않을 정도였다.

'쯥, 그리고 보면…… 이제 밑천이랄 게 그것밖에 없는 건가?'

장우상은 비로소 마지막 진신무공을 가르칠 생각이 들었다. 그렇지만 곧 고개를 가로저었다. 그러기에는 아직 자신의 몸이 온전치가 않았다.

장우상은 고개를 들었다. 계절이 무시로 바뀌어 지금이 봄인지 가을인지 알 수가 없었다. 그 정도로 수련에 몰입한 것이다.

그리고 이제 소명도 알아서 수련할 만큼 성장을 하였으니.

그는 투박하게 수염이 자란 턱 언저리를 긁적였다.

"아무래도 지금이 시기인 것 같기는 한데."

이대로는 더 이상의 발전은 기대할 수 없을 것이다. 밑천을 가르친다고 해도 잘 해봐야 자신과 같은 흔한 강호 낭인이 될 뿐이다.

"역시, 다시 도전을 해봐야겠다."

그는 나직이 중얼거렸다. 높은 곳을 바라보는 그의 눈길에는 남다른 각오가 어렸다.

　장우상은 소명에게 말했다.
"나 이제 폐관할란다."
그 말에 소명은 크게 놀랐다.
"예에, 그, 그게 무슨 말씀이세요?"
"무슨 말은? 이제부터 너 알아서 수련하라는 뜻이지."
"아니, 제가 어떻게?"
"뭐가 어떻게야, 어떻게는. 내가 이제껏 뭘 가르쳤냐?"
"어, 그러니까……."
하나하나 다 열거할 기세다. 장우상은 버럭 소리쳤다.
"이놈아! 가르쳐준 대로만 따라할 셈이야! 네 것으로 만들어
야지!"
"……."
"커흠, 그런 줄 알고. 방해하지 마라."
"하지만……."
장우상은 더 듣지 않았다. 그는 매몰차게 돌아섰다. 그 뒷모
습을 소명은 걱정스러운 눈으로 바라보았다.
　일전에 무리한 연공으로 피를 토하지 않았던가. 다시 그런
일이 일어날까 가슴이 불안했다. 그러나 차마 더 붙잡을 수는
없었다.

＊　　　＊　　　＊

어느 날, 장우상은 눈을 떴다. 그때의 모습은 이전과 크게 달랐다. 허허로운 눈으로 동혈을 둘러보았다. 고개 들어 높은 천장을 바라보았다. 조각처럼 난 틈으로 하늘의 색이 스며들었다. 시간이 얼마나 흐른 건지 모르겠다. 다만 오랜 시간이라는 것만 어렴풋이 짐작할 뿐이다.

장우상은 피식 웃었다.

그는 고개 숙여 손에 든 목편을 보았다.

미완의 비급.

장우상은 스스로의 몸을 실험 대상으로 삼으며 이것을 궁구했다. 그동안 죽을 고비를 몇 번이나 넘었는지 모른다.

그리고 지금, 기어코 결실을 이루어낸 것이다.

단전 아래에 작게 뭉친 기운, 내단의 존재를 느꼈다. 이전의 공력에 비할 수도 없는 작은 기운, 그러나 위력은 수 배 이상이다.

이름하기를 공전무융(空轉無融)의 내단.

여공의 미완비급의 가르침을 참오한 끝에 기어코 이루어낸 것이었다. 그러나 장우상은 이루었으되 제대로 활용할 수는 없었다. 반복된 주화입마로 인해 주요 대맥이 크게 상한 까닭이었다. 뒤틀리고 찢긴 기혈은 공전무융의 기운을 감당할 수 없다.

　공전무용은 태풍의 눈과 같아 고요하나, 그 본질은 거칠기 그지없다. 그것은 피아를 가리지 않았다.

　장우상은 그 위력을 잘 알았다. 그리고 자신의 한계 또한 뼈가 아프도록 알 수 있었다. 설사 몸이 정상이었더라도 그가 감당할 수 있는 것이 아니었다.

　"크, 크크."

　입가를 비집고 쓴웃음이 흘러나왔다. 그는 흘깃 고개를 들었다. 쏟아지는 흐릿한 빛 아래에서 가르친 권법을 혼신을 다해 연마하는 소명의 모습이 보였다.

　"소명아, 이리 오거라."

　낮은 목소리였지만 실린 힘이 기이하여 소명의 귓가에 또렷하게 울렸다. 범상치 않은 목소리에 소명은 움찔하며 고개를 돌렸다.

　"아, 아저씨!"

　소명이 당장 울 것 같은 얼굴로 냅다 달려왔다.

　"으, 응?"

　생각지 못한 격한 반응이었다. 왜 이러냐는 얼굴로 바라보자 소명이 버럭 화를 내듯이 언성을 높였다.

　"지금 한 달 만에 눈뜬 거 아세요!"

　"하, 한 달? 그 정도나 되었나?"

　"나, 난 아저씨가…… 으이씨……."

　"원, 계집애도 아니고. 짜지 마, 이놈아. 닭살 돋아."

"훌쩍."

콧물 훌쩍이는 모습에 장우상은 설레설레 고개를 흔들었다.

'아이구, 이놈을 어쩔까?'

하지만.

찌푸렸던 얼굴에 곧 흐릿한 미소가 맺혔다. 그는 곧 마음을 가다듬었다. 그리고 목편에서 얻은 심법을 소명에게 전하기 시작했다.

소명은 눈을 끔뻑거리며 장우상의 말을 귀담아 들었다.

시작하는 내용은 소명도 익히 아는 것이었다. 일심기공을 행하는 지금에도 습관처럼 하는 마음 다스리는 법이다.

그리고 그 다음의 단계. 장우상이 몇 번이나 되는 주화입마를 겪은 끝에 찾은 길이었다.

여공이라는 이름의 사람이 있었다. 그는 천지조화(天地造化)의 이치를 깨우치고, 삼라만상(森羅萬象)을 눈으로 좇은 자였다. 목편은 그중 일부에 대한 내용이었다.

천지간에 가장 영통한 기운.

그것은 천기와 다르고, 지기와 다르며, 진기와도 다르다.

근원에 가장 가까이 다가가는 기운이다.

불가에서는 이를 두고 불광보조(佛光普照)라 하고, 도가에서는 시원삼청(始原三淸)이라고 한다. 분명 신인에 이르는 길임에는 틀림없다. 그것은 범인이 섣불리 손댈 수 없는 것이기도 했다.

이 기운을 품기 위해 여공은 하나의 신공을 창안하였으니, 이것이 곧 공전무융이다.

"너는 이 힘의 위험성을 마땅히 경계해야 한다."

말하는 장우상의 모습이 어쩐지 지쳐 보였다. 심법을 깨우쳐 경지에 오른 사람답지 않게 힘겨운 모습이었다.

의아했지만 소명은 묻지 않았다. 애써 말문을 이어가는 모습을 보았기 때문이다.

운기에 관한 내용은 세심결이다. 심(心)을 정(正)하게 하여 바른 신체를 갖게 한다.

이후에 축기를 하게 되는데, 이를 두고 여공은 '단(丹)을 이룬다'고 표현했다.

이는 곧 전설상의 영물들이나 설화 속의 선인들처럼 내단을 형성하는 것이다. 지금 장우상의 단계가 이것이다.

그는 자신의 단전 어림을 바라보았다. 손톱만 한 크기의 작은 내단이었다. 그러나 이 안에서 꿈틀거리는 것은 어마어마한 거력이다. 장우상은 그것을 잘 알 수 있었다.

하고자 한다면.

그의 눈길이 북쪽을 막아선 바위벽을 바라보았다. 일수에 저것을 부숴버릴 수도 있을 것이다. 그러나 장우상은 쓴웃음을 머금고 고개를 흔들었다.

잠시 기운을 끌어올린 것만으로도 손끝이 부들부들 떨렸다.

거듭된 주화입마로 인해 몸이 버텨주지를 못한다. 아마 작정하고 펼치기도 전에 사지의 뼈가 부서져나갈 것이다. 그러니 장우상의 눈길이 소명에게 향했다.

소명은 두 눈을 감은 채 미동이 없었다.

언제나 가까이 두고 읊었던 문자들이었다. 바른 길과 숨은 뜻을 전하니 일순간에 참오에 들어간 것이다.

"조만간에 나보다 높은 경지를 이루겠군."

한탄하듯 중얼거렸다. 그러나 그의 입가에 떠오르는 미소는 어쩐지 기대감에 젖어 있었다.

*   *   *

장우상은 오랜 폐관으로 인해 지친 몸을 바르게 하느라 며칠을 쉬었다. 그사이에 소명은 공전무용의 내단을 이루느라 삼매에 빠져 깨어나지를 않았다.

자신이 지나온 길이다. 그리고 자신보다 더욱 빠르게 이루어낼 것이 분명했다. 세심결을 오래 연마하였으니.

삼매에 든 소명의 모습을 보는 장우상의 눈길에는 온기가 가득했다.

문득 장우상은 자리를 털고 일어섰다.

"이제 준비를 해야지."

　장우상은 허리를 바로 세웠다. 그는 곁눈질로 앞에 앉은 소명의 얼굴을 살폈다.

　단을 이룬 소명의 얼굴은 이전에 비할 데 없이 밝았다. 그리고 잔뜩 기대하는 표정이 역력했다. 새로운 무학을 배울 때마다 저런 얼굴이었다.

　"크, 크흠."

　눈빛이 부담스러워 장우상은 헛기침을 흘렸다. 그리고 나름대로 진중한 목소리로 입을 열었다.

　"이전에 내 절기라고 가르쳐준 철각연환격은 그저 철비각을 실전에 맞게 고쳤을 뿐으로, 절기라고 하기에는 부족함이 많다."

　말이 길어지자 소명은 슬쩍 한쪽 눈살을 찌푸렸다. 대체 무얼 가르쳐주려고 이렇게 사설이 긴가 싶은 눈이다. 그 눈빛에 장우상은 재차 헛기침을 흘렸다.

　"크흠, 이것은 내 나름 머리를 굴려 창안한 것으로, 뭐 천하에 산재한 상승공부에 비하면 많이 부족하지만 적어도 누구와 겨루어도 쉽게 당하지는 않을 것이다."

　이름 붙이기를 무형결(無形結).

　무형결은 딱 정해진 형이 없었다. 무공이라 칭하기에도 어려움이 많았다. 그것은 만변하는 상황에 즉각적으로 반응하는 요결이다.

　무형결에는 세 가지 요결이 있으니. 무상(無想), 무심(無心),

그리고 무정(無停)이다.

생각지 않고, 마음 두지 않고, 머무르지 않는다.

"알겠냐? 지금까지 몸을 굴린 것도 다 이 무형결을 위한 것이란 말이지."

"뭐, 어련하시겠어요."

의미심장한 장우상의 말에 시큰둥하게 고개만 끄덕였다. 장우상은 그 모습에 딱히 성을 내지는 않았다. 그는 히죽 웃었다.

"그럼, 이제 무형결을 본격적으로 연마해보자꾸나."

"어떻게요?"

"이렇게."

장우상의 손이 빠르게 움직였다. 언제 준비했는지 그의 두 손에 들린 두 개의 곤봉이 정신없이 몰아쳤다.

"우에엑!"

"생각하지 마! 바로 반응하는 거다!"

"그, 그게!"

말처럼 쉽냐는 말이 목구멍까지 올라왔지만 채 말이 떨어지기도 전에 전신을 골고루 두들겨 맞을 뿐이었다.

"으다닷!"

생각할 틈이 없었다. 곤봉이 부서지면 또 다른 곤봉이 튀어나왔다.

내단지기를 연공한 덕에 상당한 무위를 회복한 장우상이었다. 아니, 일류경에 겨우 턱걸이했던 경지를 훌쩍 넘어섰다. 이대로 용맹정진한다면 더욱 높은 경지를 이룩할 수 있을지도 모른다. 그러나 장우상은 욕심내지 않았다. 지금 그의 모든 것은 소명에게로 향해 있었다.

'저놈을 키워낸다.'

그리하여 세상 사람들에게 무형결이라는 이름을 알리고 싶다는 욕심이 더욱 컸다.

무형결의 요결은 만상이며, 곧 무상. 상대와 자신의 모든 것을 염두에 두어야 하며, 또한 모든 것을 잊어야 한다. 모든 공방은 즉각적이고, 일체의 졸력과 허식은 존재하지 않는다.

허와 실은 다르지 않다.

그것이 무형결이다.

장우상이 과거에 절정고수들과 겨룰 수 있었던 것이나, 수많은 강호풍파를 이겨내고 목숨을 부지했던 것은 무형결을 체득함으로써 가능했다.

바탕이 얕아 차마 절학이라 할 수 없으나, 만변하는 실전 속에서는 일절이라 할 만했다.

소명은 즉각적으로 반응을 해야 했다. 장우상은 조금의 여유도 주지 않고 소명을 몰아붙였다.

너무 지독했다. 주야를 가리지 않고 소명을 죽일 듯이 달려들었다. 숨 돌릴 틈도 주지 않았다.

그러면서 장우상의 입은 무형결의 구결을 쉴 새 없이 불러 주고 있었다.

소명은 귀로는 구결을 듣고, 몸으로는 곤봉을 막으며, 입으로는 장우상의 물음에 대답을 해야 했다. 모든 것이 무상 중에 이루어져야 하는 것이다. 게다가 이 수련은 하루 이틀로 끝나지 않았다.

장우상은 자신의 전부를 소명에게 쏟아부었다. 결과, 소명은 묘실 한복판에 대자로 뻗어서 정신을 차리지 못했다.

백 일 동안 단 한숨도 쉬지 못한 까닭이다. 아무리 십전고련을 쌓고 내단지기를 이뤄낸 소명이라고 해도 배겨낼 재간이 없었다.

"크, 크크크."

장우상은 쓴웃음을 흘렸다.

설사 금강동인(金剛銅人)이라 해도 버텨낼 수 없을 만큼 혹독한 시간이었다.

그리고 당한 사람만큼 행한 사람도 피폐해지기는 마찬가지였다. 그는 흔들리는 눈동자를 애써 바로잡았다. 아직 이대로 정신을 놓을 때가 아니었다.

아직은.

장우상은 고개를 들었다. 이제 홀가분했다.

'나름의 심득을 얻어 무형결을 이루기는 했지만 작은 성취

(小成)에 불과했다. 상승의 무공에는 비할 것이 못 되지…….'

그는 아직 정신 못 차리는 소명을 바라보았다.

'남은 것은 너에게 부탁하마. 비루한 자의 과한 욕심일지도 모르지만, 언젠가는 천하 무공을 논하는 자리에 무형결이라는 이름이…….'

장우상은 그대로 눈을 감았다. 기껏 회복한 기력을 전부 소진한 까닭이었다.

제7장
여류수년(如流數年)

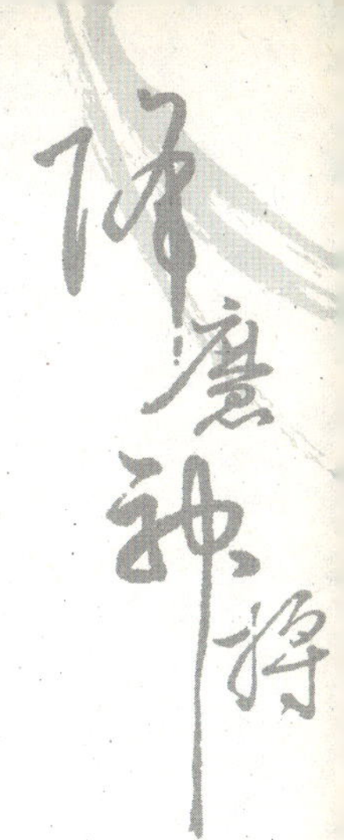

　때는 늦은 여름이었다. 깊은 지하 묘실 속에서도 여름의 손길은 스며들었다. 비가 내린 덕에 틈새로 물방울이 뚝뚝 떨어졌다. 빗소리가 벽을 타고 울렸다.

　장우상은 떨어지는 빗방울을 멍한 눈으로 바라보았다.

　뚝뚝 떨어지는 물방울을 쫓아 그의 멍한 눈동자도 위아래로 움직였다. 그는 퍼뜩 눈을 바로 떴다. 그리고 손에 쥔 목편을 보았다.

　세월의 흔적에 자신의 손때까지 남아 이제는 완전히 시커멓다.

소명에게 무형결을 전한 이후로, 장우상은 새삼 목편에 집중했다. 잃은 기력을 회복하기 위함이기도 했다. 그리고 지금 작은 한 조각을 얻을 수 있었다. 그러나 동시에 깨달을 수 있었다.

그에게 허락된 것은 여기까지였다.

"아쉽다, 아쉬워."

단 한 조각만이라도 더 깨우칠 수 있다면……. 그러나 장우상은 곧 고개를 가로저었다.

"하하, '공'의 가르침을 깨우치고도 아쉬움에 한숨짓다니. 나란 놈은 어쩔 수 없는 것인가."

씁쓸함이 가득한 목소리였다. 그는 고개를 돌렸다. 한쪽 구석에서 소명이 권을 펼치고 있었다.

금강권을 바탕으로 철각연환격과 수많은 권법의 절초들을 능숙하게 연환했다. 매순간 허튼 동작이나 낭비가 없었다. 보이지 않는 상대와 겨루는 생사결이었다.

그 몸놀림에는 장우상이 기력을 다 소진해가며 가르친 무형결이 녹아 있었다.

그는 피식 웃음을 흘렸다.

"그래도 이제는 제법 모양이 나는군. 저 정도면 무형결을 익혔다고 할 만해."

공세는 단호하고, 물러섬은 신속하다. 그 사이는 유연하며 일체의 잡념이 없다.

"정말 몰아붙이는 보람이 있는 녀석이야……."

중얼거리는 그의 입가에 쓴웃음이 걸렸다.

소명은 한층 숨을 가다듬고 주먹 끝을 노려보았다. 그가 주먹 너머로 보는 것은 바로 자신의 모습이었다.

또 다른 자신이란 허상을 향해 형을 겨루었다. 주먹을 뻗을 때, 허상 속의 소명은 그보다 더 빨리 주먹을 뻗었다. 바람을 가르는 소리가 제법 날카롭다.

꽝!

"우왓!"

소명의 입에서 절로 놀란 소리가 튀어나왔다. 무심코 뻗은 일격의 정권에 닿지도 않은 바위가 쾅 하고 부서져버린 것이다. 그렇다고 공력을 크게 일으킨 것도 아닌데.

어이없어 눈을 동그랗게 뜨고, 제 손과 박살 난 바위를 번갈아 바라보았다. 그러자 장우상이 느릿하게 다가왔다.

"흐음, 이제 일류 언저리에 올랐구나."

"이, 일류요?"

주먹을 더듬는 소명을 보며 장우상은 피식 웃었다. 그는 고개 돌려 소명이 만들어놓은 작품을 바라보며 입을 열었다.

"강호에서 경지를 구분하기를……."

경을 다루면 일류에 닿았다 하고, 기를 다루면 일류라 하고, 경을 발하면 일류를 넘었다 하고, 기를 발하면 절정이라 하고,

절정을 넘으면 그때에 무경(武境)에 이르렀다고 한다.

무경을 넘어 또 다른 경지에 이르렀을 때, 그때에 천하의 고수라고 할 만하다.

"그리고 당금 천하고수의 반열에 오른 사람은 다섯이 있는데, 천하오대고수라고 불리지."

검백(劍伯) 사마종(司馬傱)

만천옹(滿天翁) 허유(許惟)

월부대도(月斧大刀) 노장시(盧帳示)

증장천왕(增長天王) 무운(無雲)

철판관(鐵判官) 치외수(治嵬戌)

지고의 경지를 이룬, 그야말로 일당천(一當千)의 고수들인 것이다.

"한편으로는 괴물이라고 불려도 좋을 만한 위인들이다."

소명은 슬쩍 눈살을 찌푸렸다. 먼 곳을 보며 중얼거리는 장우상의 모습이 뭔가 있는 듯했다.

"무슨 사연이라도 있어요?"

"음. 월부대도 노장시."

서열상으로 세 번째를 차지한 이름이다. 장우상은 새삼 끔찍하다는 듯이 몸서리를 쳤다.

"수년 전에 그에게 대항하던 녹림 무리가 있었지. 당시 그

광경을 볼 수 있었는데…… 끔찍하더구나. 사람의 경지를 넘어섰다는 것이 어떤 것인지 확실히 볼 수 있었다.”

그가 말하는 것은 녹림의 재앙이라고 불리는 여량혈사(呂梁血史)였다.

녹림총채, 여량채.

그곳의 채주가 월부대도와 관련 있는 자를 해한 것이다. 분노한 월부대도는 단신으로 여량채를 쳤다.

당시의 여량채는 녹림의 총채인 동시에 제일채로서 그 위세가 하늘을 찌를 듯했다. 산하에 거둔 녹림도들 숫자만도 기백. 그중에 일류인 자들만 기십, 당장 여량채주만 해도 절정에 이르렀다던 고수였다. 그러나 월부대도의 분노를 감당하기에는 턱없이 부족했다.

대도가 한 번 움직일 때마다 십수 명의 목이 날아갔다.

장우상은 그 광경을 똑똑히 목도했다. 천하의 고수라는 이름은 결코 허명이 아닌 것이다. 그는 거듭 소명에게 당부했다.

그는 설레 고개를 흔들고는 새삼 굳은 얼굴로 말을 늘어놓았다.

“네놈이 허튼 일에 휩쓸릴 녀석은 아니다만, 상대를 할 때는 항상 숙고할 줄 알아야 한다. 생각 없이 나대다간 다음 날 뜨는 해를 못 보는 곳이 강호야.”

“헤에…….”

장우상의 당부에 소명은 멍한 얼굴로 고개를 끄덕였다. 그렇게 강한 사람이 정말 현세에 있구나 싶은 얼굴이었다.

장우상은 다시 고개 돌려 소명이 박살 내놓은 바위를 바라보았다. 북벽에 자리한 거대한 바위까지는 무리더라도, 이 정도면 수삼 년 내에 이곳을 빠져나갈 수 있을 것 같았다.

외공으로는 경력을 다루는 경지에 올랐고, 내공으로는 형성한 내단지기가 단전에 자리를 잡았다.

장우상은 새삼 소명의 그릇이 어느 정도 이루어졌음을 알았다. 그는 문득 한숨을 흘렸다.

장우상은 옆에서 권법을 펼치는 소명의 모습을 보았다. 크게 자란 소명은 강건한 모습이었다.

쭉쭉 뻗는 일권, 일보에는 일체의 졸력이 없었다. 바른 형에서 비롯된 경력이 주먹 끝에서 꿈틀거렸다.

공전무용의 내단을 이루면서 맑아진 이목으로 보일 리 없는 경력의 흐름을 엿볼 수 있었다. 실로 신공이라는 말에 부족함이 없다.

장우상은 이제 소명에게 더 가르칠 것이 없다는 것을 알았다. 그가 알고 익힌 모든 것은 소명에게 전해졌다.

소명에게 부족한 것은 오직 경험뿐이었다.

세상 경험, 그리고 사람 경험.

장우상이 겪은 강호풍파, 이십여 년 세월 중 사소한 것 하나도 놓치지 않고 전했지만, 실제 겪은 것에 비할 수는 없다. 남은 것은 소명이 직접 헤쳐 나가야 할 것이다.

"이제 때가 되었나."

그는 씁쓸한 얼굴로 중얼거렸다. 그리고 자리에서 일어섰다. 준비가 필요했다.

다음 날, 날 밝기가 무섭게 장우상은 다시 연공하려는 소명을 손짓해 불렀다.

"이리 와봐라, 꼬맹아."

"왜 그러세요, 아저씨?"

"크크. 됐으니까, 이리 와 앉아봐라."

"뭘 하시려고요?"

소명은 의아해하면서 장우상 앞에 주저앉았다.

"얼추 삼 년이지? 이곳에 떨어진 지."

"헤헤, 그러네요. 세월 정말 빠르죠?"

"그래, 네가 이렇게 곰같이 컸으니."

"곰 같다뇨? 이렇게 잘생긴 곰이 어디 있어요."

"하, 변죽은. 망할 놈. 손이나 줘봐라."

소명은 왜냐고 묻고 싶었지만 또 한 소리 들을까 싶어 순순히 손을 펼쳐 보였다. 그 순간, 장우상의 손이 빠르게 움직였다. 일시에 맥문을 움켜쥐려 한 것이다. 하지만 소명도 녹록치는 않았다. 이내 손목을 뒤집으며 장우상의 손을 막아냈다.

소명의 눈이 밝아졌다. 이제 보니 수기(手技)를 가르치려고 하시는구나. 두 사람의 손이 빠르게 부딪쳤다가 떨어졌다.

장우상이 눈살을 찌푸렸다. 그는 다른 손까지 사용해서 소명을 몰아붙였다. 그러자 소명도 들떠서는 한층 빠르게 손을 놀렸다. 장우상이 가르친 금나연환수가 실타래 풀리듯이 줄줄 펼쳐졌다.

두 쌍의 손이 순식간에 수십여 초를 교환했다. 부딪히는 소리가 요란하게 울렸다. 장우상은 능숙하게 자신의 공격을 방어하는 소명의 모습이 대견하면서도 당황스러웠다.

'이 바보 같은 놈!'

지금 수기를 연마할 때가 아니었다. 오래 숙고한 끝에 드디어 마음을 먹었건만, 초를 쳐도 이렇게 치다니. 장우상은 불끈 성이 나서 펼치는 손속을 점점 매섭게 했다.

소명은 날카로워지는 장우상의 손끝을 용케 막아냈다. 처음 금나연환수를 배울 때만 해도 한 번에 십수 번은 팔이 꺾이고 바닥에 처박혔는데, 이제는 제법 버티어내지 않는가.

"에잇!"

성질난 장우상은 대뜸 물러섰다. 이제 끝났나 싶은 순간, 장우상은 소명의 눈에 대뜸 흙모래를 뿌렸다.

"우악! 아저씨!"

소명이 당황해 뒤로 물러서려는데, 장우상은 냉큼 소명의 맥문을 그러쥐어버렸다. 소명은 버럭 외쳤다.

"치사해요!"

"헹, 치사하기는. 내가 말했지? 언제나 대비하라고."

팔이 꺾인 상태로 있던 소명은 잠깐 눈동자를 굴렸다. 그리고는 냅다 어깨를 뒤틀더니 제압당한 맥문을 역으로 풀어냈다.

"어엇?"

"헤헤, 이럴 줄은 몰랐죠?"

"하, 하하."

금나연환 중 대비수를 역으로 펼친 것이다. 장우상은 웃음이 절로 나왔다. 그렇게 어리바리하던 녀석이 이렇게 영악해졌으니. 그는 두 손을 들었다.

"많이 컸구나. 이제 정말 더 가르칠 것이 없겠어."

문득 낮아지는 목소리에 소명은 흠칫했다.

"그게 무슨 말씀이세요?"

"아니, 아무것도 아니다."

장우상은 불편한 몸을 일으키려 했다. 휘청거리는 그 모습에 소명은 급히 다가가 그를 부축했다.

"아저씨."

"음."

그 순간, 장우상의 손이 빠르게 움직였다. 소명은 장우상을 부축하던 모습 그대로 굳어버렸다. 장우상이 일시에 마혈을 점해버린 것이다.

잠깐 공력을 일으킨 것에 불과했지만 그것만으로도 힘에 부쳐서 장우상은 숨을 몰아쉬었다.

"하, 하하. 이건 몰랐지, 요놈아."

"아, 진짜!"

장우상은 짜증내는 소명의 모습에 음흉하게 웃었다. 그는 곧 소명의 오금을 슬쩍 밀어 넘어뜨렸다.

"어, 어어!"

쿵 소리가 묵직하게 울렸다. 소명은 오만상을 썼지만 움직일 수는 없었다. 소명은 눈동자를 굴려서 장우상을 흘겨보았다. 그렇지만 장우상은 아랑곳하지 않았다.

엎어져 있던 소명은 입으로만 구시렁거렸다. 소리 없이 불평을 늘어놓던 소명은 문득 장우상에게 물었다.

"그런데, 뭘 하려고 그러세요? 그만 좀 풀어줘요."

"가만히 있어."

장우상은 무뚝뚝하게 대꾸했다. 소명은 얼굴을 더욱 찌푸렸다. 아직 일과가 많이 남은 참이었다. 권련도 해야 하고, 내일 치 먹을거리를 마련하기도 해야 한다. 이렇게 엎어져 있을 때가 아닌 것이다.

"바쁜데."

소명은 소리 죽여 중얼거렸다.

장우상은 피식 헛웃음이 나왔다. 이때에도 이런 불평을 하는 놈이라니. 그렇지만 그것이 소명인 것을. 삼 년이란 시간

동안 한결같은 녀석이었다. 처음에는 답답해 죽이고 싶었지만 지금은 그에 익숙해져버린 자신이 있었다.

장우상은 응차, 힘을 써서 소명을 일으켜 앉혔다. 굳은 몸을 세우기 위해서는 상당한 힘이 필요했다. 소명은 계속해서 불평했다. 대체 왜 그러냐고 묻는데, 장우상은 대꾸하지 않았다. 그는 앉힌 소명의 명문에 장심을 바짝 밀어붙였다.

"아, 진짜, 뭐예요오!"

"……."

소명의 목소리 끝이 부들 떨렸다. 지금 뭔가 심상치 않은 일이 벌어지려는 것을 직감한 것이다. 소명의 얼굴이 다급해졌다. 버럭 소리쳤다.

"계속 이러면 저, 정말 화낼 거예요!"

"닥치고 정신 똑바로 차려. 내가 하는 말, 토씨 하나라도 틀리면 너랑 나랑 같이 죽는 거야."

"아저씨!"

외치는 소명에 아랑곳하지 않고 장우상은 신공의 구결을 읊어갔다. 동시에 장심으로 내단지기를 풀어내기 시작했다.

내단을 이루어 맴돌던 공전무율의 흐름이었다. 끊임없는 흐름이 흩어지니 속에 품고 있던 거대한 힘이 장우상의 몸을 거쳐 소명에게로 흘러들었다.

소명은 흡! 눈을 치떴다. 등 뒤에서 감당 못할 거대한 기운이 밀려오는 것을 느꼈다.

그것은 등골을 타고 사지로 뻗어가기 시작했다. 멈출 수 없고, 거부할 수 없는 격랑이었다.

소명은 급히 심지를 바로하며 법문에 집중했다. 뒤에서 장우상이 법문을 외는 목소리가 들렸다.

"심여의합(心與意合), 의여기합(意與氣合), 기여역합(氣與力合)."

"연기도(練其道), 지기묘(知其妙), 선천무명(先天無名), 무종지도(無終至道)."

뒤따라서 소명도 법문을 읊어나갔다.

그동안 소명의 내부에서는 격랑광풍(激浪狂風)이 일었다.

쾅!

어느 순간 천지가 갈라졌다. 몸속 깊은 곳에서 엄청난 폭발이 일었다. 그것은 연쇄적으로 일어나 전신으로 치달렸다. 사지백해 곳곳에서 폭발이 일었다.

눈감은 소명의 몸에 격한 경련이 일었다. 전이의 막바지에 이른 것이다. 장우상은 마지막 힘을 다했다. 지금 멈춰서는 안 된다. 그는 이를 악물었다.

'제발, 좀 더, 좀 더! 버텨라!'

다른 누가 아닌 자신에게, 자신의 몸에게 하는 말이었다. 소명에게 모든 것을 전해줄 때까지 이 비루한 몸이 버티기를 간절히 바랐다.

명문에 밀어붙인 두 팔에서 뿌드득 하는 기음이 들렸다. 공전무융이 품은 파괴력을 근골이 감당하지 못하는 것이다.

장우상은 혼신을 다했다.

공전무융의 법문을 읊어가는 둘의 목소리가 하나가 되어 공동 위로 메아리쳤다.

入無窮之門하여 *以遊無極之境*이라.

무궁의 문으로 들어가 무극에 파묻히리라.

장우상의 손이 툭 떨어졌다.

조금의 힘도 남지 않았다. 그는 운공삼매에 빠져든 소명의 모습을 바라보았다. 눈에서 생기가 점점 사라지고 있었다.

그가 전한 것은 단순한 내단지기가 아니었다. 그의 생명 전부를 내어준 것과 다르지 않았다. 그러나 모든 것을 잃은 사람의 모습으로 보기에는 너무도 평온한 얼굴이었다.

마치 모든 짐을 내려놓은 사람처럼 보였다.

장우상은 편안히 벽에 등을 기댔다. 그리고 눈을 감았다.

소명은 들끓는 기운을 가라앉혔다.

받은 기운 전부를 단정으로 모으지는 못했지만 그것은 세월의 문제였다. 단시일에 어찌할 수 없다. 소명은 눈을 깜빡였다. 혈도는 전부 풀렸다.

소명은 자리에서 벌떡 일어섰다. 그렇지만 순간적으로 적응

하지 못하고 비틀거렸다. 몸이 너무 달라진 것이다. 마치 족쇄를 풀어낸 것처럼 날듯이 가볍다. 소명은 멍한 눈으로 제 손을 내려다보다가 퍼뜩 정신을 차렸다.

"아저씨!"

소명은 장우상을 찾아서 고개를 돌렸다. 그리고는 자리에 석상처럼 굳어버렸다.

장우상은 먼 곳에 있지 않았다. 그의 바로 뒤에서 편안한 모습으로 기대어 앉아 있었다.

"아, 아저씨."

답은 없었다. 생기 없는 그의 모습. 눈앞이 뿌옇게 차올랐다. 주르륵 흘러내리는 눈물방울이 너무 뜨거웠다. 눈을 감은 장우상의 얼굴은 평온했다.

멍하니 있던 소명은 그의 앞에 무릎을 꿇었다. 그리고 절을 올렸다. 일배, 이배, 삼배……

구배는 스승의 예라 들었다.

장우상은 그에게 스승이나 사부라 부르지 못하게 했지만 그는 소명에게 이미 스승이었다.

소명은 멍한 눈으로 흙바닥 위에 남긴 글자를 바라보았다. 신공을 완성해 달라는 말이 눈에 들어왔다. 신공을 완성하면 능히 이 동굴에서 탈출할 수 있을 것이다. 장우상은 그렇게 호언장담했었다.

그는 그밖에도 많은 말들을 남겼다.

읽던 소명은 문득 피식하고 짧은 웃음을 흘렸다. 가장 크게 적힌 네 글자 탓이었다.

강호무정(江湖無情).

강호는 정이 없으니 언제나 경계하라. 귀에 못이 박히도록 들은 말이었다. 그럼에도 이렇게 크게 적어놓았으니, 그답다 해야 할지.

장우상은 이후 연공에 있어 주의할 점을 빼곡하게 적어놓았다. 방심하지 않으리라 믿지만 노파심에 당부한다는 말이 적혀 있었다.

읽어가던 눈동자가 순간 멈칫했다. 장우상은 마지막에 적었다.

　　고맙다. 그리고 행복했다.

겨우 마른 눈가가 다시 젖어들었다. 눈물은 소리 없이 뚝뚝 떨어졌다.

소명은 다가가 축 늘어져 있는 장우상의 몸을 수습했다. 기울어진 고개와 허리를 바르게 하고, 두 손을 포개었다. 그리고 그의 앞에서 천천히 자세를 잡았다.

두 손을 모아 합장하는 모습. 금강권의 기수식이다. 그리고 소명은 천천히 움직이기 시작했다.

삼 년 동안 하루도 빠짐없이 연마한 '권법'이었다. 금강권을 바탕으로 하여, 무형결을 비롯한 장우상의 온갖 실전권리를 받아들여 이룬 권법. 완성이라는 말을 붙이기에는 부족했지만 이것은 장우상과 소명의 권법이었다.

느리게 움직이는 일권, 일보에 무진한 경력이 꿈틀거렸다. 단전에 자리 잡은 단정이 진동하며 지금까지 몰랐던 새로운 힘이 사지로 뻗어갔다. 그 변화에도 놀라거나 당황하지 않았다. 이것이 장우상이 넘긴 짐이었다.

어느 순간, 소명의 신형이 여럿으로 나눠지기 시작했다.

고신정립, 정법권운, 나한소사, 요이일추, 금강포추.

금강권의 각 권형이 이루어지고, 뒤따라서 그간 익힌 수많은 권형이 병풍처럼 펼쳐졌다.

소명은 그와 같은 변화를 전혀 깨닫지 못했다. 이제는 자신이 펼치는 것이 무엇인지, 이곳이 어디인지, 자신이 누군지조차 모두 잊었다. 무념무상(無念無想)의 무아지경 속에서 소명의 권은 또 다른 경지를 향해 달려갔다.

마지막 금강여일의 합장을 취하자 수십 수백의 잔영이 소명의 등 뒤에서 합쳐졌다.

소명은 반개한 눈을 떴다.

머리 위에서 오후 한때의 햇살이 스며들었다.

눈감은 장우상의 입가에 흐릿한 미소가 머물러 있었다.

　장우상은 떠났다. 그러나 소명의 하루에 변화는 없었다. 끝없이 연공에 매진할 뿐이었다. 장우상이 그에게 부탁한 일이기도 했다.
　이름 모를 신공, 그리고 '권결'의 완성을 보는 것.
　시간이 얼마나 걸리든 상관없었다. 아니, 시간을 잊었다. 소명의 연공은 끝을 몰랐다.
　그렇게 날이 흘러가고, 계절은 바뀌어갔다.

*　　*　　*

　소명은 멍한 눈으로 떨어지는 눈꽃송이를 바라보았다. 살랑거리며 떨어지는 눈꽃은 소명의 눈앞에서 흩어졌다. 보이지 않는 벽에 부딪혀 스러진 것처럼 보였다.
　그는 한담 속에 앉은 채 시간을 잊고 있었다.
　문득 눈을 깜빡이며 고개를 들었다.
　"음, 잠깐 졸았나?"
　소명은 개의치 않고 아무렇지도 않게 자리에서 일어섰다.
　그는 가볍게 몸을 풀며 한담 밖으로 나왔다. 헐벗은 몸에는 하얗게 서리가 내려 있었다. 등 뒤에는 수많은 상처와 함께 불꽃처럼 이지러진 화상의 흔적이 뚜렷하게 남아 있었다.

　소명은 크게 자라 있었다. 세월이 그렇게 흐른 것이다.

벗은 몸은 단단한 근육으로 덮여 있었다. 짜인 근육 한 조각 한 조각은 마치 미늘 갑주처럼 한 치의 틈도 없었다.

그 위를 수많은 흉터가 덮고 있었다. 그것은 장우상에게 받은 오랜 고련의 흔적들이다.

대충 물기를 털어낸 소명은 넝마 같은 옷을 꿰어 입었다. 그리고 고개를 좌우로 돌리며 몸을 간단하게 풀었다. 팔을 휘휘 돌리면서 한쪽으로 걸어갔다.

본래 거대한 바위가 막고 있었던 북벽이었다. 여전히 거대한 위용을 자랑하고 있었지만 지금 소명의 눈에는 더 이상 거대하지 않았다.

지난 수년 동안 하루도 빠짐없이 이곳에서 몸을 단련했다.

바위를 하나 무너뜨리면 다른 바위와 돌들이 굴러 내려와 길을 막았다. 그렇게 끝 모를 바위산을 부수고 치운 끝에 마지막으로 남은 것은 이 검은 빛이 도는 거대한 바위 하나였다.

언제든 무너뜨릴 수 있었다. 언제든 뚫고 나갈 수 있었다. 그러나 소명은 이 하나를 오래도록 남겨두었다. 나가는 것보다 더 중요한 것이 있기 때문이었다.

장우상과의 약속. 끝을 보아달라는 마지막 당부는 대일의 밝게 살라는 당부와 함께 소명에게 오래 남았다.

그러나 더 이상의 진전은 없었다. 답보 상태에 이른 지가 한참이었다. 알면서도 미련이 남아서 지금까지 이 벽을 외면하고 있었다.

　소명은 고개를 들었다. 저기 까마득한 천장에서 눈송이가 하나둘 떨어지고 있었다.

　"이제 나갈 때가 된 건가……."

　이때 소명의 나이 스물. 그 일이 있고 칠 년의 세월이 흐른 뒤였다.

　어느 날인가 장우상이 물었다.

　"세상에 나가게 되면 뭘 할 생각이냐? 복수?"

　"아니요. 그런 짓, 하지 않을 거예요."

　"그럼?"

　어린 소명이 야무진 얼굴로 말했다.

　"세상을 돌 겁니다. 여공이 가보았다는 세상의 끝을 다 볼 거예요."

　"허, 허허. 그래? 그것 참, 대단한 일이구나."

　장우상은 기분 좋게 웃었다. 그의 웃음소리는 공동 높이 울려 퍼졌다.

제8장
돌아오는 길

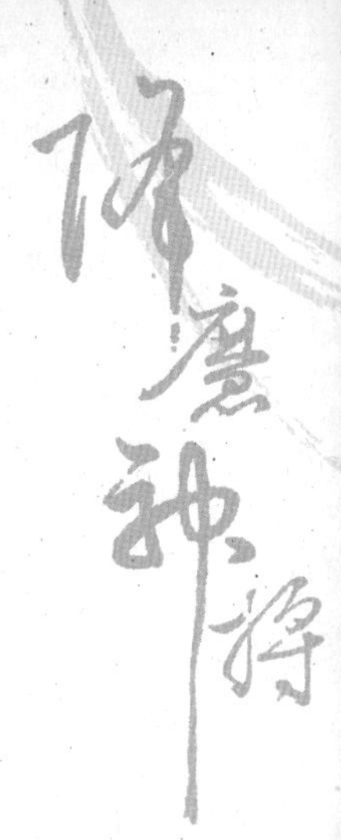

  잿빛 하늘에 싸락눈이 쉼 없이 떨어졌다. 망산의 수많은 무덤가에 눈발이 소복하게 쌓였다. 한 사내가 모습을 드러냈다. 그는 쌓인 눈 위에 발자국을 남기며 걸었다.

  하얀 무덤 사이를 지나, 망산의 깊은 곳으로 들어섰다.

  먼 길을 왔는지 머리, 어깨에는 눈이 쌓여 있었다. 그리고 어느 무덤 앞에서 걸음을 멈췄다. 그는 쌓인 눈을 탁탁 털어냈다. 젖은 머리카락을 대충 털고 난 후 눈앞의 무덤을 바라보았다.

  싱긋 웃어 보이고는 무덤과 주변을 정리하기 시작했다.

  쌓인 눈을 쓸어내고 무덤 외벽 벽돌 사이로 자란 마른 잡초를 뜯어냈다. 무덤가는 온전한 모습을 되찾았다. 그는 곧 짐에서 향을 꺼냈다.

향불이 타오르며 연기가 고요하게 솟아올랐다. 그는 잿빛 하늘 위로 솟는 향연을 바라보다가 무덤 앞에 무릎을 꿇고 앉았다. 손을 뻗어 차가운 무덤의 외벽을 쓰다듬었다.

“어머니. 저, 돌아왔습니다.”

소명이었다.

마른 얼굴에서 지난 세월의 흔적을 엿볼 수 있었다. 마지막으로 묘를 찾고 십수 년의 세월이 흘렀다. 아이는 자라 청년이 되어서 돌아왔지만 이곳은 달라진 것 하나 없었다. 그와 대일이 찾지 않아 황폐해졌을 뿐이다. 달리 무덤을 돌볼 사람이 없으니.

수련을 모두 마치고 무덤을 뚫고 나온 것이 수년 전의 일이었다. 그동안 소명은 넓은 세상을 돌고 이제야 고향 땅에 돌아왔다.

“어머니, 세상은 과연 넓었습니다……”

소명은 나직이 입을 열었다. 손이 차가운 무덤 벽을 쓸어내렸다. 그는 마치 눈앞의 노모와 담소를 나누듯이 세상을 떠돌며 겪은 수많은 일들을 이야기했다.

머리 위로 싸락눈이 소리 없이 쌓여갔다.

해가 저물 무렵이 되어서야 망산에서 내려왔다. 소명이 향한 곳은 상화촌이었다. 어렸을 때는 멀던 거리가 지금은 순식간이었다.

채 어둠이 깔리기 전에 소명은 상화촌을 눈에 담을 수 있었다. 마지막 노을빛에 붉은 촌락의 모습은 하나 달라진 것이 없었다. 십수 년 전이나 지금이나, 옛적 모습 그대로였다.

상화촌은 늦은 시간 때문인지 인적이 없어 조용했다.

소명은 천천히 걸었다.

먼저 들른 곳은 탁연수의 집이었다. 그러나 그를 반기는 것은 버려진 관짝 몇 뿐. 장의사의 검은 천 조각이 폐가에 남아 펄럭였다. 떠난 지 오랜 듯 높이 자란 잡초가 무성했다. 겨울바람에 마른 잡초는 서로 비벼대며 바스락거리는 소리를 냈다.

다른 친우들의 집도 마찬가지였다. 이청의 모옥은 굳게 못질이 되어 있었고, 당민의 대장간은 가마의 불씨가 완전히 죽어 있었다.

모두 마을을 떠난 것이다.

소명은 쓸쓸한 마음을 가라앉히고 천천히 걸었다. 생각 없이 옮긴 발걸음은 십수 년 세월에도 달라지지 않은 골목을 마주하자 익숙한 곳으로 소명을 인도했다.

문득 고개를 들자 세월이 오랜 높은 삼나무가 눈에 들어왔다. 아래로 큰 문이 있었다. 그 문기둥에 이제는 빛바랜 간판이 걸려 있었다.

'호가무관.'

소명의 입가에 절로 미소가 그려졌다. 손을 뻗어 간판의 글자를 쓰다듬었다. 예전에는 올려다보던 간판이 이제는 눈보다 아래에 있다.

멍하니 간판을 보고 있는데, 뒤에서 기척이 다가왔다. 한 걸음 다가서기가 무섭게 버럭 소리쳤다.

"당신 뭐야!"

높고 뾰족한 외침에는 적의가 가득했다. 소명은 천천히 고개를 돌렸다.

누런 무명옷을 걸친 여인이 허리에 손을 척 올린 채 소명을 노려보고 있었다. 짙은 눈썹이 매섭게 솟아 있었다. 이제 갓 스물이나 되었을까. 소명은 그녀가 누구인지 한눈에 알아볼 수 있었다.

호청연이다.

몰라볼 정도로 많이 자랐지만 저 눈매와 심통 맞은 얼굴은 여전하다. 그래서 더욱 반가운지도 모르겠다. 입을 열려는데, 호청연은 틈을 주지 않고 쏘아붙였다.

"뭐하는 작자인데 남의 무관을 엿보고 있는 거야? 오호라, 황가무관에서 보낸 놈이구나."

"황가무관?"

"어디서 모른 체야! 딱 걸렸어. 너, 여기 꼼짝 말고 있어."

버럭 외친 호청연은 당장 무관으로 뛰어들어갔다. 그리고는 곧 대여섯의 사내들과 함께 우르르 등장했다.

"황가무관 놈이라고?"

"이 망할 것들이 보자 보자 하니까!"

그들은 당장 적의를 드러내며 소명을 둘러쌌다. 조용하던 상화촌이 한순간에 소란해졌다. 흥분한 그들은 소명의 말을 들을 생각도 없었다.

소명은 자신을 몰아붙이는 모습에 당황스러웠다. 벌게진 얼굴과 움켜쥔 주먹이 당장이라도 한바탕 벌어질 것 같았다.

"뭐가 이리 소란스러우냐?"

들려온 묵직한 목소리에 소란하던 호청연과 사내들은 크게 움찔했다. 돌아서자 문가에 한 장년인이 우뚝 서 있었다. 그의 모습에 사내들은 분분히 물러서며 허리를 숙였다.

"사부님."

"관주님."

그는 호 관주였다. 그의 모습에 소명은 일순 말을 잇지 못했다. 그는 천천히 걸어 나왔다. 어디가 불편한지 걸음이 부자연스러웠다. 호청연이 급히 달려가 부축했다.

"아버지, 누워 계시지 않고 왜 나오셨어요."

"허, 이리 소란한데 어찌 자리에 누워 있을 수 있겠느냐? 동네가 다 소란하구나. 그런데 저 젊은이는 누구냐?"

그 말에 호청연은 홱 고개 돌려 소명을 무섭게 노려보았다. 그녀는 이를 꽉 물고 말했다.

"글쎄, 무관을 엿보고 있지 않겠어요. 황가 놈의 수족이 분명해요."

"황 관주의? 자네, 황가무관에서 왔는가?"

"아니, 아버지. 뭘 물어봐요? 당연한 거지!"

호청연은 답답하다는 듯이 눈살을 찌푸렸다. 그녀의 모습에 소명은 헛웃음을 흘렸다.

'참 여전하구나.'

"웃어? 저 자식이!"

"어허, 청연."

장년인, 호 관주는 나직이 호청연을 꾸짖었다. 그녀는 입술을 말아 물었다. 하지만 성난 눈초리는 여전히 소명에게 꽂혀 있었다.

호 관주는 그 모습에 고개를 흔들고는 곧 눈을 돌렸다. 관원들 사이에 서 있는 소명의 모습이 눈에 들어왔다. 그의 눈동자가 순간 크게 벌어졌다.

"아니, 아니구나. 너는……."

호 관주는 소명을 알아보았다.

"강녕하셨습니까, 관주님."

"하, 하하. 이, 이 녀석."

호 관주는 젖은 눈으로 다가와 소명의 두 어깨를 덥석 움켜쥐었다. 그 모습에 호청연과 주변 관원들은 눈을 동그랗게 떴다. 그들로서는 생각지도 못한 상황이다.

소명은 호 관주의 손을 맞잡았다. 어릴 적 누구보다 크고 무서웠던 호 관주였다. 그의 깡마른 손에서 새삼 지난 세월을 느낄 수 있었다.

그는 연신 고개를 끄덕였다.

"돌아왔구나, 돌아왔어. 소명, 이 녀석……."

호청연은 소명이라는 이름에 고개를 갸웃거렸다. 영 낯선 이름이 아닌 것이다.

'소명?'

호 관주는 불빛을 사이에 두고 소명의 모습을 물끄러미 바라보았다.

십수 년의 세월. 어린 소년이 장성한 청년이 되어 돌아올 만한 시간이다. 가슴이 벅차 쉽게 말문을 열지 못했다. 그저 무사한 모습에 깊이 안도할 따름이다.

소명은 흘깃 곁눈질로 방 안을 둘러보았다. 방에 배인 짙은 약 냄새, 침상에는 오래 누운 흔적이 있었다. 애써 태연한 척하지만 호 관주의 낯빛은 그리 좋지 않았다.

오래 대화할 수 있는 상태가 아닌 것이다. 게다가 옆에는 호청연이 못마땅한 얼굴로 떡하니 앉아 있었다.

'아이쿠야…….'

앞에 있는 찻물이 무슨 맛인지도 모르겠다. 한창 어려워하는데 호 관주의 입이 열렸다.

"고생이…… 많았구나."

"아, 아닙니다, 관주님."

침묵 끝에 겨우 나온 한마디. 소명은 어색하게 웃으며 고개를 숙였다. 수많은 의미가 담겨 있었다. 옛적의 엄사께서 자신의 무사함에 깊이 감사하니, 무슨 말을 달리 할 수 있을까.

"그래, 이제 아주 돌아온 게냐?"

"그렇지는 않습니다."

"그래?"

호 관주의 얼굴에 잠시 실망한 기색이 스쳤다.

"그럼, 머물 곳은 있고?"

"예, 우선은 집에 돌아가서……."

"그곳이라면 불에 타서 집터만 남았을 텐데. 그러지 말고 무관에 머물거라."

"하지만 너무 폐가……."

"어허, 폐는 무슨. 청연아."

"예, 아버지."

호 관주의 말이 옆에 있던 호청연에게는 불만인 모양이다. 그렇지 않아도 못마땅한 그녀의 안색이 더욱 딱딱하게 굳었다. 호 관주는 미처 그녀의 안색을 살피지 못했다.

그는 소명의 손을 꼭 잡은 채 흐뭇하게 웃었다. 죽은 줄 알았던 어린 제자가 이렇게 무탈하게 장성하여 돌아왔으니 어찌 기쁘지 않을까.

소명은 손을 통해 호 관주의 온기를 느낄 수 있었다. 그리고 한편으로는 옆에서 따가운 눈치가 보였다.

'보였다'라고 하기보다는 보이도록 하고 있었다. 굳은 얼굴이며, 연신 헛기침 소리에, 입 속으로 우물거리는 모습까지. 조용히 한다고 있지만 눈치를 아니 볼 수도 없었다.

생각해 보면 너무 오래 자리하고 있기는 했다. 호 관주의 안색도 편치 않으니.

소명은 자리에서 물러났다.

"시간이 너무 늦었네요. 내일 다시 찾아뵙겠습니다, 관주님."

"아, 그렇구나. 허허, 벌써 시간이 이리 되었어."

그는 낮은 웃음을 흘렸다. 물러서는 소명에게 꼭 찾아오라 거듭 당부했다. 문을 여는 뒷모습에 그는 말했다.

"말도 없이 떠나지만 말거라."

소명은 잠시 멈칫했다. 솔직한 그의 한마디에 그만 가슴이 울컥한 것이다. 차마 돌아볼 수가 없었다.

"예, 그리하겠습니다, 관주님."

깊이 고개를 숙이고 밖으로 나갔다. 닫히는 문틈으로 호 관주의 웃음소리가 새었다.

"허허."

밖으로 나가자 호청연이 당장 따라 나왔다. 그녀는 막무가

내로 소명을 끌고 방에서 먼 연무장까지 왔다. 그리고는 허리에 양손을 턱 올리고 고리눈으로 소명을 노려보았다.

소명을 못마땅하게 생각하는 것이 분명했다.

"대체 어디서 뭣하고 살았기에 꼴이 그 모양이에요?"

"뭐, 어쩌다 보니."

"어쩌다 보니는 무슨. 말하기 싫으면 싫다고 할 것이지."

둘러대는 말에 호청연은 코웃음 치며 중얼거렸다. 소명은 어색하게 웃을 따름이었다. 그는 문득 물었다.

"그런데, 관주님께서 편찮아 보이시던데……."

"흥, 당신이 신경 쓸 일은 아니거든요. 빨리 가기나 해요."

호청연은 차갑게 대꾸하고는 휙휙 손사래 쳤다. 빨리 사라지라는 뜻이다. 매몰차다 하겠지만 소명은 그저 웃음만 머금었다.

"저기, 충인이는?"

"오라버니는…… 몇 년 전에 강호로 나갔어요."

"강호로?"

"등용문의 무사가 되었거든요. 아버지 뒤를 이어서."

"등용문? 와, 대단하구나."

소명은 순수하게 감탄했다. 등용문이라는 이름은 그도 익히 들어 알고 있었다.

등용문은 소림 속가무문의 연합체로서, 하남 일대에 상당한 영향력을 행사하는 단체였다. 호 관주가 젊은 시절 몸담은 곳이기도 했다. 그런 곳에 호충인이 들어갔다니.

그러나 호청연은 달리 말하지 않았다. 그저 짜증스런 얼굴을 한 채 노려볼 뿐이다.

"저기, 그럼…… 다른 녀석들은 어떻게……."

"아니, 내가 지금 당신한테 그런 거나 설명하고 있을 정도로 한가해 보여요!"

"그건 아니지만."

"아, 몰라요!"

몇 걸음 걷던 호청연은 뒤돌아보지 않은 채 말했다.

"호금 선생 댁은 온다 간다 말도 없이 사라져버렸고, 대장간 당 언니는 무슨 고향집으로 돌아갔대요."

"그래……. 그럼 연수는?"

"타, 탁 오라버니는……."

호청연은 성큼 걷다가 멈췄다. 그리고는 어째 시무룩하게 두 어깨를 축 늘어뜨렸다.

"친부모라는 사람이 여러 사람들과 함께 와서는 데려가버렸어요."

"친부모? 그럴 리가……."

뜻밖의 말이었다. 소명이 알기로 탁연수는 조실부모하여 할아버지인 탁 노인 손에서 자랐다고 들었다. 그런데 친부모가 찾아와 데려갔다고 하니.

고개를 갸웃하는데, 소명은 문득 한 가지 이상한 점을 깨달았다.

'아니, 나나 이청은 호칭도 없다가 왜 연수한테만 오라버니야?'

그렇지만 차마 묻지는 못했다. 급히 신색을 회복한 호청연이 도끼눈으로 홱 노려보며 다그치듯 말했다.

"어쨌든 갈 데가 있다고 했으니까 될 수 있으면 빨리 떠나요. 괜히 말썽에 휘말리지 말고."

"말썽이라니?"

"여하튼!"

소명이 되묻자 호청연은 빽 소리치고는 홱 돌아서 가버렸다. 뒤에 남은 그는 눈만 깜빡거렸다. 그리고 곧 얼굴을 굳혔다.

호충인의 일은 모르겠지만, 호가무관에 어떤 변고가 있는 것이 틀림없었다. 감춘다고 감추었지만 호 관주의 병색이 완연한 모습이나 쉽게 흥분하는 호청연과 다른 제자들의 모습에서 뻔히 짐작할 수 있었다.

소명은 방문 앞에서 잠시 머뭇하다가 곧 몸을 돌렸다.

호 관주나 호청연이나 말을 않으려 하니, 직접 알아볼 수밖에 없다.

사정을 알기란 그리 어려운 일이 아니었다. 비분강개하는 무관 제자들의 외침은 굳이 묻지 않아도 들을 수가 있었다.

“흐음.”

소명은 창문 아래에 앉아 고개를 끄덕였다.

호가무관이 어려움에 처하게 된 것은, 물론 후계자라 할 호충인이 마을을 떠난 것도 있었지만, 그보다는 옆 촌락에 생긴 무관 탓이기도 했다.

그들이 친선을 핑계로 벌인 비무에서 암수를 써서 호 관주를 상하게 한 것이다. 이후로 호 관주는 쉽게 일어나지를 못했다.

수년 전만 하더라도 이삼백에 이르던 제자가 크게 줄어 지금 자리에 남은 열 서넛의 제자가 전부이니, 쇠락이라는 말이 틀리지가 않다.

황가무관이라는 곳에 분노하는 제자들의 소리를 뒤로하고 소명은 몸을 일으켰다.

멀리 가지 않았다. 소명은 텅 빈 연무장에 섰다. 눈 쌓인 연무장은 달빛을 받아 어두운 빛을 발하고 있었다. 한복판에서 천천히 두 손을 모았다.

금강권이다.

권로를 느릿하게 펼쳐가는 얼굴은 신중했다. 일권, 일보에 방심이란 없었다. 아울러 머릿속은 앞으로의 일에 대해 신중하게 고민했다.

'황가무관.'

나한소사의 양 권을 느릿하게 뻗었다. 눈이 가는 곳을 향해 뻗은 두 주먹이 끝에 닿기까지 무진 오랜 시간이 걸렸다. 흡사 자세 그대로 멈춰있다고 생각이 될 정도였다.

궁보에서 상체를 기울이며 두 주먹을 뻗는 나한소사의 일초. 그것을 끝마치는 데에 족히 반 각의 시간이 넘게 흘렀다.

금강권 십팔식을 아무리 느리게 펼친다고 해도 이각이 걸리지가 않건만, 그에 비하면 지금 소명의 금강권은 크게 느렸다. 마지막 금강여일로 몸을 바르게 했을 때에는 달이 저만치 기울 정도였다.

소명은 짧은 숨을 뱉었다. 금강권을 한 번 펼쳤음인데 그의 전신은 땀으로 흠뻑 젖어 있었다. 부는 바람이 서늘하여 추울 법도 하건만 그저 땀만 훔쳐냈다.

고개 들어 기운 달을 바라보았다. 조각달은 시린 빛을 발했다.

"음, 아무래도 그 방법이 그나마 낫겠군."

결정을 내린 모양이다. 그는 한결 홀가분한 얼굴로 다시 금강권을 펼치기 시작했다. 이번에는 그리 느리지 않았다. 평호흡에 맞추어 가볍게 움직였다.

지나가던 호청연은 얼핏 그의 모습을 보았다. 호 관주의 탕약을 달여 내가는 길이었다. 물끄러미 소명의 모습을 보던 그녀는 피식하고 비웃었다.

'저 나이 먹도록 아직도 금강권이나 펼치는 거야?'

그녀는 설레설레 고개를 가로저었다.

어린 시절, 유독 무재가 없어 아비의 속을 안타깝게 한 소명이었다. 그 모습이 어디를 가겠는가.

더구나 얼핏 보면 금강권인데, 금강권의 화려한 기세는 조금도 보이지 않는다. 호청연은 이내 관심을 끊고 호 관주의 처소로 발걸음을 옮겼다.

그녀는 알아볼 수 없었다. 그의 주먹이 느리게 뻗어나갈 때마다 바닥에 쌓여 있던 눈밭이 멀리 밀려나는 것을.

호 관주는 기침을 하고 있었다. 일장(一場)의 대결 중에 암수에 당해 심부에 울혈이 맺혔기 때문이다. 문이 열리고 호청연이 탕약을 들고 왔다.

"아버지, 약 드세요."

"음, 그래. 쿨룩, 쿨룩."

호 관주는 달래어지지 않는 잔기침을 터뜨리며 탕약을 받았다. 한숨에 들이킨 그는 부쩍 지친 얼굴로 숨을 몰아쉬었다.

그가 빈 잔을 내밀었지만 청연이 받지를 않았다. 호 관주가 고개를 들어 보니 호청연이 눈살을 찌푸린 채 다른 곳을 보고 있었다.

"응? 무슨 일이냐? 왜 그러고 있어?"

"예? 아, 아니요. 아무것도 아니에요."

뒤늦게 정신 차린 호청연은 황급히 고개를 가로저으며 빈 잔을 받아들었다.

"어허, 이 녀석이. 어서 말해보거라. 무슨 일이냐?"

"그게…… 저 비렁뱅이, 아니, 소, 소 오라버니요."

비렁뱅이라는 말에 호 관주가 눈살을 찌푸리니 호청연은 서둘러 말을 바꿨다. 오라버니라는 말을 하기가 참 싫은 얼굴이었다.

"음, 그래, 아소가 왜?"

"연무장에서 금강권을 하더라구요."

"오, 금강권을? 그런데?"

"완전 엉망진창이에요. 그게 무슨 금강권인지. 느리고, 엉성하고. 그 나이 먹도록 금강권 하나 제대로 못하는 게 답답해서 그렇죠."

"그래? 그렇구나."

호 관주는 쓴웃음을 머금으며 고개를 끄덕였다. 호청연은 아미를 찌푸렸다.

"웃음이 나오세요? 저렇게 엉망진창으로 펼치는데. 저는 어디서 우리 무관에서 배웠다고 말할까 봐 무섭네요."

"하하, 녀석도. 그래도 가르쳐준 바를 잊지 않았다는 것이 아니더냐. 그것만으로도 고마운 일이지."

"핏!"

호청연은 호 관주의 말에 입술을 삐죽이고는 자리에서 일어났다. 그녀는 문을 닫고는 구시렁거렸다.

"하여튼, 아버지도 속 편한 소리만 하신다니까."

불만스레 쿵쿵거리며 주방으로 간 호청연은 그릇을 탁 내려
놓고는 고개를 돌렸다.

"아무래도 안 되겠어. 내가 단단히 말해놓아야지."

그런 실력으로 어디 가서 호가무관에서 배웠다는 말이라도
떠든다면 그만한 낭패가 또 없을 것이다. 앞서 생각한 호청연
은 마음먹기가 무섭게 밖으로 달려 나갔다. 하지만 나가고 보
니 연무장은 비어 있었다. 소명의 모습은 보이지가 않았다.

"아니, 이 인간이 어딜 간 거야?"

주변을 두리번거리던 호청연은 곧 눈살을 찌푸렸다.

"그러고 보니, 언제 눈을 다 치웠지?"

소명은 밤 걸음을 재촉해서 상화촌을 벗어났다. 낡은 장포
자락이 밤바람에 펄럭였다.

달이 채 저물기 전에 그는 무관 앞에 닿을 수 있었다. 상당
히 늦은 시간이었지만 그곳은 호가무관과 달리 불을 환히 밝
히고 있었다. 연무하는 사람들의 소리가 담 너머로 울렸다. 힘
찬 기합이었다.

잠시 고민했지만 소명은 곧 앞으로 나서 닫힌 무관의 문을
두들겼다.

탕! 탕! 탕!

그러나 기합소리에 흔들림은 없었다. 기다리던 소명은 다시

문을 두들겼다. 한층 힘을 주어 두들기자 기척이 다가왔다.

쿵! 쿵! 쿵!

"누구요?"

문이 열렸다. 그리고 땀에 젖은 사내가 모습을 드러냈다. 그는 소명의 허름한 모습에 눈살을 찌푸렸다.

"뭐야? 동냥질을 할 테면 다른 데 가서 알아봐."

퉁명스런 그에게 소명은 급히 말했다.

"저는 상화촌에서 온 소명입니다."

"상화촌? 아, 그."

상화촌이란 말에 사내는 웃으며 알은체했다. 모를 리가 없었다. 덕분에 황가무관이 성황 중이지 않은가. 그는 피식 웃으며 마저 문을 열었다. 그러자 넓은 황가무관의 내부가 소명의 눈에 들어왔다.

호가무관보다 넓은 연무장에는 불이 환하게 타오르고 있었다. 그리고 서른 명 정도의 장정들이 손을 멈추고 이쪽을 보고 있었다.

우락부락한 인상들이 평범한 무관 제자로는 보이지 않았다.

"그래, 무슨 볼일인가?"

"여기 관주님을 뵙고 싶은데요."

"관주님을? 지금 자리에 안 계신데. 이 몸한테라도 말하든가. 무슨 볼일인가? 입관이라도 하게? 그렇다면 날 밝으면 오게. 일반……."

“저는 호가무관의 일로 왔습니다.”

거들먹거리던 사내의 얼굴이 일그러졌다.

‘이 자식이…… 감히 어르신네 말씀을 끊어먹어?’

소명은 그 일그러진 얼굴에 아랑곳하지 않고 담담히 말했다.

“일간 호 관주님께 사죄하러 오시라 전해주십시오.”

“뭐? 사죄?”

사내는 기가 막힌다는 듯 크게 웃었다. 그리고는 뒤쪽의 관원들에게 들으라는 듯이 소리를 높였다.

“이봐, 여기 상화촌 촌놈이 우리 관주님보고 사과하러 오라 전해달라는데?”

“와하하하.”

“저놈이 미쳤구나. 크크크.”

당장 왁자한 웃음과 함께 조롱 섞인 외침으로 시끄러워졌다. 그 앞에서도 소명의 신색은 여전히 담담했다. 사내는 홱 고개를 돌렸다.

“네놈이 정신이 나갔구나? 그렇지?”

“후우.”

당장 험악한 기세를 드러내는 모습에 소명의 입에서 한숨이 흘렀다. 그는 설레설레 고개를 흔들었다.

“여튼, 어디나 사람이 말로 하면 안 듣는다니까.”

중얼거리며 한 걸음 앞으로 나섰다.

"뭐, 뭐라는? 으억!"

소명을 대수롭지 않게 여기던 사내는 돌연 뻗은 일권에 놀라 뒤로 나동그라졌다. 우당탕 소리가 크게 울렸다.

나동그라진 그는 정신없이 고개를 흔들었다. 그리 큰 충격은 아니었지만 머리가 어지러웠다. 그는 퍼뜩 고개를 치켜들었다.

"이, 이 자식이……."

그는 당장 소명에게 달려들려 했지만 몸이 말을 듣지 않았다. 앞으로 일으키려는 순간 다리가 확 풀렸다.

"어, 어어……."

소명은 그를 지나쳐 한 걸음 앞으로 나섰다.

"뭐, 뭐야, 저 자식?"

"허, 저놈 봐라?"

황가무관의 관원들은 오만상을 쓰며 문가로 다가왔다.

소명은 그들의 일그러진 얼굴들을 찬찬히 둘러보았다. 그리고 뒤로 손을 뻗어 열린 문을 천천히 닫았다.

쿵.

문소리가 묵직하게 울렸다.

홍추덕은 멍청한 얼굴로 눈을 깜빡거렸다.

그가 황가무관에 이름을 올린 지는 사나흘밖에 되지 않았지만, 본래 낙양에서 제법 먹어주던 주먹 중 하나였다. 그런 그

가 비리비리한 비렁뱅이 한 명한테 달려들지 못하고 있다는
것은 도저히 이해할 수가 없는 일이었다.

그것도 혼자 있는 것도 아니었다. 홍추덕은 슬그머니 고개
를 돌렸다. 그의 주변으로 황가무관의 관원들이 뻗어 있었다.
그들 중에는 자신처럼 낙양의 주먹 출신들도 몇몇 섞여 있었
다.

세게 맞은 것도 아니고, 툭툭 치는 듯한 가벼운 주먹질을 감
당하지 못하고 인사불성으로 드러누워버린 것이다. 하지만 홍
추덕은 왜 그런지를 딱히 몸으로 알고 싶지는 않았다. 그는 마
른침을 꼴깍 삼켰다.

"이, 이런 스버럴……."

욕이 절로 나왔다. 그놈은 처음 들어선 자리에 그대로 서 있
었다. 단 한 걸음도 물러서지도, 나서지도 않았다. 그는 손목
을 풀며 혼자 남은 홍추덕을 물끄러미 바라보았다. 그 눈길을
받기가 무섭게 홍추덕은 혀가 바짝 굳어버리고 무릎이 후덜덜
떨렸다.

'지, 지미럴…….'

낙양 땅에서 이런저런 더러운 꼴을 다 보아온 처지였지만
저런 눈을 한 자를 본 적은 없었다. 일말의 사심도 없는 눈.
자신들을 겁박하려 드는 것도 아니요, 얕잡아 보는 것도 아니
었다. 아무런 감정도 없는 것이다.

"우, 우리한테 왜 이러는 거요?"

목소리가 절로 갈라져 나왔다.

"그저 말씀을 전해주시면 됩니다."

"그, 그런데, 왜 이렇게……."

"들어주시지 않을 것 같아서요."

"그, 그런."

얼굴이 일그러졌다. 하지만 그의 말대로 이렇게 솜씨를 보이지 않았다면 듣는 척도 하지 않았을 것이다.

"이게 무슨 소란이야?"

불현듯 무관 건물 쪽에서 거친 목소리가 들렸다. 그 소리에 홍추덕의 얼굴이 절로 환해졌다. 한 사내가 인상을 찌푸린 채 밖으로 나왔다.

그의 모습에 홍추덕은 반색하며 달려갔다.

"아이고, 이 사범님!"

"뭐야, 이 새끼들은 왜 여기 뻗어 있는 거야? 저놈은 또 뭐고?"

"그것이…… 호, 호가무관에 온 놈이랍니다."

"호가무관?"

그는 호충덕의 말에 어이없어했다.

"지금 네놈들이 호가무관 촌놈 하나한테 이렇게 당했단 말이야? 그걸 말이라고 해?"

"그, 그것이·,…."

거친 사범의 말에 홍추덕은 그만 말을 잃었다. 사범의 얼굴

에는 노골적인 멸시가 떠올라 있었다. 마치 쓰레기를 보는 듯
한 눈. 그 차가운 눈초리를 마주하지 못하고 고개를 숙였다.
사범은 그를 밀치고 문 앞에 서 있는 소명에게 다가갔다.

소명은 다가온 황가무관의 사범을 물끄러미 바라보았다. 시
골의 무관에 있을 사람들로는 보이지 않았다. 은연중에 드러
나는 기세가 상당했다.
"이봐, 이름이 뭐냐?"
"상화촌, 소명이오."
"그래? 네놈 재간이 제법이구나. 여기 이 쓰레기들을 상대
할 줄도 알고."
"……."
소명은 같은 무관에 속한 자들을 두고 서슴없이 쓰레기라
칭하는 사범의 모습에 입을 닫았다. 그와는 어떤 말도 섞고 싶
지 않다.
이 사범이라 불린 자가 건들거리며 다가왔다. 두 손을 늘어
뜨린 채 다가오는 모습은 얼핏 방만하기 그지없어 보였다. 그
러나 소명은 축 늘어뜨린 두 손에 공력이 집결되는 것을 어렴
풋이 엿볼 수 있었다. 한 걸음 다가왔다 싶은 순간, 일권이 무
섭게 뻗어왔다.
팡!
허공을 치는 소리가 크게 울렸다.

"어?"

일권을 내친 사범의 입에서 당황한 소리가 새었다. 피할 줄은 미처 생각지 못한 것이다.

소명은 고개를 기울인 채 눈앞의 놀란 얼굴을 물끄러미 바라보았다.

"이, 이놈 보…… 컥!"

억지로 웃음 짓던 그 얼굴이 크게 뭉개지며 뒤로 날았다. 홍추덕은 그 광경에도 크게 놀라지 않았다. 아까 다른 관원들도 그 모양으로 날아갔기 때문이다.

지금 홍추덕은 머리가 바빴다.

지금 뻗은 이 사범은 그래도 하남 일대에서 섬전권이라는 이름으로 제법 알아주는 고수 중 하나였다. 그런 그가 오히려 주먹에 당해 누워 있으니.

이제 황가무관에서 제대로 서 있는 이는 홍추덕 혼자인 것이다.

그때, 소명이 물었다.

"이제 다른 분은 안 계신가요?"

"예, 관주님하고 다른 사범님들은 자리를 비우셨습니다."

절로 존대가 나왔지만 전혀 이상하지 않았다.

"그럼 말씀드린 대로 빠른 시일 내에 호 관주님께 사과하러 오시라 전해주십시오."

"그, 그리하겠습니다."

홍추덕은 공손하게 고개를 숙였다. 그리고는 답이 없다. 그는 숙인 고개를 차마 들지 못했다. 한참 눈동자를 굴렸다.

'제, 젠장. 뭐야……'

대답이 마음에 들지 않았을까. 어쩐지 노려보고 있는 듯해 뒤통수가 섬뜩했다. 주저주저하던 홍추덕은 크게 용기를 내어 흘깃 앞을 살폈다.

"흡!"

눈이 크게 뜨였다. 올 때와는 전혀 다르게, 아무런 기척 없이 사라져버린 것이다. 문 열리고 닫히는 소리도 듣지 못했는데 문 앞의 자리가 텅 비어 있다.

"허, 허이구야…… 이, 이게 무슨 귀신이 곡할 노릇이다냐……."

홍추덕은 그제야 오금이 탁 풀려서 자리에 주저앉았다.

그는 멍한 눈으로 무관의 연무장을 바라보았다. 이 사범과 관원들이 찬 바닥에 뻗어 있는 모습이 없었다면 한바탕 꿈이라도 꾸었으려니 싶을 정도였다.

그는 퍼뜩 정신을 차렸다.

"가만, 이러고 있으면 안 되지……."

홍추덕의 머리가 쿵쾅거리며 급하게 굴러갔다. 황 관주는 속이 좁은 인물이었다. 다 뻗어 있는데 혼자만 멀쩡하다고 하면 무슨 해코지를 당할지 모르는 일이다.

머리를 벅벅 긁어가며 생각을 쥐어짜던 그는 곧 번쩍 고개를 치켜들었다.

“에이, 쌍! 여긴 어차피 끝난 거야!”

결정한 홍추덕은 당장 자리를 박찼다.

＊　　　＊　　　＊

황가무관의 관주, 황태정은 들뜬 마음으로 걸었다. 술자리를 거하게 대접받은 터였다. 이제 일이 잘만 되면 일개 무관이 아닌 무파로서 발돋움하게 될 것이다. 탄탄대로를 걷는 앞날이 눈에 보이는 것 같았다.

무관의 모습이 눈에 들어왔다. 그는 문득 눈살을 찌푸렸다. 당연히 들려야 할 기합 소리가 들리지 않는 것이다.

“이런, 놈들이 또 농땡이를.”

좋던 기분이 확 상했다. 급하게 세를 불린답시고 어중이떠중이들을 끌어들인 것이 문제였다. 그는 당장 달려가 문을 벌컥 열어젖혔다. 한바탕 호통을 치려는 순간, 무관의 모습에 그는 입을 쩍 벌렸다.

“아, 아니…… 이게 무슨!”

당황스러웠다. 제자들이 모두 바닥에 처박힌 채 끙끙 앓고 있다. 입관제자들만 있는 것이 아니었다. 그중에는 황태정이 직접 가르친 제자들도 있었다.

“이게 무슨 일이냐!”

"으, 과, 관주님……."

황태정은 신음하는 제자 중 하나를 일으켜 세웠다. 어디를 어떻게 당한 것인지 정신을 차리지 못했다. 그는 세차게 뺨을 내갈겼다.

"정신 차려! 이런 빌어먹을, 정신 차리란 말이다! 어떤 놈이야, 어떤 놈이 이딴 짓을 벌인 거냐!"

"호, 호가, 호가무관 놈이……."

"뭣? 호가무관?"

제자의 말에 황태정은 어이가 없었다. 호가무관에 무슨 사람이 있다고 황가무관의 제자들을 이렇게 때려눕힌단 말인가.

혼란한 눈으로 두리번거리던 그는 이 사범의 모습을 발견했다.

"이, 이 사범!"

"……."

그도 차가운 돌바닥에 고개를 처박은 채 인사불성이었다. 제자들이야 백번 양보해 그럴 수 있다 치지만, 그들이 보내준 이 사범마저 이런 꼴이 되어 있을 줄이야. 도저히 상상도 할 수 없는 일이었다.

멍한 채 있던 황태정은 퍼뜩 정신을 차렸다. 얼굴 살이 후들 거렸다.

"호경한! 이 작자가 감히 뒤통수를 쳤다 이거지!"

화가 머리끝까지 솟구친 그는 눈이 완전히 돌아갔다.

제9장
가연(假宴)의 끝

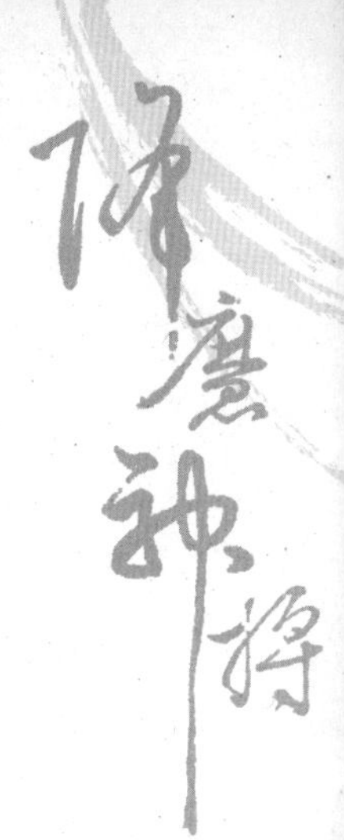

　소명은 황가무관을 나서서 밤이 더 깊기 전에 상화촌으로 돌아왔다. 그러나 호가무관으로 돌아가지는 않았다.

　옛 집터에서 밤을 지새웠다.

　한쪽에 바람 막을 자리를 만들고 몸을 웅크렸다. 아직은 날이 풀리지 않아 추운 바람이 불어들었지만 크게 불편하지는 않았다. 풍찬노숙에 익숙해질 대로 익숙해진 소명이었다. 오히려 뜻밖의 아늑함에 감싸였다.

　돌아왔다는 생각이 강하게 들어 전날보다 더 편히 잠들었다.

날이 어슴푸레 밝아오기 시작하자 소명은 번쩍 눈을 떴다. 몸을 덮은 한 장의 모포를 걷으며 몸을 일으켰다. 그는 하루의 시작을 눈으로 바라보았다.

검푸른 빛으로 물들어가는 하늘 아래에 찬 공기가 폐부 깊숙이 들어왔다. 탁한 숨을 내뱉는 호와 맑은 숨을 들이키는 흡을 차분히 다스렸다. 새벽의 한기는 밀려나고 새로운 날의 힘이 전신으로 퍼져갔다.

몸을 바르게 한 소명은 천천히 손발을 움직였다. 금강권이다.

아니, 바탕은 금강권이었으되 그 내용은 크게 달랐다. 본래 십팔식의 금강권을 간결히 하며 무형결의 실전요결을 더했다.

이름 붙이기를 소금강권(小金剛拳)이라고 했다.

앞뒤로 느릿하게 움직이는 소명의 손발에는 보이지 않는 힘이 흘러넘쳤다.

"흡!"

내공 없이 소금강권을 행하고 나자 온몸이 땀으로 흠뻑 젖었다. 고작 한 번에 지나지 않았지만 그만한 공력이 들어간 것이다.

눈을 들었다. 날이 밝아오고 있었다. 새벽 그늘이 물러가고 햇살이 고개를 내밀었다. 호흡을 가다듬은 소명은 스며든 한기를 떨쳐내려는 것처럼 돌연 몸을 부르르 떨었다.

발치에서 시작된 떨림은 일순 전신으로 퍼졌다.

파파팟!

맺힌 땀방울을 남김없이 흩어낸 뒤 소명은 눈을 떴다. 번뜩이는 광채가 눈가를 스쳤다. 햇살이 반사된 까닭인지도 몰랐다. 이내 깜빡이는 소명의 눈동자는 여느 때처럼 담담한 빛을 품었다.

곡물 가루에 맑은 물로 아침을 간단히 해결했다. 그리고 마을 어귀에서 자리를 지켰다. 홀로 선 마른 나무에 등을 기대고 섰다.

어제 그렇게 난리를 쳤으니, 새벽을 재촉해서라도 그들은 이리로 올 것이다.

그리고 생각대로 오래 기다리지 않아도 되었다.

진시(辰時) 무렵, 멀리서 사람 그림자가 다가오고 있었다. 그 모습을 본 소명의 입가에 짧은 웃음이 맺혔다.

먼 길 오는 시간치고는 많이 일렀다. 그만큼 속이 달았다는 뜻이다. 소명은 기대고 있던 몸을 일으켰다.

이른 아침의 바람은 매서울 정도로 차가웠다. 그러나 끓은 황태정의 울화를 식히지는 못했다.

그는 핏발 선 눈으로 걸음을 재촉했다. 당장 호가무관을 작살 내어놓아야 이 속이 풀릴 것 같았다.

그는 흘깃 고개를 돌렸다. 뒤에는 묵묵히 따라오는 다섯 사내들이 있었다.

　침중한 안색에 품은 안광이 범상치 않았다. 이들 다섯은
‘그들’이 이 사범과 함께 보내준 무인들이었다.
　황산오웅(黃山五雄). 안휘 황산 일대에 이름 높은 다섯 의형
제들이다.
　황태정도 딴에는 일류의 경지에 이른 무인이라고 하지만 이
들에 비하면 손색이 있었다. 이들 다섯 전부가 확실한 일류였
다.
　그 자신과 한 사람만 같이 가도 간판이나 겨우 유지하는 호
가무관을 끝내버리는 것은 그리 어려운 일이 아닐 것이다. 그
러나 발끈한 황태정은 기어코 이들 다섯을 모두 이끌고 이른
아침부터 성난 걸음을 했다.
　아주 호가무관의 주춧돌까지 들어내버릴 작정인 것이다.
　‘흥, 자비를 베풀어 이름이라도 유지시켜주었으면 고마운
줄을 알아야지, 감히 뒤통수를 쳐!’
　상화촌이 이제 멀지 않았다. 앞에 보이는 언덕길만 넘어서
면 바로 그곳이다.
　“응?”
　황태정은 문득 걸음을 멈췄다. 언덕 마른 나무 앞에 한 사내
가 우두커니 서 있었다.
　오래되어 바랜 장포를 걸치고, 머리카락을 산발하고 있었
다. 얼핏 보자면 비렁뱅이처럼 보이는 모습이었다. 그는 씩씩
거리는 황태정 앞으로 나서며 손을 모았다.

"황가무관의 분들이시오?"

"응? 그렇다만."

"혹시 황 관주님이십니까?"

사내의 알은체에 황태정은 눈살을 찌푸렸다.

"나를 아는가?"

"그럼요. 기다리고 있었습니다."

"기다려? 나를?"

황태정의 머리가 빠르게 돌아갔다. 무관 제자들이 비렁뱅이 몰골을 한 자에게 당했다는 말이 떠올랐다. 그는 흠칫 물러서며 주먹을 움켜쥐었다.

"네놈이 바로 그 흉수로구나!"

"흉수라니요?"

"이놈! 네놈이 지금 발뺌을 하려는 것이냐? 호가무관의 이야기를 들먹이며 우리 아이들을 그 지경으로 만들어놓고!"

"음, 제가 남긴 말씀은 듣지 못하셨습니까?"

"뭐? 무슨 헛소리냐!"

흥분한 황태정이었다. 그 모습에 사내, 소명은 눈살을 찌푸렸다.

"음, 얘기가 전해지지 않은 모양이군요. 뭐, 괜찮습니다. 이렇게 황 관주님을 뵈었으니 다시 말씀드리지요."

"이, 이놈이……."

차분한 그 모습이 황태정의 분노를 더욱 부채질했다. 살집

두둑한 얼굴이 썩은 돼지 간처럼 거무죽죽하게 물들었다.

"오신 걸음대로 가서서 호 관주님께 사죄를 올리십시오."

"하, 하하."

황태정은 신기한 경험을 했다. 화가 머리끝까지 솟구치니 오히려 화가 나지 않는 것이다. 벌린 입에서 절로 웃음이 터졌다.

크게 웃은 그는 시뻘건 눈으로 소명을 노려보았다.

"그래, 남길 말은 그게 전부더냐?"

"그렇습니다."

"오냐, 저세상에서 사죄하마!"

크게 외치며 당장 출수했다. 서너 걸음을 한 걸음에 뛰어들며 일권을 내쳤다. 일류경에 오른 무인답게 매서운 권력이었다. 그러나 소명은 선 자리에서 손바닥으로 그의 주먹을 가볍게 툭 쳤다.

그 한 수에 황태정의 일권이 방향을 잃고 그의 중심마저 기우뚱했다.

"엇?"

입에서 당황한 소리가 새었다. 소명은 그대로 웃었다.

"오신 걸음대로 가서서 사죄하시지요."

"이, 이……."

더없이 태연한 모습에 황태정은 말 그대로 분기탱천했다. 그러나 뒤에 있던 황산오옹이 발끈하는 그의 발목을 잡았다.

"황 관주!"

"음?"

발작하려던 그는 멈칫하여 황산오웅을 돌아보았다. 그들은 묵직한 얼굴을 한 채 앞으로 나섰다.

"황 관주께선 뒤로 물러서시오."

"아니, 갑자기 왜……."

그들은 당황하는 황태정을 돌아보지 않았다. 다섯의 얼굴이 상당히 심각하게 굳어 있었다.

오웅 중 네 사람이 앞으로 나섰다. 한 걸음 옮기는 것과 동시에 자연스레 소명을 둘러쌌다.

"너는 누구냐?"

"상화촌의 소명라고 합니다."

"소명?"

들어본 적 없는 이름이다.

"왜 황가무관의 일에 나서는 것인가?"

"호가무관의 일을 좌시할 수 없기 때문입니다."

"물러서라."

"정히 손을 쓰시렵니까?"

둘은 서로 다른 말을 주고받았다. 하지만 의미하는 것은 다르지 않았다. 결국 손속을 나누어야 한다는 뜻이다.

오웅의 다섯은 서로 눈짓을 주고받았다.

그들이 보기에 눈앞의 소명은 만만한 상대가 아니었다. 겉으로 보기에는 허름하기 그지없지만 강호 경험이 그들에게 위험을 말해주고 있었다.

소명이 보이는 차분함은 단순한 허세가 아닌 것이다. 그들 다섯이 일시에 발한 기세를 흔적도 없이 흩어버리는 상대라면 더욱.

소명은 다섯의 눈짓을 빠르게 잡아냈다.

'아까부터 귀찮게 하더니만.'

마주한 순간부터 겁박하듯이 농도 짙은 살기를 계속해서 발하던 다섯이었다. 그들은 일단 한 사내에게 눈짓을 주었다. 황태정의 뒤편에 자리한 사내였다. 그가 이들 다섯을 이끄는 입장인 것이다.

머리를 알았으니 소명이 먼저 움직였다. 장포 자락이 크게 펄럭였다.

"헛!"

그의 움직임에는 어떤 전조도 없었다. 어느 찰나에 황태정의 코앞으로 짓쳐들어갔다. 중간의 모습을 눈에 담은 자는 아무도 없었다. 소명의 앞을 막고 있던 오웅의 둘째도 정신 차렸을 때는 이미 소명을 놓친 뒤였다.

황태정은 말할 것도 없었다. 그는 미처 반응하지 못하고 뻣뻣하게 굳어버렸다. 소명은 그대로 주먹을 내질렀다. 그리고 동시에 다른 손으로 황태정의 뒤에서 미간을 향해 뻗어오는 다른 주먹을 맞잡았다.

터턱!

소명과 오웅 중 첫째의 주먹이 각기 황태정의 귀밑을 스쳤다. 그들은 서로의 주먹을 단단히 맞잡은 채 멈췄다. 그들 사이에서 황태정은 바짝 얼어버렸다.

다른 네 사내들이 한발 늦게 소명을 둘러쌌다.

"손속이 제법이시군."

소명의 주먹을 잡은 사내가 나직이 말했다.

굳은 눈초리에는 지금껏 품고 있던 여유가 조금도 남지 않았다.

소명은 말없이 싱긋 웃어 보였다. 그리고 좌우에 늘어선 사내들을 빠르게 살폈다. 그들은 공력을 끌어올린 채 긴장한 낯으로 서서히 맴돌았다.

'다섯 모두 일류라.'

오웅 중 맏이인 철장권 도벽성은 일그러진 눈으로 소명을 노려보았다. 만만치 않은 권력이다. 두 손이 부들부들 떨렸다.

'이런 개 같은!'

욕지거리가 절로 일었다.

내지른 주먹은 무슨 철벽에 부딪힌 듯 고통스럽고, 막은 손바닥은 그대로 꿰뚫리는 듯했다.

철장권이라는 명호대로 상승의 철장수를 익힌 도벽성이었

다. 그런데 앞에 선 무명 사내의 권력 하나 감당하지 못하다
니.

그대로 버티려는 순간, 그들 사이에서 멍하니 서 있던 황태
정의 신형이 크게 휘청거렸다. 오웅들이 크게 발하는 기세를
감당하지 못한 것이다. 오금이 풀린 그는 그대로 바닥에 주저
앉았다.

황태정의 신형이 쑥 가라앉는 순간, 소명의 손에서 힘이 확
풀렸다. 맞버티던 힘이 사라지자 도벽성은 그만 자세가 흐트
러졌다.

"흡!"

급히 중심을 바로잡으려 했지만 상대가 이미 손을 쓴 뒤였
다. 도벽성은 엉거주춤한 모습 그대로 굳어버렸다. 놀라 치뜬
눈은 소명의 빠른 뒷모습을 겨우 쫓았다.

소명은 가장 가까이에 있는 큰 덩치의 사내에게로 파고들었
다. 오웅 중 막내인 거웅도 계양벽이다. 다가서는 소명의 그림
자에 부리부리한 눈을 치켜뜨며 당장 큰 칼을 휘둘렀다. 그러
나 소명이 이미 그의 품으로 파고든 이후였다.

처음의 묵직한 일권은 단순히 보여주기 위해서였다는 듯,
순식간에 계양벽의 인중을 다섯 차례나 가격했다.

타타타타탁!

힘이 실리지 않은 가벼운 단타(短打)였지만 연이어 두들기니
도리가 없었다. 단단한 덩치는 전혀 도움이 되지 않았다.

계양벽은 신음 소리 한 번 흘리지 못하고 눈을 하얗게 뒤집었다. 소명은 그의 허리춤을 움켜쥐고는 이리저리 휘돌렸다. 축 늘어진 거대한 몸뚱이로 달려들려는 다른 삼웅들의 앞을 막아섰다.

"이, 이런!"

"젠장."

"막내야!"

외쳐보지만 축 늘어진 계양벽은 정신 차릴 줄을 몰랐다.

"빌어먹을!"

한순간에 도벽성과 계양벽이 제압당해버렸으니, 황산오웅이란 이름에 걸맞지 않은 일이었다.

이십 년 강호행 동안 이토록 참담한 꼴은 당한 적이 없었다. 빠득 이를 갈아붙였지만 서두르지는 않았다. 전에 없는 강적이라는 것을 인정한 것이다.

허름한 행색을 하고 있지만 상대는 족히 일류 이상의 고수다. 아니, 무위보다 경계할 점은 따로 있었다. 그는 오웅, 자신들 못지않은, 어쩌면 그 이상의 경험을 지닌 것이 분명했다.

망할 작자는 혼절한 막내의 덩치 뒤에서 이쪽을 유심히 보고 있었다. 차분한 눈동자, 보는 것만으로도 성질이 났다.

소명은 흥분한 세 사내의 모습을 가만히 지켜보았다. 이대로 힘이 빠지기를 기다리기라도 하려는 것인가. 아쉽게도, 시간을 오래 끌 생각은 없었다.

"흡!"

힘을 쓰며 기절한 덩치를 앞세워 왁 밀어붙였다. 사내들이 급히 물러섰다.

흩어지는 그들을 쫓아 소명은 한 걸음에 거리를 바짝 좁히며 어깨를 뒤틀었다. 가슴팍에 틀어박히는 고격(靠擊). 켁 소리도 나오지 않았다.

사내가 튕겨나가는 것과 동시에 소명은 신형을 돌렸다. 바로 날카로운 공격이 몰아쳐왔다. 머리를 노린 발차기다. 발끝에 묵직한 경력이 실려 있다. 소명은 손을 들어 머리를 막으며 다른 손을 앞으로 밀어붙였다.

상대는 막은 팔과 소명의 머리를 한꺼번에 부숴버릴 작정이었다. 위력도 그러기에 충분했다. 하지만.

"협!"

상대의 당황한 소리가 들렸다. 그의 발차기는 소명의 손에 덥석 잡혔다. 동시에 다른 주먹이 목덜미를 파고들었다.

"끅!"

숨 막히는 소리와 동시에 몸이 축 늘어졌다.

이제 남은 것은 하나.

오웅 중 셋째인 단봉철우 선평금뿐이었다. 연이어 달려들려 했으나 두 형제가 한순간에 무너지는 바람에 움직일 순간을 놓쳐버린 것이다.

그의 얼굴에 당황한 기색이 역력했다. 이미 전의를 잃어 보였지만, 그렇다고 물러설 것 같지도 않았다.

소명은 허리를 세우고 그를 향해 천천히 다가갔다.

그 모습에 선평금은 자세를 잡은 채 주춤주춤 물러섰다. 앞으로 내민 쌍단봉의 끝이 부들부들 떨렸다.

"이, 이런…… 젠장!"

그는 결국 욕지거리를 거칠게 내뱉으며 냅다 달려들었다. 좌우의 단봉이 빠르게 움직였다. 허공을 찢는 파공성이 날카롭게 울렸다. 그러나 소명은 걷는 동작 그대로 상체만을 흔들어 단봉의 모든 궤적을 흘려버렸다.

"헉!"

헛손질로 인해 앞으로 기울어진 상대를 소명은 부축하듯이 안았다. 그리고 앞으로 디딘 발을 한차례 비틀었다.

둥!

낮은 울림에 상대의 몸이 부르르 떨렸다. 그의 손에서 두 단봉이 툭 떨어졌다. 소명은 축 늘어진 그를 조심스레 바닥에 뉘였다.

주변을 둘러보니 다섯 모두 뻗어 있다. 아니, 여섯이다. 소명은 성큼 걸어 구석에 있는 황태정의 목덜미를 붙잡아 일으켰다.

"으으……"

"정신이 좀 드십니까, 황 관주님?"

황태정은 소명의 목소리에 부르르 몸을 떨었다. 낮고 차분한 목소리가 한층 두렵게 다가왔다. 그들이 보내준 무인 다섯을 때려눕히는 것을 똑똑히 보지 않았던가.

"누, 누구요, 당신은?"

"말씀드렸다시피, 상화촌의 소명이라고 하는 졸자입니다."

소명은 씩 웃어 보였다. 감정 없는 미소에 황태정은 마른침을 꿀꺽 삼켰다. 이제야 깨달았다. 상대를 잘못 건드린 것이다.

소명은 나직이 물었다.

"누가 있습니까?"

"뭐, 뭐가 말이오?"

"저런, 같은 질문을 여러 번 하는 것만큼 지루한 일도 없는데요."

소명은 쓴웃음을 머금으며 어깨를 으쓱거렸다. 겁먹은 황태정에게는 그것만으로도 충분한 위협이었다.

황가무관이나 황태정 정도의 위인이 일류의 무인을 다섯씩이나 부릴 수 있을 리가 없었다. 과연 그 뒤에서 누가 사주했을지.

소명의 눈길에 황태정은 비명처럼 소리를 높였다.

"무가련(武家聯)! 무가련이오!"

"무가련?"

"그렇소, 무가련이오."
뜻밖의 이름이 튀어나왔다.

무가련은 하남, 하북, 안휘 일대에서 무림세가라 칭하는 다섯 가문의 연합을 뜻했다. 그곳이 딱히 주목할 것 없는 상화촌의 작은 무관인 호가무관을 겁박할 이유가 무엇이 있단 말인가.

소명은 굳이 캐묻지 않고 황태정의 말을 들었다.

하남 일대에 가장 큰 위명을 떨치는 것은 다름 아닌 숭산의 소림이다. 일컬어 천하공부출소림(天下功夫出少林)이라 하지 않던가. 그러나 소림사는 구름 속의 신룡과 같은 존재. 여간한 일이 아니고서는 소림이란 이름이 산문을 벗어나는 일은 없었다. 그럼에도 소림의 위명이 천하에 넓게 드리우는 것은 소림 속가가 있기 때문이다.

구파라 불리는 다른 무파도 있지만 소림 속가라는 이름의 무게는 크게 달랐다. 천하 각지에 흩어져 있는 소림 속가와 지파의 수는 헤아릴 수 없을 정도다.

달리 소림을 천하제일이라 하는 것이 아니다.

특히 소림본산이 자리한 하남 땅에는 그 위세가 고스란했다. 소림 속가의 연합인 등용문이 또한 하남에 있기 때문이다. 그리고 그것은 하남에도 세력권을 넓히고 있는 무가련으로서는 좋은 일이 아니었다.

하여, 등용문의 기반이라 할 수 있는 제반 무관들을 흡수, 견제함으로써 등용문을 견제하려 하는 것이다. 그중의 하나로 황태정이 선택된 셈이었다.

황태정은 무가련에서 계획해준 대로 무관을 열고, 보내주는 제자들을 받아들였으며, 호가무관과 겨룬 것이었다.

구구절절한 사연을 다 듣고, 소명은 가만히 물었다.

"이제 어쩌실 테요?"

"나, 나는 다 필요 없소. 그저 고향으로 돌아가겠소이다."

"그러실 필요까지야 있겠습니까?"

"아니오, 아닙니다. 이제야 내 주제를 알았소이다. 알량한 재간을 믿고 내가 너무 큰물을 바랐던 것이오."

의기소침한 정도가 아니었다. 그는 자괴감을 느끼고 있었다. 아무리 무가련에서 보내온 무인들이라지만 그들과 소명이 겨루는 사이 주먹을 내지르기는커녕 주먹을 쥐지도 못한 자신이 한심한 것이다.

이래서야 무슨 명목으로 무관의 주인이라 자처할 수 있단 말인가. 황태정은 한순간 만에 수년은 흘러보낸 듯 보였다.

소명은 지친 그를 두고 고개를 돌렸다. 황산오옹의 다섯 사람이 대자로 뻗어 있었다. 다가가 그들을 깨웠다.

"괜찮으십니까?"

"으음."

묻는 목소리에 그들은 그저 신음성만 흘렸다. 쉽게 정신을 차리지 못했다. 한참을 멍한 채로 있던 도벽성이 먼저 고개를 들었다. 아직 충격의 여파가 가시지 않아 초점이 흔들리는 눈이었다.

"이, 이런 일이 있나. 도대체 당신은 누구요?"

"말씀드렸다시피……."

"상화촌 어쩌고 할 것이면 관두시오."

소명은 셋째 단봉철우의 한 소리에 머쓱하여 입을 다물었다.

"이런 일이 있나. 우리 황산오웅이 천하에 이름난 고수는 아니라 하여도 이렇게 순식간에 당한 적은 없었는데."

"하아……."

도벽성의 자조 섞인 한탄에 다른 동생들의 입에서 한숨이 절로 튀어나왔다. 맥 빠진 모습이었지만 그들이 정신 차릴 때까지 기다릴 생각은 없었다.

"무가련 소속이시라 들었습니다."

"응? 황가, 그 위인이 입을 놀린 게요?"

"황 관주를 탓하지는 말아 주십시오."

"흐음."

도벽성을 눈살을 찌푸렸다가 소명의 말에 곧 감정을 누그러뜨렸다. 패장이 무슨 말을 할 수 있을까. 그는 고개를 숙였다.

"그래, 이렇게 깨운 것을 보면 무슨 용건이 있는 듯한데. 무슨 말을 하려는 것이오?"

"본래 제가 바랐던 것은 황가무관의 사과였습니다만…… 이
야기를 듣고 보니 일이 심상치가 않더군요."

"음."

도벽성과 황산오웅 또한 강호의 오랜 경험을 쌓은 자들이었
다. 소명의 말 뒤에 숨은 뜻을 짐작 못할 리 없었다.

"당신이 바라는 것은, 그럼……."

"예, 무가련이 호가무관에 신경을 쓰지 않았으면 합니다."

도벽성은 눈살을 찌푸렸다. 그는 다른 형제들을 돌아보았
다. 얼굴을 구기기는 그들도 마찬가지였다.

정말로 호가무관 같은 볼품없는 시골 무관 때문에 나섰단
말인가.

"하아……."

땅이 꺼져라 한숨을 깊게 내뱉었다. 어차피 이 지역에 관한
것은 그들 다섯 형제가 담당하고 있으니 크게 문제될 것은 없
었다. 그렇다고 해서 간단한 일은 또 아니었다. 다섯 형제는
복잡한 얼굴로 서로를 마주 보았다.

"어려우시겠습니까?"

"아니, 그것은……."

도벽성은 주저했다.

"아무래도 말미를 주셔야겠소. 당장 어떤 답을 하기가 어렵
구려. 황 관주가 손을 털어버렸으니……."

일 년 가까이 공을 들인 황가무관이었다. 그런 곳이 한순간

에 쓸려나간 모양이니.

 그들의 허탈한 모습에 소명은 고개를 끄덕였다. 그들 또한 사정이 있을 터, 무리하게 몰아붙일 생각은 없었다. 그러나 짚고 넘어갈 일은 분명히 짚어야 한다.

 "그럼 한 가지만 묻지요."

 고개 든 황산오옹에게 소명은 싱긋 미소를 지어 보였다.

 "호 관주님께 독수를 쓴 자는 누구입니까?"

 오싹!

 황산오옹은 식은땀을 흘렸다.

 도벽성은 질린 얼굴로 중얼거렸다.

 "이런 약한 말은 하고 싶지 않지만, 그때 호가무관의 일에 나서지 않았던 것이 천만다행이었구나."

 "대, 대형."

*　　　*　　　*

 소명은 호가무관의 닫힌 문을 바라보았다. 해는 중천에 떴다. 황산오옹과 드잡이한 것이 제법 시간이 흐른 것이다.

 몇몇 제자들이 안쪽에서 수련하는 모양이다. 기합 소리가 들렸다. 안으로 들어가자 어제 본 다른 제자들이 힘써 권법을 연마하고 있었다.

그들은 소명의 모습에 흘깃 눈길을 주었지만 다른 말은 하지 않았다.

그들의 모습을 지켜보던 소명의 눈이 아득해졌다. 오래전, 그와 친구들이 무술을 수련한답시고 분주하던 모습이 눈앞에서 아련했다.

많은 사람들이 있었다. 근방의 청년들은 모두 이곳에서 무술을 배웠다. 그런데 이제는 을씨년스레 변하다니. 입가에 절로 씁쓸한 미소가 맺혔다. 세월이 그만큼 흐른 것이다.

소명은 더 지켜보기가 두려워 몸을 돌렸다. 자리를 벗어나려는데 문소리가 들렸다. 호청연이 나오는 참이었다. 어디 먼 길을 가려는 듯 옷을 챙겨 입은 모습이었다. 그녀는 길을 나서려다 소명의 모습을 보고는 뾰족하게 소리를 높였다.

"뭐야! 어디 있다가 이제 온 거예요?"

"지, 집에."

"집? 불탄 자리밖에 없는데 집은 무슨 집."

"하하."

호청연이 쏘아붙이는 말에 소명은 어색하게 웃었다. 하기야 맞는 말이다. 불탄 자리밖에 남지 않았다.

"멀뚱히 있지 말고 들어가서 아버지께 인사나 드려요. 아침부터 얼마나 찾으신 줄 알아요!"

"아, 그, 그래."

그리고 호청연은 가던 걸음을 재촉했다. 소명은 급히 물었다.

“어디를 가는…….”

“약방이요!”

“가까운 약방이면…….”

“흥! 내가 더 잘 알거든요!”

외치고는 정문을 나서는 모습에 소명은 더 말을 잇지 못했다. 열린 문 사이로 멀어지는 그녀의 뒷모습을 물끄러미 바라보았다.

호청연은 씩씩거리며 걸었다. 그녀는 소명을 이해할 수가 없었다. 아니, 소명을 거두려는 아버지를 이해할 수가 없었다.

“아니, 지금이 식솔을 늘릴 때냐고. 하나라도 입을 줄여야 할 판국에.”

툴툴거리던 그녀는 문득 멈춰서 휙 고개를 돌렸다. 수개월 동안 관리하지 못해 부쩍 허름해진 무관의 모습이 눈에 들어왔다. 그것이 또 못마땅해서 눈살을 찌푸렸다.

“쳇!”

이는 바람이 차가워 옷매무새를 여미며 다시 걸음을 재촉했다. 해지기 전에 약방을 다녀오려면 서둘러야 했다.

호 관주의 방 앞에서 소명은 잠시 머뭇거렸다. 안쪽에서 마른기침 소리가 쉬이 끊이지를 않았다.

"쿨럭…… 소명이냐?"

"예, 관주님."

"들어오너라."

문을 열고 들어서니 전날보다 한층 얼굴이 핼쑥해진 호 관주를 볼 수 있었다.

"흐흠, 못난 모습을 보였구나."

잔기침을 삼키며 호 관주는 웃어 보였다. 마주 앉은 소명은 그저 어색한 웃음만 보였다. 그리고 조심스레 물었다.

"변고를 당하셨다 들었습니다."

"하하, 들은 게냐? 하기야…… 감추려야 감춰질 만한 일은 아니지."

그는 씁쓸하게 중얼거렸다. 식은 찻물로 마른 입술을 축이고 느릿하게 입을 열었다.

"그것이 어디 변고라 할 일이더냐. 비록 변두리 무관이라지만 나 역시 강호 중의 인물이다. 겨루다 몸을 상하는 것은 언제든 있을 수 있는 일이지. 쿨룩, 쿨룩."

애써 담담한 호 관주의 말에 소명은 멍하니 중얼거렸다.

"강호…… 입니까."

"너는 어떠하냐? 십수 년 동안 어디서 무얼 한 게야? 많이들 너를 찾았다."

"저는 그러니까, 이곳저곳을 떠돌았습니다."

"이곳저곳이라면?"

"주로 변방을 떠돌았습니다. 서역으로 가는 상단의 일을 도왔거든요."

"서역? 그건 정말 생각지도 못한 일이구나."

뜻밖의 말에 호 관주는 해연히 놀랐다. 서역이라니. 그는 고개를 끄덕였다. 소명은 지나온 수년여 세월의 이야기보따리를 하나하나 풀어놓았다.

변방의 모래바람에 고생한 이야기나 멀리 신기한 문물에 대한 이야기들이었다. 호 관주는 그의 경험담에 귀를 기울이며 때로는 맞장구를 쳤다.

흥겨운 모습이었다. 그러다 보니 시간이 가는 줄을 몰랐다. 어느 틈엔가 어둠이 내려, 방 안에 불을 밝혔다.

호 관주의 주름진 눈에 깊은 회한이 어렸다.

"힘들었겠구나. 많이 힘들었겠어."

"아, 아닙니다."

그는 온화한 미소를 그리며 소명의 투박한 손을 잡았다.

굳은살과 상처로 가득한 거친 손이다. 지나온 세월이 결코 평탄치 않았다는 뜻이 아니고 무엇일까. 애써 밝은 이야기만을 하지만 그것이 전부가 아니라는 것은 잘 알고 있었다.

그가 기억하는 열 서넛 어린 시절의 모습을 어디서 찾아볼 수 있을까. 헝클어진 머리카락 아래로 보이는 검게 탄 얼굴에서 쓸쓸함을 감출 수 없었다.

호 관주는 새삼 세월의 무상함을 절절하게 느꼈다.

"이제 돌아온 것이더냐?"

"그건……."

호 관주의 주름진 눈가를 마주한 소명은 잠시 머뭇했다.

"왜 그러느냐? 다시 떠날 생각이더냐?"

"은인 되시는 분의 가족을 찾아가보려 합니다."

"은인이라."

호 관주는 고개를 끄덕였다. 그는 문득 흔들리는 눈으로 소명의 모습을 바라보았다. 그것은 불안이었다.

'설마하니, 이 아이가 강호의 은원에 휩쓸리는 것은 아니겠지?'

호 관주는 애써 말문을 돌렸다.

"그, 그보다, 청연이 이 녀석이 많이 늦는군. 보통 이때쯤이면 돌아오고도 남았을 터인데."

"그럼 제가 나가보겠습니다."

"아니, 그럴 것까지야."

만류하는 호 관주에게 어색한 웃음을 보이고는 자리에서 물러났다. 생각해 보면 상당히 늦은 시각이기도 했다. 오전에 길을 나선 아이가 해가 저물도록 돌아오지 않다니.

소명은 천천히 걷다가 상화촌 바깥까지 이르렀다. 한참 멀리까지 나왔지만 호청연은 기척도 보이지 않았다.

"이상한데."

길이 엇갈렸을 리는 없었다. 상화촌에 드나드는 길은 여기뿐이니.

멀리까지 내다보던 소명은 돌연 눈을 치떴다. 먼 곳에 하얀 것이 바닥에 떨어져 있다. 서둘러 확인하니 그것은 한 포의 약재였다.

소명의 얼굴이 일순 딱딱하게 굳어버렸다. 그는 약재를 손에 들고 몸을 일으켰다. 동공 깊숙한 곳에서 푸른 안광이 번뜩였다. 내린 어둠을 꿰뚫을 듯했다.

그는 호청연의 흔적을 찾기 시작했다. 깊은 어둠도 불을 켠 소명의 눈을 방해할 수 없었다. 그리고 시간이 얼마 흐르기도 전에 흔적을 찾아냈다.

네 사람의 흔적이었다. 한 명은 멀리서 오고 있었고, 다른 셋은 한곳에서 오래 머물러 있었다. 그 한 명은 말할 것도 없이 호청연이다.

흔적을 통해서 소명은 벌어진 일을 얼추 짐작했다.

상화촌으로 돌아오던 호청연이 문득 이곳에서 쓰러졌다. 어떤 암수에 당한 것이다. 그리고 그들은 혼절한 호청연을 업고 이동했다. 그들이 향한 방향은.

소명은 고개를 들었다. 파악함과 동시에 그는 지체하지 않고 앞으로 뛰었다.

흔적을 찾고, 상황을 파악하며, 이내 뒤를 쫓는 그의 모습은 이런 일에 크게 익숙한 듯했다.

흔적이 안내한 곳은 상화촌에서 멀지 않은 야산이었다. 검은 산등성이 한곳에서 불빛이 보였다. 다가가니 왁자하게 웃고 떠드는 소리가 들렸다.

세 사내가 불가에 둘러앉아 술을 마시며 떠들었다. 그리고 그들 뒤에 호청연이 있었다.

그녀는 결박된 채 정신을 잃고 쓰러져 있었다. 그러나 그뿐, 몹쓸 짓은 당하지 않았다. 안위를 확인하고 안도의 한숨을 삼켰다.

소명은 눈을 감고 두근두근 뛰는 가슴을 가만히 눌렀다. 심장이 격하게 뛰고 있었다. 급하게 움직였기 때문은 아니었다.

솟구친 분기를 누르며 습관처럼 일문(一文)의 구결을 되뇌었다. 뛰던 심장은 가라앉고, 달았던 피는 식었다. 그리고 소명은 눈을 다시 떴다.

깊이 가라앉은 눈동자는 불빛을 받아 붉게 물들었다.

불가에 앉아 있는 셋 중 두 사람은 아무것도 모른 채 음담패설을 내뱉으며 웃고 떠들었다. 다른 한 사내는 자리한 채 앉아 있을 뿐, 눈을 감고 일절 말이 없었다.

두 사내는 웃고 떠들면서도 눈길이 호청연에게로 향했다. 음심에 몸이 달아오른 것이다. 그렇지만 말 없는 사내의 눈치 때문에 아무것도 못하고 있었다. 그저 바짝 말라가는 입 안을 술로 적실 뿐이었다.

일부러 더욱 왁자하게 떠들던 둘은 문득 입을 다물었다. 그리고 서로 눈짓으로 뜻을 주고받았다.

"헤, 헤헤. 저기, 오 대형."

"뭐냐?"

조심스런 목소리에 사내는 눈을 감은 채 대꾸했다.

"저기, 저 계집 말입니다."

"……."

사내는 그제야 눈을 떴다. 그런데 드러난 그의 눈동자는 어딘지 기이했다. 그것은 마치 온기가 없는 뱀 눈을 마주하는 것처럼 보였다. 그가 눈동자를 돌리자, 두 사내는 움찔하고 어깨를 떨었다.

"왜, 간만에 계집의 냄새를 맡으니 몸이 달더냐?"

"헤, 헤헤."

사내의 눈동자를 마주하자 가슴이 철렁 내려앉았지만 웃음기 섞인 물음에 둘은 어색하게 마주 웃어 보였다.

사내, 오관화는 제 눈앞에서 어색하게 웃고 있는 두 놈을 가만히 지켜보았다.

두 놈은 개봉 뒷골목에서 행세하던 주먹들로, 그 바닥에서는 쌍흉(雙凶)이라고 불리던 놈들이다. 재간이야 어떻든 제법 눈치가 빠르고 수완이 있어 몇 개월간 수족으로 부리던 참이었다.

쌍흉을 향한 오관화의 눈이 새삼 스산해졌다. 그 눈길에 둘은 크게 움찔했다. 두려워하는 그 모습에 오관화의 입가에 싸늘한 조소가 머물렀다.

'쳇, 쓰레기 같은 놈들……. 이런 놈들이나 부리고 앉았으니.'

그렇지 않아도 무관의 뒤나 관리하는 지금 자신의 처지가 못마땅하던 오관화였다.

그는 흘깃 기절한 호청연의 얼굴을 보았다.

'기껏해야 작은 무관의 계집 주제에 꽤 괜찮게 생기기는 했군.'

두 사내가 조마조마한 눈으로 자신을 보고 있으니, 오관화는 작은 변덕으로 고개를 끄덕였다.

"시끄러운 건 질색이다. 할 거면 조용하게 해."

"헤, 헤헤. 예, 알겠습니다!"

오관화의 허락이 떨어지자 둘의 입이 귀까지 걸렸다. 바지춤을 움켜쥔 채 허겁지겁 자리에서 일어나는 모습에 오관화는 피식 웃었다.

그때였다.

"그 말 하나로 너희 놈들을 살려 보낼 수는 없겠다."

고저 없는 목소리였다.

제10장
나서는 걸음

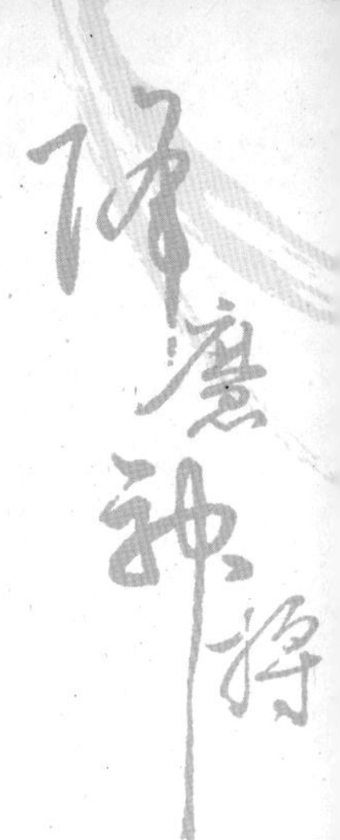

　쌍흉은 엉거주춤한 채 고개를 돌렸다. 불길 앞에 한 사내가 우두커니 서 있었다. 언제부터 그곳에 있었는지 알 수가 없다. 오관화는 자리에 앉은 채 눈살을 찌푸렸다.

　쌍흉은 사내의 위아래를 살피더니 곧 오만상을 썼다. 놀라기는 했지만 그 행색에 마음이 놓인 것이다. 허름한 옷차림에 헝클어진 머리가 눈앞을 가리고 있으니, 딱 비렁뱅이 몰골이다.

　그들은 짜증스레 외쳤다.

“넌 뭐야?”

“…….”

　그는 답하지 않았다.

“아니, 이 새끼가…….”

쌍흉은 그 모습에 침을 탁 뱉더니 흉흉한 칼날을 뽑아 들었다. 불에 비친 두터운 칼날이 요란한 빛을 발했다. 그러나 그는 거들떠보지 않았다.

그는 한 걸음 앞으로 나서서는 타오르는 불길을 끄기 시작했다. 주변의 흙을 발치로 끼얹으니 불길이 약해지며 새삼 어둠이 밀려왔다.

그 모습에 대흉이 버럭 외쳤다.

“뭐, 뭐하는 짓이냐?”

그러자 사내는 꺼져가는 불씨를 하나하나 지그시 밟아가며 말했다.

“이런 밤에는 불빛이 멀리까지 가지.”

“그게 무슨?”

상황과는 전혀 어울리지 않는 잔잔한 목소리였다.

“나는 개를 잡는 도중에 다른 사람에게 방해를 받고 싶지 않거든.”

말을 맺는 것과 동시에 마지막 불씨가 짓밟혔다. 어둠이 확 내려앉았다.

소명은 어두워진 그들의 눈동자를 하나하나 마주보았다. 움츠러든 두 흉한(兇漢), 그리고 자리에 앉은 채 재밌다는 듯한 눈으로 보고 있는 한 사내. 그 사내는 미소를 머금은 채 조롱

하듯 소명을 보고 있었다.

그 눈, 그 얼굴. 다 마음에 들지 않았다. 그렇지만 모든 일이 그렇듯 순서란 것이 있는 법이다.

대가리를 치려면 사지를 먼저 부러뜨리고 나서 치는 게 더 편하다. 다 잦아든 모닥불을 질끈 밟고 앞으로 나섰다.

오관화는 등장한 불청객이 흥미로웠다. 험상궂은 쌍흉을 두고 부리는 여유나, 불을 끄며 하는 짓거리나. 그러나 그뿐이었다.

내일 이른 시간부터 일을 벌이기 위해서라도 지금 헛힘을 쓸 필요는 없다. 그는 주저하는 쌍흉에게 턱짓하며 말했다.

"귀찮다. 정리해."

"예, 예!"

싸늘한 목소리에 퍼뜩 정신 차린 둘은 냅다 칼을 치켜들었다.

"이런 빌어먹을 잡놈이! 헙!"

버럭 악을 쓰며 함께 칼을 휘둘렀다. 그렇지만 둘의 욕설은 끝까지 이어지지 못했다.

기척 없이 다가온 것과 마찬가지로, 순식간에 둘 사이로 파고들어 손을 뻗었다. 그리고 둘의 턱을 덥석 움켜쥐었다. 칼을 치켜든 팔을 어찌하지도 못할 정도였다. 빠르고 느리고의 문제가 아니었다. 너무도 자연스러운 동작이었다.

소명은 허리를 세우며 두 손을 아래로 내렸다. 둘의 얼굴도 덩달아 아래로 내려갔다.

"어어, 으어어어!"

"아으으!"

뭘 어떻게 할 수가 없었다. 손아귀의 어마어마한 힘에 정신을 못 차렸다. 칼 든 손에서 힘이 절로 빠졌다.

"호오?"

그 모습에 오관화는 눈썹을 모았다. 쌍흉이 아무리 시정잡배라고 해도 아무한테나 한 수에 제압당할 만한 자들은 아니었다.

'제법 재간이 있는 놈이라 이건가?'

의외이기는 했지만 오관화는 크게 마음 두지 않았다. 그는 그저 자신을 노려보는 소명의 눈길을 마주할 뿐이었다.

쌍흉의 턱을 일시에 제압해버린 소명은 눈 하나 깜빡 않는 뱀 눈 사내를 빤히 바라보았다. 그사이 쌍흉은 아예 무릎을 꿇고 뭐라 울부짖었다. 사정을 하는 듯했지만 턱이 움직이지 않으니 그것은 말이 아니었다.

소명은 그들에게 눈을 돌리지 않았다. 다만 움켜쥔 손을 좌우로 움직였을 뿐이다. 순간 덜컥하는 소리가 울렸다. 쌍흉에게는 어떤 소리보다 큰 소리였다.

"어억! 으어어!"

"악! 으거거!"

둘의 턱뼈가 좌우로 크게 뒤틀리며 빠져버렸다. 상상 못할 고통에 그들은 빠진 턱을 어찌하지 못하고 울부짖었다. 그러나 더 괴로워할 필요는 없었다.

"시끄럽군."

오관화가 중얼거렸다. 편히 앉은 채 한쪽 손을 뒤집었다. 희미한 소음이 팟 하고 울렸다.

"꺽!"

쌍흉은 순간 고개를 바짝 치켜들었다. 그리고 두 눈을 하얗게 뒤집은 채 앞으로 고꾸라졌다. 엎어진 둘의 뒷덜미에는 가는 비침이 하나씩 박혀 있었다.

바로 눈앞에서 둘이나 되는 목숨이 사라진 것이다. 그러나 소명은 눈 하나 깜빡하지 않았다. 그는 담담한 눈으로 오관화를 바라보았다.

그 눈길에 오관화는 의외라는 눈을 했지만 곧 피식 웃었다.

"파락호치고는 괜찮은 실력을 가지고 있던 놈들인데…… 네 놈 솜씨도 제법이군. 그래, 어디 이름이나 말해봐라."

"호가무관에 신세를 진 사람일 뿐이다."

"그래?"

호가무관이라는 말에 오관화는 재차 헛웃음을 흘렸다. 잠시 낯을 굳혔던 자신이 바보스러울 정도였다. 고작 무관 제자에게.

소명은 웃는 오관화의 모습에 물었다.

"뭐가 우습지?"

"뭐가 우습냐고? 무관의 제자라는 놈이 내 앞에서 이렇게 꼿꼿이 서 있다는 것이 우스워서 말이야."

“무관의 제자라는 것이 우습다는 말인가?”

“그래.”

말이 끝나기가 무서웠다.

퍽!

둔중한 울림이 울리며 오관화의 웃는 얼굴이 뒤로 확 젖혀졌다.

오관화는 천천히 고개를 바로 했다. 그의 높은 콧대가 벌겋게 달아오르며 두 줄기 핏물이 주룩 흘러내렸다. 소명은 그에게 물었다.

“아직도 웃기나?”

오관화는 천천히 몸을 일으켰다. 그는 손을 들어 흘러내린 코피를 닦아냈다. 그는 양쪽 입꼬리를 비틀어 올렸다.

“제법 손이 빠르군. 하하, 이렇게 기분이 더럽기도 정말 오랜만이야.”

여유로운 척하지만 핏물을 훔쳐낸 손끝이 부들부들 떨리고 있었다. 순간, 오관화는 움직였다.

바닥에 쌓인 잿더미를 발로 차올렸다. 아직 열기를 품은 잿가루가 확 솟구쳤다. 뾰족하게 모은 오관화의 관수(貫手)가 소명의 명치를 향해 찔러왔다.

한 호흡에 벌어진 일이다. 그러나 소명은 움직이지 않았다. 그는 덮쳐오는 잿더미를 그대로 맞이하며 찔러오는 오관화의 관수를 마주 잡아갔다.

"큭!"

오관화는 짧은 웃음을 흘렸다. 잡았다고 해서 끝나는 것이 아니다. 순간 관수를 접으며 일격의 정권을 내질렀다. 짓쳐들어가는 몸과 함께한 일권이었다.

준비한 공력이 시위를 떠난 활처럼 쏘아졌다. 단단한 바위조차 부술 만한 공력이었다.

하지만 아무 일도 일어나지 않았다. 힘껏 앞으로 내질렀지만 소명은 처음 그 자리에 그대로 서 있었다. 오관화의 정권을 정면에서 맞잡은 채였다.

어찌된 것인지 발한 공력이 흔적도 없이 사라져버렸다. 반발력조차 없었다. 맞잡는 순간 소명의 손에서 기이한 울림이 한 차례 일었을 뿐이었다.

크게 놀랐지만 그렇다고 공세를 멈출 정도로 오관화는 미련하거나 경험이 얕지 않았다. 그는 당장 뻗은 손을 끌어당기며 다른 주먹을 내질렀다.

"크윽!"

섬전처럼 뻗은 정권이다. 그의 주먹은 인중, 뗙, 명치를 차례로 노렸다. 그러나 첫 번째 주먹부터 인중이 아닌 이마와 정면으로 충돌했다.

빠각!

"끕!"

몰려든 고통에 오관화는 이를 악물었다. 주먹이 부서진 것 같았다. 능히 바위도 부수는 그의 정권이 사람 머리 하나 감당하지 못한 것이다.

힘이 풀리는 순간, 소명은 손을 뻗어 그의 옷깃을 움켜쥐었다. 그리고 오관화의 하늘과 땅이 뒤집혔다.

"흐억!"

미처 방비할 새 없이 바닥에 처박혔다. 극통이 척추를 타고 올라왔다. 공력이 끊기며 숨통이 콱 막혔다. 그렇지만 정신을 놓지는 않았다.

오관화는 이를 악물고 당장 두 다리를 차올렸다. 소명의 머리를 부숴버리려고 작정한 것이다. 두 다리가 풍차처럼 맹렬히 돌았다. 그렇지만 채 한 바퀴를 다 돌기도 전에 두 발목마저 소명의 손에 덥석 잡혔다. 그의 손은 오관화의 발악 일체를 용납하지 않았다.

우득!

"끄윽!"

오관화의 몸속에서 천둥소리가 울렸다. 두 발목에서 동시에 울린 소리였다. 소명은 미련 없이 잡은 두 발목을 놓아주었다.

"크악!"

바닥에 떨어지는 충격으로 오관화는 더 큰 고통에 몸부림쳤다. 몸이 부들부들 떨렸다. 한 손과 두 다리가 완전히 나가버렸다. 그는 발작적으로 고개를 치켜들었다. 순간 그의 얼굴이 창백하게 질렸다.

달빛을 등에 진 소명의 검은 얼굴이 바로 코앞에 있었다. 담담한 눈빛이 오관화를 짓눌렀다.

"끄…… 으으……."

악문 잇새로 신음이 새었다.

소명은 입을 열었다.

"어때, 아직도 우습나? 오, 관, 화."

소명이 힘주어 내뱉은 자신의 이름에 오관화의 안색이 창백하게 변했다.

'나를 아는 놈이다…….'

불안감이 엄습했다. 지금껏 저질러온 짓거리가 하나둘이 아니기는 하나, 호가무관에 대해 걸리는 것은 하나밖에 없었다. 눈이 흔들리는 그에게 소명은 나직이 속삭였다.

"네가 호경한, 호 관주님을 암습했다지."

"흡!"

말이 끝나기가 무섭게 오관화는 숨을 끊어내며 멀쩡한 팔을 번쩍 치켜들었다. 손목을 움직여 비침을 날리려는데 툭 소리가 났다. 오관화는 멍한 눈동자를 돌렸다.

언제 손을 썼는지 손목이 힘없이 덜렁거렸다.

"으, 으으…… 으아아악!"

오관화의 날카로운 비명이 어두운 야공(夜空)을 갈랐다.

*　　*　　*

호청연은 자신을 흔드는 느낌에 이맛살을 찌푸렸다.

"……청연……. 연아……."

"으음, 누가 깨우는 거야?"

호청연은 짜증을 내며 고개를 들었다. 그러자 흔들던 손이 멈췄다. 그녀는 반쯤 감긴 맹한 눈으로 주변을 두리번거렸다.

"어? 여기가 어디?"

"일어났어?"

호청연은 목소리가 들려오는 앞으로 고개를 돌렸다. 그러자 달빛 아래로 소명의 모습이 보였다.

아직 상황이 파악되지 않은 모양인지 멍하니 있던 호청연은 퍼뜩 정신을 차리고 주변을 두리번거렸다.

사방이 캄캄하다.

"뭐야? 어떻게 된 거야?"

"그야…… 나도 모르지."

소명은 고개를 흔들었다. 순간 호청연의 얼굴이 새빨갛게 달아올랐다.

"뭐, 뭐야! 네가 왜 날 업고 있어!"

"어, 응? 아니, 안 일어나길래……."

"내, 내려! 당장 안 내려!"

호청연은 발버둥 치며 고래고래 목청을 높였다. 그 서슬에 놀라 소명은 황급히 몸을 낮췄다. 호청연은 두 발이 땅에 닿기가 무섭게 후다닥 물러섰다. 그리고 도끼눈을 치뜨고 엉거주춤한 소명을 노려보았다.

하지만 소명에게 화를 낼 때가 아니었다. 해가 이렇게 저물었으니. 그녀는 퍼뜩 약포를 찾았다.

"약, 약은!"

"여기."

호청연은 소명이 내민 약포를 낚아채고는 급히 달려갔다. 소명은 그런 호청연의 뒷모습을 쓴 미소를 머금은 채 바라보았다.

그는 문득 손을 들었다. 그의 손에는 얇은 비침이 들려 있었다. 오관화의 것으로, 호청연의 혼혈을 제압한 물건이다.

그는 감정 없는 눈으로 고개를 돌렸다. 멀리 야산이 있는 방향이다.

그곳을 보며 소명은 천천히 주먹을 그러쥐었다. 비침은 마치 종이로 만든 것인 양 형편없이 구겨져 원래 모습을 알아볼 수 없었다.

호가무관으로 돌아오니 호 관주가 불안한 신색으로 기다리고 있었다. 그는 급하게 돌아온 호청연에게 그만 노성을 터뜨렸다.

"너는!"

"아, 아버지. 잘못했어요오⋯⋯."

호청연은 방에서 무릎을 꿇은 채 손이 발이 되도록 싹싹 빌어야 했다. 뭐라고 변명할 말도 없었다. 정신 차리고 보니 소명의 등에 업혀 있었고, 사방이 캄캄해져 있었으니.

그녀는 뭐라 말 좀 하라는 듯이 옆에 서 있는 소명에게 계속 눈짓을 보냈지만 그는 멀뚱히 서 있을 뿐이었다. 그라고 달리 할 말이 있을 리가 없었다.

호 관주는 한참 노성을 터뜨리고서야 화를 풀었다.

"이제 됐으니 들어가 보거라. 시간이 많이 늦었구나."

"예에⋯⋯."

호청연은 오래 꿇어앉고 있어 저린 다리를 절뚝거리며 밖으로 나갔다. 그래도 문을 닫기 직전에 소명을 찌릿하게 노려보는 것을 잊지 않았다.

호 관주는 닫힌 문을 보며 안도한 듯 깊은 한숨을 내쉬었다. 그리고 나직이 소명을 불렀다.

"소명아."

"예, 관주님."

"어찌된 일이냐?"

"그것이⋯⋯."

소명은 준비한 말을 하려다가 자신을 보는 호 관주의 눈을 마주하고는 흠칫했다. 어설픈 거짓이 통할 리가 없었다. 지금에야 한적한 촌의 무관 관주라 하나, 그는 당년 등용문의 호랑이, 양천호격이라 불린 절정의 무인이다.

"흉한 일은 없었습니다, 관주님. 마음 쓰지 않으셔도 좋습니다."

"……그러하냐?"

"예."

"그래, 네가 그리 말한다면 됐다."

호 관주는 눈가에 주름을 잡으며 웃어 보였다. 그리고 오늘은 꼭 무관에서 묵으라 당부했다.

그리고 다음 날이 되었다.

"과, 관주님. 밖에 손님이 오셨습니다."

"손님?"

호 관주는 탕약 그릇을 내려놓으며 되물었다. 그가 이런 몸이 되고서는 찾아오는 사람은 없었다. 세상인심이 다 그러하려니 여기고 있었는데, 손님이 찾아왔다고 하니.

"그래, 어디 손님이시냐?"

"동화촌의 화, 황 관주가……."

"황가가?"

호 관주는 뜻밖의 이름에 눈살을 찌푸렸다. 옆에 있던 호청연이나 제자들의 얼굴도 울컥하기는 마찬가지였다. 소명은 그저 담담한 기색으로 돌아가는 상황을 지켜보았다. 잠시 고민하던 호 관주는 곧 입을 열었다.

“드시라 하려무나. 손님으로 온 사람을 소홀히 해서야 되겠
느냐.”
“아버지!”
속 편한 호 관주의 말에 호청연은 빽 소리를 높였다. 말도
안 되는 일이었다. 황태정, 그 인간이 어떻게 호가무관의 손님
일 수 있단 말인가. 그렇지만 호 관주가 엄중한 눈으로 바라보
자 도리가 없었다. 호청연은 싫은 기색을 한 채 돌아섰다.

열린 문으로 황태정이 들어섰다. 호 관주는 창백한 얼굴에
애써 미소를 그리고 그를 맞이했다.
“황 관주, 오랜만이오.”
“하, 하하. 호 관주님.”
들어선 황태정은 호 관주의 모습을 보자 어색하게 웃었다.
그리고 몸 둘 바를 몰라 했다. 그도 자신을 향한 호가무관 제
자들의 적의 어린 시선을 똑똑히 느끼고 있었다. 그러나 애송
이들 몇의 따가운 시선 따위야 알 바 아니었다. 그는 흘깃 고
개 돌려 그들 사이에 우두커니 서 있는 소명의 모습을 보았다.
자신을 향한 그의 담담한 눈초리에 오금이 후들거렸다.
“자리에 앉으시지요.”
“아, 아이고. 아닙니다, 아니에요.”
권하는 자리에 황태정은 황급히 손사래 쳤다. 그는 대뜸 엎
어지더니 연신 머리를 조아렸다.

"호 관주님, 이 황 모가 큰 잘못을 저질렀습니다."

"아니, 황 관주."

갑작스런 황태정의 모습에 사람들은 모두 당황하지 않을 수가 없었다. 호 관주는 급히 다가가 황태정을 일으켰다.

"왜 이러시오?"

"호 관주님, 그간의 무례를 제발 용서해주십시오. 우둔하고 욕심이 많아 큰 잘못을 저질렀습니다."

"이런……."

황태정은 연신 고개를 숙였다. 호 관주는 그의 모습에 크게 난감했다.

'대관절 무슨 일인가. 이렇게 사람이 변하다니.'

하지만 호 관주로서는 짐작 가는 바가 전혀 없다. 찌푸린 눈으로 고개 숙인 황태정의 모습을 보던 호 관주는 곧 고개를 끄덕였다.

"황 관주, 그간의 일은 다 잊기로 합시다. 이웃한 무관끼리 사이가 나빠서야 되겠소이까."

"아이고, 아닙니다. 저는 이제 황가무관을 정리할 생각입니다."

"무관을?"

"예, 이참에 고향으로 돌아가려 합니다."

"아니, 황 관주. 대체……."

호 관주는 이상할 정도로 의기소침한 황태정의 모습을 이해할 수가 없었다. 전날의 오만은 전부 어디로 갔단 말인가. 고작 열나흘 만에 사람이 아주 달라진 것 같았다.

황태정은 긴말을 하지 않았다. 그는 과할 정도로 사죄를 했고, 자신이 떠난 이후에 황가무관에 대한 일체를 호가무관에 넘기겠다고까지 했다. 무관 사이에 일체를 넘기겠다는 것은 단순히 가산을 뜻하는 것이 아니었다. 이는 곧 제자들을 말하는 것이다.

호 관주는 그렇게까지 할 필요는 없다며 만류했지만 황태정은 막무가내였다. 그는 그렇게 호가무관을 떠났다.

관원들은 모두 모여들어 떠들기 시작했다. 대체 무슨 바람이 분 것인지 이해할 수가 없었다.

"아버지, 대체 황가 저 인간이 무슨 바람이 불어 저러지요?"

"어허, 청연, 이 녀석."

호청연의 거친 말에 호 관주는 나직이 꾸짖었다. 그러나 호청연은 아랑곳하지 않았다.

"제 놈이 우리에게 한 일이 있는 걸요. 아버지께서 너무 쉽게 용서해주신 거라고요!"

"허, 허허."

뾰로통한 호청연의 모습에 호 관주는 나직이 웃었다. 고개를 돌리던 그는 문득 소명의 모습이 없다는 것을 알았다.

"응? 소명은 어디에 있느냐?"

"예? 아까까지는 있었는데?"

호청연은 그제야 주변을 두리번거렸다.

소명은 호가무관의 소란 중에 조심스럽게 몸을 뺐다. 그는 곧 상화촌의 외곽으로 향했다. 그곳에는 황태정이 안절부절못하는 모습으로 서 있었다. 그는 소명이 보이자 급히 다가왔다.

"오, 오셨습니까."

"예. 감사합니다, 황 관주님."

"아이고, 별말씀을 다……."

"이제부터 어떻게 하실 겁니까?"

"호 관주께 말씀드렸다시피 황가무관은 닫을 생각입니다. 입관한 제자들도 모두 내보냈습니다. 다들 알아서 처신하겠지요. 어차피 제 손을 거친 아이들도 얼마 없습니다."

황태정은 씁쓸한 얼굴로 중얼거렸다. 그의 말대로 무가련에서 보내준 다섯 무사, 황산오웅의 입김이 더욱 컸기 때문이었다.

"그럼 이만 가보겠습니다. 무운을 빕니다, 소협."

황태정은 힘없는 미소를 그려 보였다.

소명은 어둠 저편으로 쓸쓸히 사라지는 황태정의 뒷모습을 묵묵히 바라보았다. 두 어깨를 축 늘어뜨린 그의 모습은 너무도 왜소해 보였다.

"무가련."

소명은 문득 황가무관의 뒤에 있는 그 이름을 읊조렸다.

                    *　　　*　　　*

　호 관주는 황가무관의 일이 마무리된 덕분인지 안색이 크게
호전되었다. 그 모습에 소명도 마음을 놓았다. 비록 그를 보는
호청연의 날 선 눈매는 여전했지만.

　소명은 지금은 비어 있는 연무장 한쪽에 앉아서 그곳 정경
을 바라보았다. 아니, 그가 보고 있는 것은 지금이 아닌 십수
년 전의 모습이었다.

　한쪽에서는 어린 호충인과 당민이 서로 권을 겨루고, 옆에
서는 이청이 권로를 연습한다. 여전히 호금을 손에 놓지 않은
채다. 호청연은 탁연수와 권법을 연습한다. 옛적의 추억을 보
는 소명의 입가에는 미소가 절로 그려졌다.

　"흥! 무슨 그런 재수 없는 얼굴을 하고 있어!"

　뾰족한 목소리가 상념을 지웠다.

　고개를 들자 성난 얼굴의 호청연이 서 있다. 그녀는 허리에
두 손을 턱 걸친 채 소명을 내려다보고 있었다.

　"아니, 그냥."

　험상궂은 모습에 그저 웃어 보였다. 그 미소에 호청연은 흥,
코웃음 쳤다.

　"아버지께서 찾으셔."

　소명은 고개를 끄덕였다.

호 관주는 자리에 차를 끓여놓고 소명을 기다렸다.

"왔느냐?"

"예, 관주님. 찾으셨습니까?"

호 관주는 관주님이라는 호칭에 잠시 멈칫했지만 곧 고개를 끄덕였다.

"그래, 내 긴히 할 말이 있어 찾았다."

"말씀하시지요."

"정히 다시 떠날 생각이더냐?"

"……예, 관주님."

"내 지금껏 무관의 사정이 좋지 않아 말을 못했다만…… 내 바람으로는 네가 호가무관에 남아주었으면 좋겠구나."

소명은 고개를 숙였다. 미안한 말이었다. 더 말하지 않아도 자신을 걱정하는 호 관주의 마음을 느낄 수 있었다.

"죄송합니다."

"하하, 죄송할 것까지야 있겠느냐. 다만 네가 나중에 돌아올 곳이 있다는 것만 잊지 말거라."

호 관주는 흐릿한 미소를 머금었다. 그는 손을 뻗어 소명의 거친 손을 맞잡았다.

"소명아."

"……."

호 관주는 소명의 손을 다독였다.

"세상의 일이란 것은 거칠단다. 많은 어려움이 있을 수도 있고, 가슴 아픈 배신이 있을 수도 있단다."

그는 느릿한 어조로 당부하듯 말했다.

"강호의 일이란 그런 것이다. 은과 원이 중첩하여 그 끝을 알 수 없는 것이지."

소명은 묵묵부답으로 호 관주의 말을 마음으로 담아 들었다. 그의 목소리에는 소명을 걱정하는 마음이 가득했다.

"소명아, 너는 마땅히 마음을 살피거라."

강호의 어려움과 어둠을 경계하라는 말에 그저 고개를 숙여 보일 뿐이었다.

"가, 감사, 감사합니다, 관주님."

"소명아, 네가 돌아올 곳은 어디더냐?"

"사, 상화촌입니다."

"그래, 그럼 되었다."

호 관주는 고개를 끄덕였다. 소명은 젖은 눈으로 그의 주름진 눈을 바라보았다.

"이만 나가보겠습니다."

"그래, 그러려무나."

소명은 조심히 자리에서 일어났다. 문을 닫으려는데 호 관주의 작은 목소리가 들렸다.

"고맙구나."

"……"

무슨 의미인지, 소명은 되묻지 않아도 알 수 있었다. 그저 문틈으로 고개를 숙여 보였다. 문은 소리 없이 닫혔다.

“무슨 말씀 하셨어?”

“응? 아, 아니. 별말씀 안 하셨는데.”

“정말?”

“그, 그럼.”

나오기가 무섭게 호청연에게 붙잡혔다. 그가 나오기를 기다리고 있었던 모양이다.

“설마, 무관에 남으라든가 하는 말씀을 하신 건 아니지?”

“하, 하하.”

“허튼 생각 하지 마.”

“허튼 생각?”

소명은 호청연의 말뜻을 순간 이해하지 못했다. 무슨 말을 하는 것인지. 의아해 묻는 얼굴에 호청연은 어깨를 움찔하더니 서둘러 말을 내뱉었다.

“여, 여하튼! 떠날 셈이면 빨리 떠나버리라구!”

뾰족하게 쏘아붙이고는 찬바람 쌩쌩 부는 표정으로 획 고개를 돌려 멀어졌다.

*　　　*　　　*

소명은 이른 아침부터 서둘렀다. 그는 무관을 돌아다니며 무너진 곳, 혹은 손볼 곳을 샅샅이 찾아서 손을 썼다.

호가무관은 삼십여 칸의 큰 집이었다. 잡초 무성한 정원이나 무너지고 금이 간 담벼락들, 깨진 기왓장 등등. 손볼 곳이 하나둘이 아니었다.

아무리 솜씨가 좋은 사람이라고 해도 혼자서는 여러 날이 걸릴 만한 일이었다. 그러나 소명은 거침없었다. 쉬지도 않고 바쁘게 움직였다. 필요한 자재는 품 안의 돈을 써가며 마련했다.

사나흘 만에 일을 모두 마무리했다. 먼지 앉은 손을 탁탁 털고 멀끔해진 무관의 건물들을 바라보았다. 화려하지는 않아도 단정한 모습이다.

소명이 직접 올린 기와지붕 너머에서 낙조가 붉게 타올랐다.

"하."

문득 짧은 한숨을 내뱉었다. 그것은 어느 한 감정에서 비롯된 것이 아니었다.

이제 떠날 때가 된 것이다.

짐이라 할 것은 없었다. 왔던 모습대로 다시 떠날 뿐이다. 여전히 허름한 장포를 걸치고 축 늘어진 행낭을 메었다.

그는 호 관주의 방이 보이는 곳에서 잠시 걸음을 멈췄다. 불 밝힌 창가에 그의 그림자를 얼핏 엿볼 수 있었다.

꾸벅 허리 깊이 숙여 보이고 호가무관의 문을 넘었다. 그리고 어두운 밤길을 빌려 상화촌을 나섰다. 그날은 달빛이 환하였다. 그러던 소명은 고개 너머에서 움찔하고 멈춰 섰다.

달빛을 받으며 한 사람이 길가에 앉아 있었다.

"처, 청연아."

"뭐 죄 지었어? 오밤중에 무슨 도둑걸음이야?"

호청연은 자리에서 일어나며 면박 주듯이 쏘아붙였다. 머뭇하는 소명에게 눈썹을 홱 치켜들었다.

"어떻게 알고……."

"떠날 거면 그냥 가버리지, 여기저기 고치고 난리 치는데 어떻게 몰라?"

"아하. 그, 그렇구나."

퉁명스런 그녀의 말에 소명은 그저 웃을 뿐이었다.

호청연은 문득 손에 들고 있던 작은 보따리를 소명에게 던졌다. 소명은 놀라며 받아들었다.

"가면서 먹어."

"고, 고맙다."

"뭐, 정 갈 데 없어지면…… 눌러 붙지만 않으면 되니까, 괜히 엉뚱한 곳에 피해주지 말고 무관으로 와."

"……."

"왜 답이 없어!"

뾰족하게 반응했다. 소명은 얼굴을 어떻게 하면 좋을지 몰랐다. 그저 어색한 웃음을 그렸다.

"고, 고맙다."

"흥! 됐어!"

호청연은 쿵쿵 발을 크게 구르며 마을로 돌아갔다. 상화촌 쪽으로 가는 그녀의 모습을 소명은 가만히 지켜보았다. 그녀가 싸준 보따리는 아직 따뜻했다.

『항마신장』 2권에서 계속

Shapiro
샤피로
쥬논 판타지 장편소설
FANTASYSTORY & ADVENTURE
『규토대제』, 『흡혈왕 바하문트』의 베스트 작가!
쥬논 판타지 장편소설
불사의 비밀을 좇는 샤피로의
처절한 싸움이 시작된다!
잃어버린 기억을 찾아, 자신의 광기어린 복수를 이루기 위해!
매일 밤 사내는 흑고양이의 심장을 가진 샤피로가 되어
죽음과 환상의 경계를 넘나든다.
dream books
드림북스

『은거기인』,『군림마도』,『무명서생』의 작가!
건아성 판타지 장편소설

꼭 돌아가리라! 나를 기다릴 황제의 곁으로……

『스페로 스페라』

황제의 호위무사에서 적의 포로,
노예 다음엔 나이트.
그러나 나는 여전히 황제의 호위무사다!

다크스타
김현우 판타지 장편소설
FANTASYSTORY & ADVENTURE
『레드 데스티니』, 『골든 메이지』의 작가!
김현우 판타지 장편소설
『다크스타』
천오백 년 전 영마대전은 재현될 조짐을 보이니……
전대미문의 폭군이 출현할 것이라.
dream
books
드림북스

악마여, 내 영혼을 탐하고 갈취하라.
그리고 이 세상을 응징할 힘을 다오!

양승훈 판타지 장편소설
『바람의 라트』

부패한 평화가 끝나고 성전의 시대가 온다!
영혼과 맞바꾼 힘으로 세상을 부수리라!

dream books
드림북스